大美国学 宋词

季旭昇 总策划
文心工作室 编著

中央编译出版社
Central Compilation & Translation Press

京权图字 01-2023-0394 号

中文經典 100 句：宋詞
中文簡體字版© 2023 由中央編譯出版社發行
本書經城邦文化事業股份有限公司商周出版事業部授權，
同意經由中央編譯出版社，出版中文簡體字版本。
非經書面同意，不得以任何形式任意重製、轉載。

图书在版编目（CIP）数据

宋词 / 文心工作室编著. —北京：中央编译出版社，2023.7
（大美国学）
ISBN 978-7-5117-4277-3

Ⅰ. ①宋⋯ Ⅱ. ①文⋯ Ⅲ. ①宋词-通俗读物 Ⅳ. ①I222.844

中国版本图书馆 CIP 数据核字（2022）第 176652 号

宋词

责任编辑	苗永姝
责任印制	刘　慧
出版发行	中央编译出版社
地　　址	北京市海淀区北四环西路 69 号（100080）
电　　话	（010）55627391（总编室）　（010）55625179（编辑室）
	（010）55627320（发行部）　（010）55627377（新技术部）
经　　销	全国新华书店
印　　刷	佳兴达印刷（天津）有限公司
开　　本	880 毫米 ×1230 毫米　1/32
字　　数	283 千字
印　　张	13.75
插　　图	7
版　　次	2023 年 7 月第 1 版
印　　次	2023 年 7 月第 1 次印刷
定　　价	69.00 元

新浪微博：@中央编译出版社　　微　信：中央编译出版社（ID: cctphome）
淘宝店铺：中央编译出版社直销店（http://shop108367160.taobao.com）
　　　　　（010）55627331

本社常年法律顾问：北京市吴栾赵阎律师事务所律师　　闫军　　梁勤
凡有印装质量问题，本社负责调换，电话：（010）55626985

欽定四庫全書　　集部十

絕妙好詞箋　　　詞曲類二 詞選之屬

提要

　臣等謹案絕妙好詞箋七卷絕妙好詞宋周
密編其箋則
國朝查為仁厲鶚所同撰也密所編南宋歌詞
始于張孝祥終于仇遠凡一百三十二家去
取謹嚴猶在曾慥樂府雅詞黃昇花菴詞選

之上又宋人詞集今多不傳併作者姓名亦不盡見于世零璣碎玉皆賴此以存于詞選中最為善本初為仁採擄諸書以為之箋各詳其里居出處或因詞而考証其本事或因人而附載其佚聞以及諸家評論之語與其人之名篇秀句不見于此集者咸附錄之會鶚亦方箋此集尚未脫稿適遊天津見為仁所箋遂舉以付之刪複補漏合為一書今簡

端並題二人之名不沒其助成之力也所箋
多泛濫旁涉不盡切于本詞未免有嗜博之
獘然宋詞多不標題讀者每不詳其事如陸
淞之瑞鶴仙韓元吉之水龍吟辛棄疾之祝
英臺近尹煥之唐多令楊恢之二郎神非叅
以他書得其源委有不解為何語者其疏通
證明之功亦有不可泯者矣密有癸辛襍識
諸書顥有遼史拾遺諸書皆別著錄為仁字

心穀號蓮坡宛平人康熙辛卯舉人是集成
于乾隆己巳刻于庚午鶚序稱其尚有詩餘
紀事如干卷今未之見殆未成書歟乾隆四
十六年四月恭校上

　　總纂官臣紀昀臣陸錫熊臣孫士毅

　　總校官臣陸費墀

絕妙好詞箋序

絕妙好詞七卷南宋弁陽老人周密公謹所輯宋人選本朝詞如曾端伯樂府雅詞黃叔暘花菴詞選皆讓其精粹蓋詞家之準的也所采多絕興迄德祐間人自二三鉅公外姓字多不著夫士生隱約不得樹立功業炳煥天壤僅以詞章垂稱後世而姓字猶在若滅若沒間無人為從故紙堆中抉剔出之豈非一大恨事耶津門查君蓮坡研精風雅耽玩倚聲披閱之暇隨筆劄記輯

有詩餘紀事如千卷于是編尤所留意特為之箋不獨
諸人里居出處十得八九而詞中之本事詞外之佚事
以及名篇秀句零珠碎金擷拾無遺俾讀者展卷時怳
然如聆其笑語而共其游歷也予與蓮坡有同好向嘗
綴拾一二每自歎荊獲會以衣食奔走不克卒業及來
津門見蓮坡所輯頗有望洋之歎并舉以付之次第增
入焉譬諸掇遺材以裨建章投片瓊以厠懸圃其為用
不已微乎蓮坡通懷集蓋猶不忘所自必欲附賤名於

簡端辭不得已因述其顛末如此云乾隆戊辰閏七夕
前三日錢唐厲鶚書於津門之古春小茨

目　录

第一章　昨夜西风凋碧树

山映斜阳天接水，芳草无情，更在斜阳外　003

昨夜西风凋碧树，独上高楼，望尽天涯路　008

春风不解禁杨花，蒙蒙乱扑行人面　012

当年不肯嫁春风，无端却被秋风误　016

烟柳画桥，风帘翠幕，参差十万人家　021

荏苒一枝春，恨东风、天似人远　026

东风且伴蔷薇住，到蔷薇，春已堪怜　031

分明一觉华胥梦，回首东风泪满衣　036

帘卷西风，人比黄花瘦　040

回首向来萧瑟处，归去，也无风雨也无晴　045

多少六朝兴废事，尽入渔樵闲话　050

东风又作无情计，艳粉娇红吹满地　055

叹西园，已是花深无地，东风何事又恶　059

第二章　似花还似非花

绿杨烟外晓寒轻，红杏枝头春意闹　065

蜂愁蝶恨，小窗闲对芭蕉展　069

无可奈何花落去，似曾相识燕归来　073

算好春长在，好花长见，原只是、人憔悴　076

记取明年，蔷薇谢后，佳期应未误行云　081

绿杨芳草几时休？泪眼愁肠先已断　085

庭院深深深几许？杨柳堆烟，帘幕无重数　090

断肠片片飞红，都无人管　095

消几番、花开花落，老了玉关豪杰　100

花无人戴、酒无人劝、醉也无人管　104

知否？知否？应是绿肥红瘦　108

似花还似非花，也无人惜从教坠　112

渡头杨柳青青，枝枝叶叶离情　116

落花人独立，微雨燕双飞　120

绿芜墙绕青苔院，中庭日淡芭蕉卷　124

梧桐叶上三更雨，叶叶声声是别离　128

恋树湿花飞不起，愁无际，和春付与东流水　133

第三章　落花风雨更伤春

岂知聚散难期，翻成雨恨云愁　139

酒杯深浅去年同，试浇桥下水，今夕到湘中　143

落花风雨更伤春，不如怜取眼前人　148

雨恨云愁，江南依旧称佳丽　151

水是眼波横，山是眉峰聚　155

旧恨春江流不尽，新恨云山千叠　159

千古兴亡多少事，悠悠。不尽长江滚滚流　163

争渡，争渡，惊起一滩鸥鹭　167

征鸿过尽，万千心事难寄　171

渐行渐远渐无书，水阔鱼沉何处问　175

明朝事与孤烟冷，做满湖、风雨愁人　179

霜红罢舞、漫山色青青，雾朝烟暮　184

后不如今今非昔，两无言，相对沧浪水　188

大江东去，浪淘尽，千古风流人物　192

小舟从此逝，江海寄余生　196

一寸狂心未说，已向横波觉　200

欲尽此情书尺素，浮雁沉鱼，终了无凭据　204

今岁清明逢上巳，相思先到溅裙水　208

第四章　月满西楼凭阑久

今宵酒醒何处？杨柳岸、晓风残月　215

月满西楼凭阑久，依旧归期未定　219

锦瑟年华谁与度？月桥花院，琐窗朱户　223

月上柳梢头，人约黄昏后　227

小楼西角断虹明，阑干倚处，待得月华生　231

月又渐低霜又下，更阑，折得梅花独自看　235

但愿人长久，千里共婵娟　239

与余同是识翁人，惟有西湖波底月　243

初将明月比佳期，长向月圆时候、望人归 247

雾失楼台，月迷津渡，桃源望断无寻处 251

夜月一帘幽梦，春风十里柔情 255

自是休文，多情多感，不干风月 258

落絮无声春堕泪，行云有影月含羞 262

第五章 斯人独憔悴

叹年华一瞬，人今千里，梦沉书远 269

欲说又休，虑乖芳信；未歌先噎，愁近清觞 273

君知否？乱鸦啼后，归兴浓如酒 277

天涯梦短，想忘了、绮疏雕槛 281

临晚镜，伤流景，往事后期空记省 285

扣舷独啸，不知今夕何夕 289

了却君王天下事，赢得生前身后名 294

爱上层楼，为赋新词强说愁 298

啼鸟还知如许恨，料不啼清泪常啼血 302

年华空自感飘零，拥春醒，对谁醒 306

常恨世人新意少，爱说南朝狂客 310

物是人非事事休，欲语泪先流 314

凝眸处，从今又添，一段新愁 318

这次第，怎一个愁字了得 322

寂寞深闺，柔肠一寸愁千缕 326

愁肠已断无由醉，酒未到，先成泪 329

谁见幽人独往来，飘渺孤鸿影　333

帘外谁来推绣户？枉教人、梦断瑶台曲　337

欲将沉醉换悲凉，清歌莫断肠　341

豆蔻梢头旧恨，十年梦、屈指堪惊　345

多少梨园声在，总不堪华发　349

人愁春老，愁只是、人间有　354

览景想前欢，指神京，非烟非雾深处　358

第六章　两情若是久长时

衣带渐宽终不悔，为伊消得人憔悴　365

两情若是久长时，又岂在朝朝暮暮　369

天涯地角有穷时，只有相思无尽处　373

心似双丝网，中有千千结　377

美人不用敛蛾眉，我亦多情，无奈酒阑时　381

拼则而今已拼了，忘则怎生便忘得　386

十年一梦凄凉。似西湖燕去，吴馆巢荒　391

蓦然回首，那人却在，灯火阑珊处　395

欲住也、留无计；欲去也、来无计　399

十年生死两茫茫，不思量，自难忘　402

笑渐不闻声渐悄，多情却被无情恼　406

此情无计可消除，才下眉头，却上心头　410

只愿君心似我心，定不负相思意　414

无处说相思，背面秋千下 419

一怀愁绪，几年离索。错！错！错 422

相见争如不见，有情何似无情 427

第一章 昨夜西风凋碧树

> 山映斜阳天接水，
> 芳草无情，更在斜阳外

名句的诞生

　　碧云天，黄叶地。秋色连波，波上寒烟翠。山映斜阳天接水，芳草无情，更在斜阳外。

　　黯乡魂[1]，追旅思[2]。夜夜除非，好梦留人睡。明月高楼休独倚，酒入愁肠，化作相思泪。

——范仲淹·苏幕遮

完全读懂名句

1. 黯乡魂：言思乡之苦。2. 追旅思：言漂泊之苦。

　　晴明的天空，黄色的落叶，秋波连叠，江波上笼罩一层翠色寒烟。山岚映斜阳，水天接一色，无情芳草更是远在斜阳之外。

　　黯然的乡愁，在外漂泊的痛苦，除非夜夜有好梦相随，才得以助人安睡。休在明月高楼前倚楼远望，愁怀满腹，饮入肠中的酒，全都化成相思血泪。

词人背景小常识

范仲淹（公元989—1052年），字希文，吴县（今江苏苏州）人，宋真宗大中祥符八年（公元1015年）进士，宋仁宗康定元年（公元1040年）以龙图阁直学士，与韩琦并为陕西经略副使，兼知延州，镇守西北边塞。范仲淹治军号令严明，因而声望大增，羌人呼其"龙图老子"，西夏人则言"小范老子，胸中自有数万甲兵"（称其小范，以区别前任知州范雍）。显见他们对范仲淹的敬畏佩服。

南宋朱熹辑录《五朝名人言行录》记载，范仲淹任参知政事期间，取才用人，十分严谨，当他审查各路监司名单，发现其中有不适任的人选，立刻一笔勾去。一旁大臣忍不住劝他："一笔勾之甚易，焉知一家哭矣。"范仲淹则回答："一家哭，何如一路哭耶。"意指岂可为了一家荣禄，换来一路百姓遭受危害？宁可让那一家哭，也不可造成百姓被恶吏一路荼毒。正因范仲淹从政态度的坚持不苟，在朝廷自是一路得罪不少人，注定新政变法的失败。

值得一提的是，据《宋史·范仲淹传》，范仲淹去世时，过去他曾戍守边塞以及任职过各知州的当地百姓，感念其生前德政，还为他画像、立生祠纪念，连远在边境的数百羌人，闻其死讯，都哭之如丧父，斋戒三日，才肯离去。可见范仲淹一生为人，虽不时开罪朝廷权势，但他确实是一位深得民心的好官。

名句的故事

《苏幕遮》为范仲淹在陕西戍守边塞时所写的作品。从官之路，范仲淹一直不避权贵、直言敢谏，早先因抨击宰相吕夷简徇私被谪至饶州，尔后任陕西经略副使时，因镇守边塞，用兵得宜，士望所属，才再度得到仁宗擢用。

尽管边地生活艰苦，也不曾动摇范仲淹领导军民防御西夏、羌族的决心，当他触景伤情，只有远在一方的家乡亲人才能给予其心灵慰藉；宦海沉浮，终年漂泊异乡，《苏幕遮》反映的正是范仲淹的归乡渴望，但一心为国的他，只能将眼前秋景化做思念文字，聊抒乡愁。

《苏幕遮》全词上片主写秋景，下片主抒情怀，以澄碧秋色、无垠天地作为场景，烘托在外羁旅的思乡情感。范仲淹在《对床夜话》写道："景无情不发，情无景不生。"又说"化景物为情思"，强调情景不可分，秋色中所见"山映斜阳天接水，芳草无情，更在斜阳外"，运用情景交融之笔，表面虽言无情芳草，实透露作者的有情，所以深受思念煎熬。

清人况周颐在《蕙风词话·论词》指出："善言情者，但写景而情在其中。此等境界，唯北宋人词往往有之。"又清人沉谦

《填词杂说》评论"芳草无情，更在斜阳外"为一"虽是赋景，情已跃然"佳句，《苏幕遮》正符合借景抒情、寓情于景的修辞，不愧为北宋词篇的代表佳作。

历久弥新说名句

范仲淹《苏幕遮》接连重复使用"斜阳"一词，前句"斜阳"说明时间为薄暮时分，后句"斜阳"则为眺望家乡的一座标的物，意指家乡远在斜阳之外。

至于"斜阳外"更时为后人引用。如晚于范仲淹半世纪才出生的词人秦观，在《满庭芳》中写道："斜阳外，寒鸦万点，流水绕孤村。"此三句还曾被苏门四学士之一也是北宋著名词评家晁补之评为"虽不识字，亦知是天生好言语"之美誉。

其后，有人讥笑晁补之，竟不知秦观此三句实源自隋炀帝的五言绝句《野望》："寒鸦千万点，流水绕孤村，斜阳欲落去，一望黯销魂。"秦观与隋炀帝用字遣词几乎类同，使得后出的秦观《满庭芳》备受议论；但也有人提出诗、词艺术形式根本不同，秦观所表达意境，还是胜过那荒淫恶名的隋炀帝一筹。

另外，元代杂剧家王实甫《西厢记·长亭送别》，主在描写崔莺莺和张君瑞的缠绵依恋，无奈两人必须离别的心情，所唱："碧云天，黄花地，西风紧。北雁南飞，晓来谁染霜林醉？总是离人泪。"前两句明显从范仲淹《苏幕遮》的"碧云天,黄叶地"脱化而来。清朝梁廷楠《曲话》提到,王实甫作《西厢记》,写到这段文字时,因竭虑构思,竟心力交瘁、扑地而死,曲坛从此盛传他为撰写《西厢记》耗尽性命,成就这部脍炙人口的作品。

昨夜西风凋碧树，

独上高楼，望尽天涯路

名句的诞生

槛菊愁烟兰泣露。罗幕轻寒，燕子双飞去。明月不谙离恨苦，斜光到晓穿朱户。

昨夜西风凋碧树，独上高楼，望尽天涯路。欲寄彩笺[1]兼尺素[2]，山长水阔知何处。

——晏殊·蝶恋花

完全读懂名句

1. 彩笺：彩色信纸。2. 尺素：指书信。古人写信用素绢，通常长约一尺，故称尺素。

秋天的菊花看似含愁，兰花也沾上露珠，仿佛在轻轻啜泣。整座庭园笼罩一层蒙雾，带着轻微寒意，燕子为躲避寒冬到来，成双飞走。皎洁的明月，不知离别的痛苦，倾斜的月光，直到天明都穿透在红色大门上。

昨夜劲厉西风，将青绿树上叶子吹落遍地，独自登上高楼，望尽无垠天涯之路。想用彩色笺纸和绢书写信寄给心上人，但山路漫长，江水深阔，不知寄到何处，对方才能收到？

词人背景小常识

晏殊（公元991—1055年），字同叔，临川（今江西临川）人。根据《宋史·晏殊列传》所记，晏殊七岁能写文章，十五岁时，与一千多名成人一起参加考试，当时宋真宗亲临考试现场，小小年纪的晏殊，竟神气不慑，下笔就是一手好文章，得到皇帝的赏识，赐予进士出身。

晏殊平日好与贤士相处，对于提拔后进，更是不遗余力，如孔道辅、范仲淹、宋祁、欧阳修、韩琦、富弼等人，皆出其门下，但他的仕途也并非平步青云，曾经一度遭到小人陷害。原因是宋仁宗即位之初，年纪尚幼，刘太后奉真宗遗诏垂帘听政，但仁宗生母为李宸妃，掌权的刘太后在仁宗出生即将仁宗占为己有；李宸妃去世，晏殊奉诏撰写李宸妃墓志，当时正值刘太后听政，故墓志仅写李宸妃生女一人；迨刘太后崩，有人始把晏殊未在墓志中具实写出李宸妃为仁宗生母，拿来大加挞伐，晏殊为此遭到罢官。

隔了几年，晏殊又被召回朝廷，毕竟仁宗仍相当赏识晏殊的才能。其后晏殊年老病重，仁宗曾准备驱车到晏殊家中探病，晏殊得知消息，连忙请人奏报，不敢劳动圣驾到他家里；没多久后晏殊去世，仁宗虽有亲临晏殊的奠堂，却对生前未去探望晏殊感到万分憾恨，为此还罢朝两日，足见仁宗对晏殊的敬重之情。

名句的故事

晏殊从神童入试，仕途虽曾历经几许波折，但也做到宰相一职，权势可说相当显赫。然而，像他这样身居朝廷高位之人，其实更不便向外人道出心中真正感受，所以晏殊的词总有一层深婉含蕴的韵味，如同《蝶恋花》中的主人翁，虽承受离别思念之苦，仍能借由外在景物含蓄表意，展现其雍容内敛的深厚涵养。

《蝶恋花》主写暮秋怀人。上片透过秋寒景物，以及明月映照朱门，以突显身在富贵大户人家的孤独凉意；下片写登楼望远，难以遣排与心上人离别的愁苦，面对萧瑟西风，树叶尽落，词人眺尽远方，只见一片空旷，其中"独上高楼"又与上片"燕双飞去"遥相对应，更添人心的孤独落寞。想要进一步借书信传达思念，也是如此困难重重，一路山高水远，根本无法寄到对方手上。按理，不管多远的距离，也终有一天会将书信传送到目的地，除非是根本不知对方身在何处。作者在此似乎有难言之隐，却不明白说出，留予读者自行想象。

另外，晏殊也对"昨夜西风"一语颇为偏爱，在他另一阕《采桑子》下片写有"梧桐昨夜西风急，淡月笼明，好梦频惊，何处高楼雁一声"，同样也是运用西风具有凛冽、萧索气候的特征,暗喻人心正饱受风霜凄冷之苦。

历久弥新说名句

晏殊《蝶恋花》中"昨夜西风凋碧树,独上高楼,望尽天涯路"之句,被近人王国维用来比喻"治学三境界"的第一境界,在其《人间词话》写道"古今之成大事业、大学问者,必经过三种之境界",晏殊"昨夜西风凋碧树,独上高楼,望尽天涯路",原是词人独登高楼、表现怀人忧思之作,王国维却认为这样的意境,正是符合人一开始立志求学所必须经历的孤独感受,其后境界渐进,终能体会治学之道。

五代南唐亡国君主李煜,在《相见欢》上片写道"无言独上西楼,月如钩。寂寞梧桐,深院锁清秋";作者因满腔心事无处可诉,本想独上高楼,借以消忧,谁知眼前景物也笼罩在一片秋飒寂寥里,反而更添下片所言"剪不断,理还乱"的不尽情伤。

现代诗人郑愁予的《梦土上》,其中一段为"云在我的路上,在我的衣上/我在一个隐隐的思念上/高处没有鸟喉,没有花靥/我在一片冷冷的梦土上……"同样描述的是登高望远的心境,只是诗人并非"独上高楼",而是登上一块梦中之土,在那冰冷的梦土上,白云与他的路、他的衣,两相随行,梦土上没有花香鸟语,有的只是诗人心中那份隐然、说不出的思念情怀。

大美国学 宋词

春风不解禁杨花，
蒙蒙乱扑行人面

名句的诞生

小径红稀[1]，芳郊绿遍[2]，高台树色阴阴见[3]。春风不解禁杨花，蒙蒙[4]乱扑行人面。

翠叶藏莺，朱帘隔燕，炉香静逐游丝[5]转。一场愁梦酒醒时，斜阳却照深深院。

——晏殊·踏莎行

完全读懂名句

1. 红稀：花开得稀少。2. 绿遍：草叶繁茂。3. 阴阴见：暗暗显露。4. 蒙蒙：本意为下着小雨。此指乱扑的杨花。5. 游丝：烟丝。

小路上的红花稀少，郊外是遍地绿野，浓密树荫中高台楼阁隐隐露现。春风哪里懂得约束杨花，让它吹得到处飞舞，纷纷扑到行人的脸上。

黄莺藏在茂密绿叶里,燕子隔在朱红门帘外,细如丝缕的烟从香炉升起,在寂静屋内回绕盘旋着。醉酒的主人刚从一场春愁梦境醒来,那暮晚的斜阳早已映入深暗的庭院中。

名句的故事

此阕《踏莎行》全篇写景,但于景中寓情。上片写词人暮春出游,见到路上花朵日渐稀少,绿树满荫,阵阵春风把杨花吹落行人脸庞;下片写其返家之后,家中一片静寂,炉香熏烟,不禁令人沉沉睡去,当词人在醉酒愁梦中醒来,已见落日斜晖,照入幽深庭院。晏殊开篇尽言自然风光,隐约间出现行人来去匆忙的身影,上片"春风不解禁杨花,蒙蒙乱扑行人面",是作者将春风拟人化,埋怨春风不懂得约束杨花,任其纷乱飞到行人脸上,这也意谓行人早已满怀愁绪、不堪消除,谁知出外透气,又遇上春风杨花的不解人情。晏殊借春风杨花拂行人面,技巧地带出一直存在行人心中挥之不去的愁绪。

清代著名词评家黄蓼园在其《蓼园词选》中,评论晏殊《踏莎行》"春风不解禁杨花,蒙蒙乱扑行人面",是写"小人如杨花轻薄,易动摇君心也",意指晏殊虽身居高官显位,但缘于皇帝身边暗藏小人,故借杨花轻薄,暗批小人迷惑君主;这种说法,显然受古人解经影响,认为此乃晏殊隐讽小人祸国。

晏殊另一阕《踏莎行》,写有"垂杨只解惹春风,何曾系得行人住"之句，乍看之下，与此阕《踏莎行》十分神似，作者巧妙地重组文字，同样以拟人手法，写出杨柳随春风的曼舞，但看在词人眼底，不过是杨柳自作多情、闲惹春风罢了。展现婀娜姿态的杨柳，哪里系得住行人急于赶路的步履？词意带有无限感慨，表明人心若急于离开，任凭如何努力挽留，也都留不住只想远离的心。

清人李调元，人称"蜀中才子"，为清高宗乾隆时期的文学家，他在《雨村词话》中言道："晏殊《珠玉词》极流丽，能以翻用成语见长，如'垂杨只解惹春风，何曾系得行人住'，又'春风不解禁杨花，蒙蒙乱扑行人面'等句是也，翻覆用之，各尽其致。"正好说明晏殊擅长运用重复词汇，创造出不同意趣的词句。

历久弥新说名句

春风起时，杨花扑面，晏殊在《踏莎行》抱怨春风不知禁止杨花乱飞，是借景抒发"春怨"。不过同样面对"春风"，不同时代的作者，其遭遇不同，感受也自是有别。如唐代诗人李白，其五言古诗《春思》最末两句"春风不相识，何事入罗帏"，是诗人仿拟怨妇口吻而写，意思是说：我与春风本不相识，为何要吹入我的罗帐？此处"春风"同被作者拟人化，喻指外界干扰。妇人的丈夫迟迟未能返家，其身边可能出现其他追求者，或有旁人规劝她别再痴心空等，但妇人皆不为所动，不解外面那些与她本不熟识的人，何以一再烦乱她的生活，也看出妇人对丈夫坚定不移的情感，绝非任何外在诱惑所能动摇。

比李白年代稍晚的诗人孟郊，一生穷困潦倒，直到49岁高龄，才得以登进士第。放榜时正值春天，当孟郊见到自己金榜题名，喜出望外地写下一首七言绝句《登科后》，全诗如下："昔日龌龊不足夸，今朝放荡思无涯。春风得意马蹄疾，一日看尽长安花。"在此之前，孟郊已写过《落第诗》、《再下第诗》、《下第东南行》等多首描写落榜失意的诗作，如今他终可一扫阴霾，挥别不得志的过去。当诗人来到春暖花开的长安城，眼下尽是一片灿烂，仿佛春风徐徐为他吹拂，马蹄疾疾为他奔驰，诗中所言"春风得意"，得意之人自是孟郊，而非"春风"，此后"春风得意"也成为形容某人功成名就、诸事得意的一句成语。

> 当年不肯嫁春风,
> 无端却被秋风误

名句的诞生

　　杨柳回塘,鸳鸯别浦[1],绿萍涨断莲舟路。断无蜂蝶慕幽香,红衣脱尽芳心苦。

　　返照[2]迎潮,行云带雨,依依[3]似与骚人[4]语:当年不肯嫁春风,无端却被秋风误。

——贺铸·踏莎行

完全读懂名句

1. 别浦:生长荷花的地方。2. 返照:夕阳的回光。3. 依依:形容荷花随风摇摆的样子。4. 骚人:意指诗人墨客。

　　杨柳低垂、鸳鸯嬉游的池塘浦岸边长满荷花,荷叶间铺满翠绿浮萍,阻断了莲舟漂浮的行路。夏日时节盛开,没有蜜蜂蝴蝶追逐荷花的幽香,然一到秋日,又红衣落尽,芳华消逝。

迎着夕阳的回光、夜晚涌上的水潮，荷花在云气与细雨之中来回摇曳，似乎在悄悄地向诗人墨客低语慨叹：就是因为当年不肯追随春风，到如今才会反被秋风误了佳期。

词人背景小常识

贺铸（公元1052—1125年），字方回，是宋太祖贺皇后的族孙，但是他对自己的皇家身份却一点也不在意，更不屑在官场上周旋，做一些阿谀奉承之事，因此得罪了不少权贵。所以纵使他有建功立业的雄心壮志，但却因个性过于耿直，又好评论时政、使酒尚气，所以一生仕途坎坷。

相传贺铸身高八尺，头发稀少、面色青黑、眉目耸拔、嘴唇外翘，相貌奇丑，如城隍庙中判官，因此当时人皆称他为"贺鬼头"。他虽不以皇家身份为傲，但却喜欢提及自己是唐代著名诗人贺知章的后裔，由于贺知章曾旅居庆湖，他便自号为"庆湖遗老"，并有《庆湖遗老前集》、《庆湖遗老后集》传世。年轻时的贺铸颇有任侠之风，但到了晚年竟也敛尽年少锐气，以校笺古籍、编订旧稿，终老一生。

说起来贺铸也算是个奇人，但正史中对他的记载却不多；大体来说，在北宋词人中，除了苏轼之外，风格最多变者当推贺铸。张耒在《东山词》序中曾如此说道："盛丽如游金、张之堂，而娇冶如揽嫱、施之袪，幽洁如屈、宋，悲壮如苏、李。"意思便是指贺铸之词风可以说兼具"婉约"、"豪放"两家之长。

名句的故事

贺铸的《踏莎行》表面看似是咏荷花,但其实却是作者借荷花性情高傲、孤芳自赏的性格,来表达自己怀才不遇的苦闷,由其中最为人称颂的"当年不肯嫁春风,无端却被秋风误"二句,更可看出词人那不愿趋炎附势但却致一身零落、一事无成的无奈与黯然。

其实"当年不肯嫁春风"中的"嫁春风"之语最早出于李贺的《南园》诗:"嫁与东风不用媒。"而韩偓的《寄恨》诗则是贺铸所引用的根本:"莲花不肯嫁春风。"虽一则用"莲"一则用"荷",但二者意义是相同的,都是意味着在"美人迟暮"后对"不知惜取少年时"的悔恨。

《宋史·文苑传》中曾如此描述贺铸:"喜谈当世事,可否不少假借……虽要权倾一时,少不中意,极口诋之无遗辞。人以为近侠……竟以尚气使酒,不得美官,悒悒不得志。"意思便是说贺铸此人明明具有皇族身份,又喜欢谈论国事,只可惜过于心直口快,又好酒、好打抱不平,因此让许多"要人"都看不顺眼,不肯给他一个可以发挥长才的职务,让他终其一生都郁郁寡欢。

在中国历史上,与贺铸相同遭遇的文人其实不在少数,李白、杜甫都在其列,究其根本都是因为这些人的"个性"太过于独特,不肯为五斗米而折腰、改变自己的原本个性,但也正因为如此，中国政坛虽少了不少能人志士，不过中国文坛却也多了许多千古名作，让后人得以吟哦传颂。

历久弥新说名句

"当年不肯嫁春风，无端却被秋风误"，表达的是一种"错失良机"的无可奈何与悔恨，其间自怨自艾的成分颇高，而今天人们常说的"识时务者为俊杰"一语则恰恰与其相反，它教导人要在最适当的时候把握时机，以免沦至只能感叹"秋风误"的窘境。

在中国古代的诗词之中，要人好好把握光阴、把握时机的可说不在少数，在其中，著名的《金缕衣》可说是最为人所熟知的了："劝君莫惜金缕衣，劝君惜取少年时。花开堪折直须折，莫待无花空折枝。"虽然有人曾认为此诗似乎有劝人"及时行乐"之嫌，但若略去此部分不论，这首诗还是颇具代表性。

其实不只中国，在外国俗谚之中也有许多具有相同意义的警语存在，例如："You cannot have two forenoons in the same day."（一日之中不可能有两个上午）以及"When any opportunity is neglected, it never comes back to you."（机不可失，时不再来）

而这类警语，全是为了不让人在时过境迁、机会丧失之后，再来为自己的错误抉择与判断终身懊悔，毕竟人们虽有后悔的权

利,但却永远没有后悔的机会。现今人们口中常说的戏谑之语"千金难买早知道",其实也正是劝人不要在自叹"秋风误"之后,才后悔当初"不嫁东风"的最好注脚。

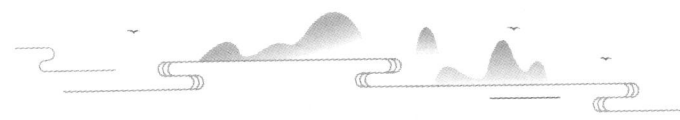

烟柳画桥，风帘翠幕，
参差十万人家

名句的诞生

　　东南形胜，三吴[1]都会，钱塘自古繁华。烟柳画桥，风帘翠幕，参差十万人家。云树绕堤沙。怒涛卷霜雪，天堑[2]无涯。市列珠玑，户盈罗绮，竞豪奢。

　　重湖叠巘[3]清嘉。有三秋桂子，十里荷花。羌管弄晴，菱歌泛夜，嬉嬉钓叟莲娃。千骑拥高牙[4]。乘醉听箫鼓，吟赏烟霞。异日图将好景，归去凤池[5]夸。

——柳永·望海潮

完全读懂名句

　　1. 三吴：指钱塘。位于钱塘江北岸，旧属吴国，故曰三吴，今浙江杭州。2. 天堑：天然的坑沟，足以为阻隔。史称长江为天堑。此指钱塘江。3. 叠巘：巘，音 yǎn。大山上之小山。叠巘：此指重叠的山峦。4. 高牙：军队中的将帅大旗或军前大旗。此指大官出行的仪仗旗帜。　5. 凤池：即凤凰池，皇家宫苑中的池沼，魏晋时中书省因靠近宫苑而称之，其后遂称掌管机要的中书省为凤池。此指朝廷。

钱塘是东南最好的地方，是三吴最著名的都会，自古以来即是繁华所在。画有彩画的桥边，烟雾弥漫着杨柳，轻风吹着翠绿竹帘，全城住有大大小小十万户人家。烟云笼罩的树木环绕着沙石江堤，汹涌波涛卷起白色浪花，一眼望去，根本不见钱塘江的边际。市集上摆有珍贵的珠宝，家家户户都是绫罗绸缎，像是在竞赛奢华。

西湖四周重叠的山峦清秀美丽。湖岸有深秋九月的桂花，湖中有夏日绵延十里的荷花。晴天羌笛乐声悠扬，夜晚则有采菱人的歌声，时常伴有钓鱼老翁、采莲姑娘在湖边的嬉闹声。您游西湖时旌旗高挂，身旁众多侍卫拥护。趁着醉意，听着美妙的箫鼓音乐，吟写诗词，赞赏西湖的烟霞山水。日后将这幅美景画下来，等回到朝廷，好向他人夸耀这里的风光。

词人背景小常识

柳永（公元985—1053年），字耆卿，崇安（今福建崇安）人。柳永原名"三变"，曾参加多次进士考试都未录取，他在《鹤冲天》写下"黄金榜上，偶失龙头望"、"忍把浮名，换了浅斟低唱"等句，认为自己是贤才，却未获得皇帝青睐，又把进士及第比做浮名虚幻，不如与歌妓饮酒唱和；此词一出立刻传遍京城，也传进年轻又喜好词曲的仁宗耳里，自此对"柳三变"这号人物甚为不满。

其实柳永并未真把进士视为"浮名"，他依然继续参加科举，当揭晓新进士名单时，仁宗一听到"柳三变"，即下令将他除名，还说此人"且去'浅斟低唱'，何要'浮名'"，眼看快要到来的功名，竟因仁宗的一句话，全都付诸东流，他只好谑称自己是"奉旨填词柳三变"，意味着他可是奉了仁宗圣旨填词，语意充满自我解嘲的无奈。

或许"三变"这个名字带给柳永人生诸多不顺，其后遂改名"永"。等到考中进士，已是快要半百年纪，由于曾经得罪过皇帝，一直无法升迁至较高官位，外加生性放荡、流连狭邪，又喜作艳词，予人不雅印象，导致士大夫阶层对他的风评不好。不过，正因柳永的仕途失意，使他更有机会深入民间，理解市井百姓、青楼歌妓的内在心声，当时流行"凡有井水饮处，即能歌柳词"一语，可见柳永的词作是如何广受平民大众的喜爱。

名句的故事

《望海潮》为柳永酬赠杭州某位显达官员之作。上片细绘钱塘的富丽繁华，不但佳丽如云、人声鼎沸，家家户户都在竞逐奢华。下片则写西湖的山水风光、人文景物，词末还不忘对受赠者赞美奉承一番。

其中"烟柳画桥，风帘翠幕，参差十万人家"，不仅道出北宋初期杭州的风光明媚、诗意如画，同时勾勒杭州富庶鼎盛的住户人家，充塞一股欢欣宜人气象；不过，等到南宋高宗迁都至此，杭州晋升为全国首善之都时，其声势规模比起北宋，可说又向前跨越了一大步。

《望海潮》为柳永酬赠写给当时居住杭州的高官，目前已无法确定其写作动机为何，但从他的其他作品中也有出现酬赠各地官员之词，内容同样描述当地人文风情，如歌咏苏州（今江苏苏州）的《木兰花慢》之"古繁华茂苑，是当日、帝王州"，又如歌咏益州（今四川成都）的《一寸金》之"井络天开，剑岭云横控西夏"等。南宋人祝穆在《方舆胜览》中，记录北宋担任翰林学士的范镇，曾说过"仁宗四十二年太平，镇在翰苑十余载，不能出一语咏歌，乃于耆卿词见之"，表达范镇在宋仁宗太平盛世，任职翰林院多年期间，完全作不出一句歌词颂扬，原因即在柳永已把当时的太平气象先写出了。这也可说是对柳永描述都会形象功力的高度肯定。

历久弥新说名句

据南宋人罗大经《鹤林玉露》记载："孙何帅钱塘，柳耆卿作《望海潮》词赠之。此词流播，金主亮闻歌，欣然有慕于三秋桂子，十里荷花，遂起投鞭渡江之心。"《宋史》中有为孙何作传,他是宋太宗淳化三年(公元992年)的进士,曾做过两浙转运使,去世于宋真宗景德元年(公元1004年)。若如《鹤林玉露》所记,柳永酬赠对象是孙何的话,推论他写《望海潮》时,年仅二十岁。

姑且先不论孙何是否真为柳永《望海潮》的受赠者,此词更传奇的故事还在其后,当《望海潮》已流传一百多年,金主完颜亮读到心存垂涎,从此兴起渡江南征之心,他还写下一首进攻南宋宣言的诗:"万里车书尽混同,江南岂有别疆封?提兵百万西湖上,立马吴山第一峰。"(《七绝》)意指他要普天下的车轨、书文,江南岂可容下别国疆域?准备率百万军兵到杭州西湖,骑着战马立上天吴第一高峰。完颜亮果真在南宋高宗绍兴卅一年(公元1161年)对南宋发动大规模的战争,但终究失败,后为部将所弑。

其实,完颜亮本来就是野心勃勃之人,他想渡江南侵,绝非只是读了《望海潮》才萌生的念头,但从以上的历史传说,可知柳永《望海潮》在北、南宋的普遍流传,其词生动摹临杭州都会以及西湖山水的如实景貌,至于被后人扣上祸国的无妄罪名,恐怕是柳永当初下笔时所始料未及的吧。

> 荏苒一枝春，
> 恨东风、天似人远

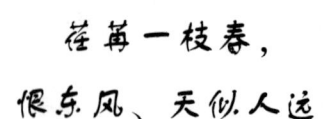

名句的诞生

层绿[1]峨峨，纤琼[2]皎皎，倒压波痕清浅。过眼年华，动人幽意，相逢几番春换。记唤酒寻芳处，盈盈褪妆晚。

已消黯。况凄凉、近来离思，应忘却明月，夜深归辇[3]。荏苒[4]一枝春[5]，恨东风、天似人远。纵有残花，洒征衣、铅泪[6]都满。但殷勤折取，自遣一襟幽怨。

——王沂孙·法曲献仙音

完全读懂名句

1. 层绿：指绿萼梅。2. 纤琼：指细玉般的白梅。3. 归辇：指南宋帝室游幸聚景园，皇帝乘辇晚归。4. 荏苒：柔弱貌。5. 一枝春：指梅花。6. 铅泪：形容眼泪沉重如铅水。

绿萼层层像翠峰重叠，白梅琼琼如莹玉皎然，繁丽的花枝倒压西湖，波痕清浅。逝去的年华似过眼云烟，动人的意韵清淡悠远，再相逢已变换了几度春天。记得当年呼酒畅饮，赏梅寻芳的地方，她像盈盈雅立的佳人，伫立于黄昏，褪掉残妆。

这情景令人销魂黯然。更何况近来离思深切，凄凉难堪，大概已淡忘昔日月明游宴、夜深归返、驾车乘辇的赏乐流连。可惜辜负这一枝柔弱春色，恨春风吹起时，你还在那遥远的天边。纵然还有残花点点，飘洒在我的衣襟上，似点点粉泪落在胸前。我深情地折取一枝梅花，聊以排遣满腔的幽愤和抑郁。

词人背景小常识

王沂孙（生卒年不详），字圣兴，号碧山，又号中仙，宋末元初会稽人，其著作收于《碧山乐府》，又名《花外集》。南宋灭亡后他曾担任元朝学正，以夷夏之防的传统眼光来看，王沂孙不仅上无殉节表忠，下无隐逸守节，甚至还服务于蛮夷政权，是为失节的亡国士人，因此历来对于王词的评价并不高。王沂孙曾和当时著名词人周密、张炎来往密切，且一同结社填词，但其词名远不如周密、张炎之远播。王沂孙写词工于咏物，以物来迂回隐讳表达真意，托意隐约来呈现其绝望的哀怨，对现实虽无实际警世之用，但仍发出些微遗民的呻吟、苦痛。

然而，清代士大夫对于王沂孙的词相当推崇，清人陈廷焯于《白雨斋词话》评："王碧山词品最高，味最厚，意境最深，力量最重。"将王词推到至上的地位；之所以如此，在于清朝士人所面临的处境同于王沂孙，皆为亡国士大夫，因此更能对王词感同身受、心有戚戚焉，也多喜猜测推敲王词中晦涩之句，甚至常有牵强附会之处，但也因而更激起不同处境之辈的认同。近代诗词大家叶嘉莹将王沂孙放在文学脉络的"咏物"传统中，认为其地位甚为重要，近人不应小觑。叶嘉莹的评论甚为中肯，也将王词归放于历史上该有之评价。

名句的故事

《法曲献仙音》写于聚景亭，题为咏梅词，实则借梅抒怀其思故人之情，他这首词是与周密相互合作。周密与王沂孙是历经南宋亡国之痛的词人，他们与张炎、仇远等人共同组成一个词社，常借咏物之词来寄托遗民之志。王沂孙《法曲献仙音》上片先描景入情，他不改其精雕词句之手法，不落俗套地以"层绿峨峨，纤琼皎皎"形容梅树上尚未凋零的白梅花与初发的青嫩绿芽枝相互交映的模样。诗题咏述后，才从外物转至思友之情，回忆过去一起于亭中喝酒吟诗，如今过眼年华，已经不知过了几年春。

周密所写之《法曲献仙音》题为"吊雪香亭梅"，同是咏梅之作，也云"叹花与人凋谢，依依岁华晚"，同样将己身遭遇投射至梅花，再由梅花凋零转回悼叹光阴逝去、年华老去。王沂孙与周密所作之最大差别，在于前者虽写梅，但情景交融，实借梅写故人之思、故国之念，笔法甚为委婉、含蓄；周密所作则尽为一片凄凉，他只叹花谢，却无意识春已到人间，仅一倾内心之悲怆，立意相较之下不如王沂孙来得深远、清丽。

历久弥新说名句

"荏苒一枝春，恨东风、天似人远"，写的是伊人仍在远方，即便春已到来，也无法一起欢度，思念于是冒上心头。孔子说："德不孤，必有邻。"人生在世难免有几位知心好友，却因为现实种种因素而往往无法常聚首。韩愈在一次送别弟子李翱时，也曾感慨道："宁怀别时苦，勿作别后思。"（《送石洪处士赴河阳幕得起年》）他宁可于送人离去时心怀苦楚，再怎么难过，好歹还见得着人，别离之后的两地相思，却只能盈盈环绕于胸怀，无可慰藉、无以忘却。

人常言思念总是在分离以后，是这样吗？总是诗意盎然的席慕蓉，曾在作品《渡口》中吟道："让我与你握别/再轻轻抽出我的手/知道思念从此生根/浮云白日/山川庄严温柔/让我与你握别/再轻轻抽出我的手/华年从此停顿/热泪在心中汇成河流/是那样万般无奈的凝视/渡口旁找不到一朵可以相送的花/就把祝福别在襟上吧/而明日/明日又隔天涯。"同样写的是离别，席慕蓉的作品充满温情与传神。思念何时生根？不是从离别开始，而是在握别当中已深种在内心。即便内心有重重的不舍，也努力将眼泪埋藏在心里，仅在眼神中依稀吐露着无奈，但说出口中的却是一串串祝福，即便明日即将与你相隔天涯。

东风且伴蔷薇住,
到蔷薇,春已堪怜

名句的诞生

接叶巢莺,平波卷絮,断桥斜日归船。能几番游。看花又是明年。东风且伴蔷薇住,到蔷薇,春已堪怜。更凄然,万绿西泠,一抹荒烟。

当年燕子知何处?但苔深韦曲[1],草暗斜川[2]。见说新愁,如今也到鸥边。无心再续笙歌梦,掩重门、浅醉闲眠。莫开帘,怕见飞花,怕听啼鹃。

——张炎·高阳台

完全读懂名句

1. 韦曲:在陕西长安城南,唐代韦氏世居此地,故称"韦曲"。此指西湖附近贵族府邸。2. 斜川:在江西星紫、都昌两县间。陶渊明曾写游斜川诗。此指隐士所在之地。

密密麻麻的叶丛里，莺儿在巢中昂声歌唱着。轻飘飞扬的清絮卷入流水中，断桥下船儿乘着斜阳西归。能再游历几次？再来就要等到明年才能重睹芳春。东风啊，你且伴随着蔷薇住下吧。因为蔷薇花一开，就代表着春天即将结束了。更凄惨的是春天尚未归去，而绿意遍布的西泠桥畔，却已经是一片触目惊心的荒芜烟景。

当年巢居的燕子谁知飞向哪里？但只见贵族府邸聚集的地区青苔深碧，隐士闲居的川原也草色暗绿。经说新生的愁绪，如今也沾惹到白鸥羽翅。我已无心再续笙歌欢愉的旧梦，掩闭重重门户，带着轻微的醉意悠闲地酣眠宁息。不要把帷帘掀起，怕看见落花的飘飞，怕听见杜鹃的悲啼。

词人背景小常识

张炎（公元1248—1320年），字叔夏，号玉田，又号乐笑翁，为南宋末元初人，著有《山中白云词》。张炎出身贵族世家，一生未曾出仕，随着南宋灭亡，家产散佚，落魄而终。元世祖至元二十七年，张炎曾北游元都，希望能在新王朝中谋得一官半职，但未能如愿，于是失意而归。张炎想对外族政权屈膝的举动，在传统士大夫群中算是少数的特例，内心的挣扎与舆论的压力可以想象。或许也因为这样，使得他一生思想游移于异族、忠孝之间，造成其诗词中充满朦胧的哀怨，不直接抒发而是工于辞藻，意象多隐而不彰，以含蓄、隐讳的方式流露出其亡国伤痛，留给读者袅袅不尽的哀绪余音。

张炎在政治态度上的动摇，缺乏华夏意识之软弱举动，不仅影响到他个人的诗词内容，也扩及后人对其词之评价不高。一直到清朝才有了改变，清代《四库全书提要》评："所作往往苍凉激楚，即景抒情，备写其身世盛衰之感，非徒以剪红刻翠为工。"是历来评价中较为中肯的。

名句的故事

《高阳台》作于南宋灭亡以后，词人故地重游，由于景物依旧、人事已非，心生感慨，因而着词抒发其亡国之痛。《高阳台》内容可分为上下两片词，开头张炎引用素有诗史之称的杜甫诗句"卑枝滴结子，接叶暗巢莺"，点出暮春时节莺儿正忙着于叶丛中筑巢繁衍。"能几番游？看花又是明年"，到此文锋一转，带出词人心中欲言之慨然，因为此时所见之良辰美景已经接近尾声，春天即将过去。于是词人道出："东风且伴蔷薇住，到蔷薇，春已堪怜。"企图挽留春天的脚步，因为到了蔷薇盛开时春光已了无几时了。到此为止皆是一般的惜春、伤春的词句，然张炎又下一个顿挫，以"更凄然"带出深沉的韵义，"一抹荒烟"则直接点出亡国之痛的主题。

张炎以蔷薇入词，代言其惜春、伤春，让蔷薇成为暮春时节的代表花卉。元人张可久以散曲、小令闻名于后代，其中《折桂令·村庵即事》："春色无多，开到蔷薇，落尽梨花。"改写自张炎"到蔷薇，春已堪怜"一词。梨花是春天盛开的花卉，因此当晚春的蔷薇盛开时，它的花期也将要结束。陈廷焯《白雨斋词话》评："玉田《高阳台》，凄凉幽怨，郁之至，厚之至。"是张炎词中少见的佳作。

历久弥新说名句

"能几番游？看花又是明年"是本阕词第一个转折点，词人因花落引发韶光易逝的感触，唐代诗人刘希夷也曾经运用类似的手法，且技巧更为纯熟、词义更为深邃。据说刘希夷在写《代悲白头翁》时曾发生一件轶事，前言先语："今年花落颜色改，明年花开复谁在？"顿时忽感悟似有不祥，然仍不以为意继续下笔吟咏，后却接"年年岁岁花相似，岁岁年年人不同"，心里更感不安，但由于此句措义甚佳，不忍删去，于是两相保留。后来刘希夷的恶兆果真灵验，他在隔年初春时节亡逝，没来得及再次赏看春天绽放之花蕊，然而也因为他一念之间留下这两阕经典名句。

台湾早期留日音乐家郭芝苑，有一次邀请友人詹益川到家里作客时，看到宅院里盛开的蔷薇花，有感而发地用闽南语写下一首白话诗，郭芝苑且为其谱曲，成为台湾光复初期深具代表性的歌曲《红蔷薇》。初版是以闽南语写成，然而由于政局使然与流通因素，正式发表时重新以国语填词，词为："红蔷薇呀，红蔷薇，夜来园中开几蕊，红在枝头照在水，吩咐东风莫乱吹。红蔷薇呀，红蔷薇，早来园中多露水，枝枝叶叶尽含泪，问你伤心是为谁。"词句简洁、含情，同样以东风、蔷薇入词，但已少了"东风且伴蔷薇住，到蔷薇，春已堪怜"般惆怅及那股说不出的悲痛情怀。

第一章 昨夜西风凋碧树

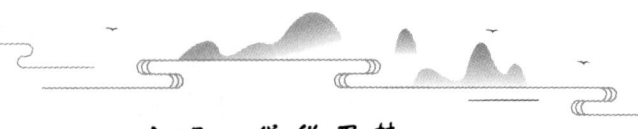

> 分明一觉华胥梦，
> 回首东风泪满衣

名句的诞生

客路那知岁序移，忽惊春到小桃枝。天涯海角悲凉地[1]，记得当年全盛时。

花弄影，月流辉，水晶宫殿五云[2]飞。分明一觉华胥梦[3]，回首东风泪满衣。

——赵鼎·鹧鸪天

完全读懂名句

1. 悲凉地：指建康。2. 水晶宫殿：指在明月华灯辉映下的汴京宫殿。五云：五色祥云，用来形容皇家气象。3. 华胥梦：引申为恍如一梦。

初到建康，身在客地，不知不觉已过了一段时间，忽然惊觉春天已到，又是桃花绽放时节。自四面八方逃难而来的人聚集在建康，忆起当年在北方欢度元宵节时的盛况。

月下花儿舞弄着清影，月光流转似清辉。仿佛回到过去那个笼罩在明月华灯下、五色祥云的汴京宫城。一觉醒来才知是南柯一梦，回首从前，春风吹动着我满是泪水的衣裳。

词人背景小常识

赵鼎（公元1085—1147年），字符镇，号得全居士，山西解州人，于北宋徽宗五年考上进士，官至洛阳令、开封市曹。北宋灭亡后，赵鼎随着政府南迁，初期受到继任的南宋开国主高宗重用，拔擢至尚书左仆射、同中书平章事，等同于宰相一职，在其任内，他力荐武将岳飞高升。赵鼎与岳飞皆是力主抗金，希望能北伐成功、收复故土，但这个愿望与高宗内心所想的有所偏差，因此不久赵鼎就遭贬出京，其所推荐名将岳飞也在后来被高宗暗允、秦桧使计谋成功夺权、杀害。宋高宗在因缘际会下，因祸得福取得王位，一旦北伐成功，那皇位就必须还给弟弟钦宗，在这种巧妙的立场下，高宗又怎会想努力抗金呢？

几年之后，随着宋金和议成为定局，南宋要求金人还给他们徽宗的灵柩与高宗之母韦太后，却绝口不提仍羁留北方的钦宗，高宗对钦宗投鼠忌惮的心理显而易见。

此时的赵鼎因为一心想迎回钦宗，又与秦桧不合，于是一次次越贬越南方、越荒凉，当他被贬到广州时，又遭到朝廷诬陷，改贬至海南岛。赵鼎至此已知一切无可指望，忧愤下绝食而死，享年63岁，死后追谥忠简，封丰国公。赵鼎在历史上是南宋中兴名臣，然因不善揣度上位者的心意，一味忠心耿耿想要光复故土、迎回二帝，造成他人生的悲剧，也影响其诗词创作，皆离不开思故土、亡国恨的基调。

名句的故事

赵鼎《鹧鸪天》一词写的是北宋亡国后，宋朝偏安南方，在新的都城南度过第一个上元节，上元节即正月十五号元宵节，让客居游子不得不思想起过去汴京繁盛的上元灯节。《鹧鸪天》可分为上、下两片词，上片词言"客路那知岁序移，忽惊春到小桃枝。天涯海角悲凉地，记得当年全盛时"，描述流寓他乡的子弟哪有心情注意到节气的变化，恍然一惊原来春已到人间，这份生机盎然并无减轻他内心悲怆，反而更令游子回忆起过去汴京城内繁华热闹的情景。本篇名句撷取《鹧鸪天》下片词，可细分为两个部分，一是回忆汴京元宵五光十色、气势盛大的景象，之后语气一顿，悲哀忖道"分明一觉华胥梦，回首东风泪满衣"，仿佛就像是"故国不堪回首月明中"、"长使英雄泪满襟"。

赵鼎以"分明一觉华胥梦"来代称当年情景，恍若隔世，这句话也是本阕词中关键句子，亦即是"词眼"，将词意推展至高潮。"华胥梦"典故来自《列子·黄帝》，故事是说黄帝某一天在白昼小憩，梦里神游华胥氏之国，这个国家的人民不嗜欲，崇尚自然，没有爱恨欲望，因此也无设立任何君帅长官，百姓安于其位，一切返璞归真，没有利害冲突。赵鼎以这个典故来比喻北宋当年全盛模样，但随着金兵入侵，一切灰飞烟灭。事实上赵鼎所言已是回忆时夸大的讲法，因为如我们所知，北宋一代羸弱不堪，虽然社会上出现一批复兴儒家思想的理学家，但仍无法革新现实上的窘困，外患威胁接连出现、内部问题也等候解决，汴京的繁华仿似海市蜃楼般虚无不实，词人仅是挥洒其思故国故君之情。

历久弥新说名句

赵鼎《鹧鸪天》以"分明一觉华胥梦"来形容过去故国美好的景象，仿佛是传说中的华胥国。古人善以梦来寓事，华胥国梦是其一，其余的还有"南柯一梦"，比喻人生的荣辱盛衰如梦一般虚幻。"南柯一梦"出于唐代李公佐《南柯太守传》，记载一位广陵人淳于棼喝醉酒后于梦境中的游历，他被大槐国国王赏识，且招他为驸马，赐给他南柯郡太守一职，上得君主器用，下得百姓拥戴，且家庭幸福美满。不料后来邻国来侵，淳于棼率兵拒敌却屡战屡败，皇帝渐渐不信任他，爱妻也在此时病故，让他尝尽种种穷通荣辱。最后，皇帝允许淳于棼返家探亲，他醒来后却发现自己躺在一棵大槐树下，树下有大蚂蚁洞，而刚刚的一切梦境均只是发生于树旁之蚁穴内，大槐国即是蚂蚁国。后世因此常以"南柯一梦"来形容人生如梦，富贵得失无常。

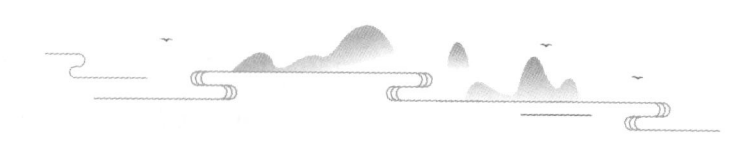

帘卷西风，人比黄花瘦

名句的诞生

薄雾浓云愁永昼，瑞脑[1]消金兽。佳节又重阳，玉枕纱厨，半夜凉初透。

东篱[2]把酒黄昏后，有暗香盈袖。莫道不销魂，帘卷西风，人比黄花瘦？

——李清照·醉花阴

完全读懂名句

1. 瑞脑：即龙瑞脑，香料。 2. 东篱：泛称种菊花的地方。

薄雾浓云遮蔽了漫长的白昼，忧愁压抑着我心头，龙瑞脑在兽形铜炉里燃烧消耗。又是重阳佳节来到，半夜的凉气将玉枕纱帐浸透。

黄昏时独自到院子里赏菊喝酒，带着盈满袖子的菊花幽香归去。可别说这样就不让人黯然销魂，当西风卷起帘子时，你可瞧见那屋里的人儿比菊花还要瘦啊！

词人背景小常识

李清照（公元1084—1155年），号易安居士，济南人。李清照出身于书香世家，父亲李格非是当时著名的学者，母亲王氏也出身名门，汇集父母双方的家学渊源，为李清照奠定深厚的文化底蕴。李清照一生曾有两次婚配，初次是十八岁时下嫁当朝宰相之子赵明诚，夫妻伉俪情深、相知相惜，共同携手走过近三十年。李清照守寡后，又面临政治动荡变局，随着流亡政府南奔西躲，心境上也低落甚多，直至三年后南宋偏安之局已定，她才再度安稳下来。她晚年历经战乱兵火四处流窜，且丈夫先逝后独自一人凄凉度日，聪慧的才女在此孤苦无依的情形下结束一生。

李清照个性刚强坚毅，主张行事甚有个人风格，在诗歌或生活哲学中表露无遗。在"女子无才便是德"的过去，李清照算是一枝独秀的奇葩，拥有不下于男子的才气，且更能以女性温婉细腻的眼光看待世界。此外李清照也有豪爽、不拘小节之处，展现婉约词之外的潇洒、倜傥，不让须眉。

名句的故事

李清照《醉花阴》描述与丈夫分别之后的相思，词人以"人比黄花瘦"来形容妻子思念夫婿而致倩影消瘦。元朝伊世珍《琅嬛记》中曾流传着一个故事，提到李清照曾于重阳节时作《醉花阴》词函赠夫婿赵明诚，赵明诚看了之后，自叹莫及，吟咏再三。之后赵明诚混杂自己所写的词与《醉花阴》，拿给友人陆德夫评鉴。陆德夫玩赏之后说道："这些之中只有三句绝佳好词。"赵明诚接着问道："是哪三句？"陆德夫回说："正是'莫道不消魂，帘卷西风，人比黄花瘦'。"虽然今考证《琅嬛记》所记非真，但赵明诚本善金石刻词，于文学造诣确实比不上李清照，也难怪元人会因此衍生出这项轶事。

  李清照于本篇名句中沿用几个典故，"东篱把酒黄昏后"、"有暗香盈袖"与"莫道不销魂"。东篱之典故来自于陶渊明"采菊东篱下，悠然见南山"，此时此刻李清照的心情当然迥异于陶渊明当时之雅兴，故以之相对照，用以衬托心中莫大之伤愁。至于"暗香盈袖"之典故则取自于《古诗十九首》的"馨香盈怀袖，路远莫致之"，暗写李清照无法排遣对丈夫的思念。"莫道不销魂"则是脱胎于南朝江淹《别赋》所言："黯然销魂者，唯别而已矣。"李清照以其绝妙高超的艺术技巧，将古人所用之词句加以改造，镕铸出新词，焕发出新的光彩，成为千古绝唱。

  清代文学家谭莹曾评李清照词云："绿肥红瘦语嫣然，人比黄花更可怜。若并诗中论位置，易安居士李青莲。"谭莹从清照词中撷取两个经典之作，分别取自《如梦令》"知否？知否？应是绿肥红瘦"及本篇名句"莫道不销魂，帘卷西风，人比黄花瘦"。更有趣的是，谭莹欲以诗中地位来比拟李清照，评其词宛若唐诗大家李白,这是至高无上的评语,也点出李清照在词史上的地位。

历久弥新说名句

李清照言"人比黄花瘦",之所以用黄花来比拟,主要是搭配着当时的节气,《醉花阴》前头即道"佳节又重阳",点出本阕词写于九九重阳节,从中带出整篇词章的文气。古人相当重视农历九月九号的重阳节,习俗上当天亲友们团聚思先祖、相携登高、佩茱萸、饮菊酒,因此李清照于后头也沿用"把酒"、"黄花"等词来象征重阳节日。

历来中国诗词传统即有以花草植物比拟,吐诉内心深处的心声与难言之隐,"人比黄花瘦"是其中最具代表性的词句。曹雪芹《红楼梦》二十七回中黛玉葬花,即是以花草比拟自身的成功范例之一,其言:"尔今死去侬收葬,未卜侬身何日丧。侬今葬花人笑痴,他年葬侬知是谁。试看春残花渐落,便是红颜老死时。一朝春尽红颜老,花落人亡两不知。"后世红学研究者认为,早在此处曹雪芹已以花暗喻,林黛玉将如春残花落般红颜早逝。

席慕蓉于新诗《一棵开花的树》也吟咏道:"如何让你遇见我/在我最美丽的时刻/为这/我已在佛前/求了五百年/求它让我们结一段尘缘/佛于是把我化做一棵树/长在你必经的路旁/阳光下慎重地开满了花/朵朵都是我前世的盼望/当你走近/请你细听/

那颤抖的叶是我等待的热情/而你终于无视地走过/在你身后落了一地的/朋友啊/那不是花瓣/是我凋零的心。"这首新诗也是以花木来自拟，诉说着真情不渝与失落怅然的伤痕，随着风吹飘零的花瓣其实是诗人滴滴血泪的心碎。

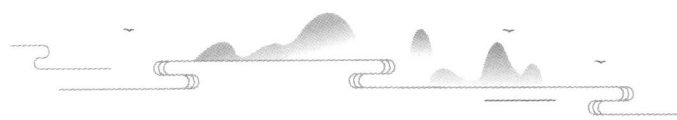

回首向来萧瑟处,
归去,也无风雨也无晴

名句的诞生

莫听穿林打叶声,何妨吟啸¹且徐行。竹杖芒鞋轻胜马,谁怕?一蓑²烟雨任平生。

料峭³春风吹酒醒,微冷,山头斜照却相迎。回首向来萧瑟处,归去,也无风雨也无晴。

——苏轼·定风波

完全读懂名句

1. 吟啸:吟诗、长啸。表示意态闲适。 2. 蓑:音 suō,即蓑衣,用草或棕毛制成的雨衣。 3. 料峭:形容风力寒冷、尖利。

别理睬那雨点穿过树林敲打叶子发出的沙沙声,我们何妨一边呼啸歌唱,吟着诗慢慢前行。手拄竹杖,脚穿草鞋,比骑马还要轻快便捷,谁还怕这点风雨?即使披着蓑衣,任凭风雨吹打、湖海烟雨，也能度过一生。

清劲的春风把酒意吹醒了，寒意袭人。这时，天已放晴，山头的一抹夕阳正迎面照耀着我们。回顾来时风雨潇潇的情景，归去的路上，已是风停雨静。

词人背景小常识

苏轼（公元1036—1101年）自幼聪明过人，年纪轻轻就已经锋芒毕露。苏轼二十岁时就和弟弟苏辙跟随着父亲苏洵进京应试，以一篇《刑赏忠厚之至论》夺得第二。苏轼考取以后，照惯例去拜见主考老师欧阳修，两人相谈甚欢，欧阳修觉得苏轼气宇非凡、才华出众，打心眼里喜欢，于是就惜才地跟旁人说道："老夫当避路，放他出一头地。"（这就是成语"出人头地"的典故来由。）甚至连皇帝宋仁宗阅览过苏轼兄弟的试卷后，也欣喜地对曹皇后说："朕今日为子孙得两宰相矣！"

苏轼在北宋中期多年的政治斗争和权力倾轧中，一直扮演着一种奇怪的角色；正如他的侍妾朝云形容他"一肚皮不合时宜"，无论旧党还是新党上台，他都不讨好，都被当做敌人看待，因此，他不得不四处流浪，进行"下乡之旅"。

苏轼文名满天下，但是到底多有名？谣传当时他的书法诗文可以像"钱钞"一样在市面上流通。有一位名叫姚麟的老先生平生最喜欢苏轼的字，后来他知道他的学生韩宗儒与苏轼认识，并常有书信往来，便对韩宗儒说："以后苏轼写给你的信都拿来给我，我愿意用上好的肥羊肉与你交换。"这事传到黄庭坚耳里，因此取笑苏轼的字是"换羊书"。

名句的故事

苏轼与黄州的朋友共游沙湖，写下了这首《定风波》。苏轼在词序里写道，这是到黄州第三年的三月七日，他在沙湖买了一块地，和朋友前往看田，途中遇雨。雨伞、蓑衣都由仆人先带走了，大家被淋得很狼狈，只有他浑然不觉。还对他淋成落汤鸡的友人们说，在雨中竹杖芒鞋比骑马还轻快方便多了；如果苏轼不是喝醉了，那么就是另有深奥的含意。答案是两者皆是。"料峭春风吹酒醒"，可见词人是刚喝过酒的，而"谁怕？一蓑烟雨任平生"，词人话锋一转，将自然现象联想至人生体会，即使人生路程风雨交加、荆棘密布，只要有件蓑衣他就可以无所畏惧。

雨停了，明明是太阳出来了，为什么却说也无风雨也无晴？既然天下大雨，阔达的苏轼都可以不懊恼、不在乎，那么天放晴，自然也就没什么好高兴的。"也无风雨也无晴"常被视为是一种人生境界，对于利弊得失，早已置之度外。苏轼似乎也很喜欢"回首向来萧瑟处，也无风也无晴"这两句，他另外有一首诗《独觉》就用了完全相同的句子："翛然独觉午窗明，欲觉犹闻醉鼾声。回首向来萧瑟处，也无风雨也无晴。"这种不以世事萦怀的恬淡精神，应该是苏轼的自我期许吧，而苏轼的诗词中常常流露的禅味仙意,应该与他幼年时在道教天庆观受教育有关。

历久弥新说名句

苏轼与王安石都是宋朝重要的政治人物,虽然政治立场相左,但都非宵小之徒,而是真有心为朝廷效力的人;两人不但政治立场不同,个性更是大异其趣。这个"也无风雨也无晴"的苏轼,常常喜欢捉弄一板一眼的王安石。

王安石兴致勃勃、费尽心血写了一本颇为自傲的《字说》,偏偏遇上爱找碴的苏轼,老是拿着单字要王安石解释,如"滑"字,是水+骨,是否就是意指水的骨头呢?三番两次,搞得王安石哭笑不得,只能气骂苏轼太轻浮。

苏王二人虽然话不投机,但却仍是互相尊敬对方的。《警世通言》曾记载王安石请苏轼帮他取一瓮瞿塘中峡之水(瞿塘有上中下三峡:西陵峡、巫峡和临峡),以治寒疾。结果,苏轼从蜀地返回时,被两岸峭壁千仞、沸波一线的壮丽景色所吸引,忘了取水这回事,等到想起来的时候,船已经到了下峡。苏轼心想,这水还是由中峡流下来的,应该是一样的水吧。

回去交差时,只见王安石看了眼茶汤说:"你啊,你啊,你又来骗老夫了,这是下峡之水,岂能冒充中峡之水!"苏轼大窘,只好自首,谢罪之余并好奇王安石如何能分辨此水。王安石捻捻胡子回答说:"这瞿塘峡的上峡水性太急,下峡则缓,唯有中峡之水缓急相半。太医院以为老夫这病可用阳羡茶治愈，但用上峡水煎泡水味太浓，下峡水则太淡，中峡水浓淡适中，恰到好处。但如今见茶色半晌才出，所以知道这是下峡水了。"这是宋朝乌烟瘴气的政治斗争之外一些有趣轶事，也让我们看见政治人物的其他面向。

第一章 昨夜西风凋碧树

多少六朝兴废事，尽入渔樵闲话

名句的诞生

一带江山如画，风物向秋潇洒。水浸碧天何处断，霁色冷光相射。蓼屿[1]荻花洲，掩映竹篱茅舍。

云际客帆高挂，烟外酒旗低亚[2]。多少六朝[3]兴废事，尽入渔樵闲话。怅望倚层楼，寒日无言西下。

——孙浩然·离亭燕

完全读懂名句

1. 蓼屿：蓼花丛生的水边高地。2. 低亚：低矮貌。3. 六朝：指先后建都建康的孙吴、东晋、宋、齐、梁、陈六个王朝。

横陈于眼前的山水如画，秋风潇洒，金陵之秋清丽不俗。雨后晴朗天色与清冷江水相辉映，在那蓼花丛生的高洲上，隐约可见几处竹篱茅舍人家。

客船上帆布高挂飘扬在云端，烟外酒家门幡也低垂。多少的古今盛衰事，都成为渔夫、樵夫茶余饭后的聊天对象。怅然倚靠着高楼，无言伫望着凄冷的秋阳西下。

词人背景小常识

历来对于《离亭燕》的作者有两种说法，一说为孙浩然，另一说则是张升，至今仍是学界公案。认为是孙浩然的学者，认为历史上的张升曾担任宋仁宗时的宰相，史书中都有记载，以如此声名大噪的官员而言，其作品被后人搞混的几率并不高。此外在传世的王诜图中，曾题言其图"尽写浩然词意"，并且将其词摘录其旁。王诜与张升约略同时人，王诜又为宋英宗驸马，对于朝廷要臣应甚为熟稔，若为张升所作，应不至于误认是孙浩然所作。相对于坚持张升所作之人，往往只能以记载者为范仲淹的孙子立意，认为其家世、学养可信度高，证据相对来得少。

基于孙浩然的说法，证据较为充足，因此本文暂且先将《离亭燕》归于孙浩然所作。而孙浩然仅存有词二首，生平则无留下任何资料，只能大略推知他大概是北宋仁宗、英宗时人。

名句的故事

《离亭燕》一词写江南水乡萧瑟寒凉的秋天景色，勾引起词人对过去建都于江南之六朝兴衰历史的感慨。宋代文人由于身处于理学兴起的年代,有志之士皆有着范仲淹"先天下之忧而忧,后天下之乐而乐"的抱负,作者的生卒年代正与范仲淹相互叠印,因此面对北方蛮强的威胁,更能感受到六朝偏安的危难,故词中出现"多少六朝兴废事,尽入渔樵闲话"的叹息与忧心。

元朝罗贯中著名的作品《三国演义》,其耳熟能详的卷头词言:"滚滚长江东逝水,浪花淘尽英雄。是非成败转头空,青山依旧在,几度夕阳红?白发渔樵江渚上,惯看秋月春风。一壶浊酒喜相逢,古今多少事,都付笑谈中。"简短的词句,却道尽三国风流人物的辉煌历史,是开卷语,也是读完《三国演义》,心中思绪激扬、万马奔腾般跑过后的慨然、感动。其中"白发渔樵江渚上,惯看秋月春风。一壶浊酒喜相逢,古今多少事,都付笑谈中"几句,与本名句"多少六朝兴废事,尽入渔樵闲话"有雷同之处,都以渔樵平常的闲余笑谈来带过这段变化讯息、波涛万千的过往历史。然而需特别说明的是,《三国演义》的这阕名词其实并非罗贯中所写,而是清人毛宗岗修订版本时加入的,毛氏采用明朝杨慎《临江仙》的词,稍改一二字罢了。

郑燮,号板桥,是清初乾隆进士,个性落拓不羁,喜以诗酒自娱,诗、书、画俱佳,他写有一套《念奴娇》组诗,针对三国英雄可歌可泣之事迹予以抒发、颂赞。其中《念奴娇·石头城》云:"叫尽六朝兴废事,叫断孝陵殿阁。山色苍凉,江流悍急，潮打空城脚。数声鱼笛，芦花风起作作。"郑板桥在此将《离燕亭》"多少六朝兴废事"，改写为"叫尽六朝兴废事"，语气更为激动，已非前者渔樵笑谈中的内容，而是内心深处迫切、难以舒缓的呐喊。然而这一切毕竟都已是尘封往事了，即便再不愿、不舍，如今物换星移也只能驻足遗迹处，听着远处的鱼笛、观看不变的江水流转。

历久弥新说名句

古都建康、金陵皆是现今南京城的古名，其兴起可以追溯到春秋末期吴、越的开发，历经秦汉，真正有更进一步的建设、开垦要到三国时代的孙吴。尤其随着孙吴、东晋、宋、齐、梁、陈皆在建康立都，使得这个城市在中国历史、文学中留下不可磨灭的痕迹。墨客骚人对于金陵古都的缅怀甚多。

朱自清在其作品中也曾经针对"南京"一地挥洒着墨，他说："逛南京像逛古董铺子，到处都有些时代侵蚀的遗痕。你可以摩挲，可以凭吊，可以悠然遐想；想到六朝的兴废，王谢的风流，秦淮的艳迹。这些也许只是老调子，不过经过自家一番体贴，便不同了。"（《南京》）六朝兴废在此又再一次被朱自清提出来，足见南京一城几乎是与六朝画上等号，其功能尤发挥于国势偏安之际，南宋正是如此。至明朝朱元璋也立都南京，明成祖才转至北京，但南京仍立为南都，其组织运作似一小朝廷，甚至到民国初年还是将临时政府设在南京，足见此地虎踞龙盘的重要。因此若能在这个历史丰硕的古都里漫游,即使没有目的,不需有伴,一个人踽踽独行,似乎也能时光回流,进入过去多少迁客骚人粉墨登场的世界里,默默咀嚼这些感动,就是旅行最大的收获了。

> 东风又作无情计，
> 艳粉娇红吹满地

名句的诞生

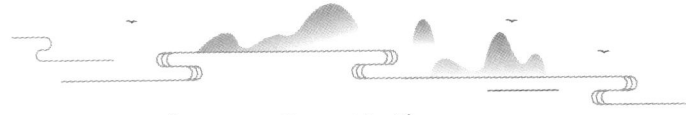

东风又作无情计，艳粉娇红[1]吹满地。碧楼帘影不遮愁[2]，还似去年今日意。

谁知错管春残事，到处登临曾费泪。此时金盏[3]直须深，看尽落花能几醉。

——晏几道·玉楼春

完全读懂名句

1. 艳粉娇红：指娇艳的花朵。2. 不遮愁：人在楼中，隔帘就能看到落花，因而引起愁思。3. 金盏：金制的酒杯。

东风又施行着无情的心计，把娇艳的红花吹落了满地。青楼上的珠窗帘幕低垂，却遮不住春愁，犹如去年的今日一样伤春意。

谁知误管了暮春残红的情事，到处登山临水我都不知洒下了多少伤春泪。现在只求手中的美酒金杯愈深愈好，以畅快痛饮。直把落花看尽，还能醉上几回？

词人背景小常识

晏几道（公元1048—1118年）从小就是一位贵公子，他的父亲晏殊是当朝大官，非常喜欢热闹欢乐，"每有佳客必留"，"亦必以歌乐相佐"。此外，他也喜欢填词，是宋代有名的词人。不知道这样荣华富贵、纸醉金迷的环境对晏几道的孤傲性格有何影响；不过，他倒是继承了父亲的文才，并且"青出于蓝而更胜于蓝"。

但是父亲过世后，晏几道就从雕梁画栋的楼头，跌落到霜刀雪剑、人情冷暖的大街上。也不知道是因为他的孤傲造成他的坎坷不遇，还是因为他的挫折不幸更促成他的孤僻，总之他变成了一个典型的"愤青"（愤世嫉俗的文艺青年）。

不过，晏几道未免狂狷得太过头了点，据说苏轼因钦慕他的才华，曾托黄庭坚转达希望结识他之意。苏轼与晏几道年岁相若，也是一代名士，虽然沉浮宦海，但本质上绝非庸官俗吏，但晏几道却回答说："今政事堂半吾家旧客，亦未暇见也。"还有一次，朝廷让他修《神宗实录》，他不仅没有秉承圣意，反而让哲宗感到"语尤不逊"。他这种愤世嫉俗的性格，让他的后半生背着"不实"、"幸灾谤国"等罪名，不断地被贬谪羁管。

名句的故事

本篇名句是被一种伤感美好春光又流逝的氛围所围绕。东风像是个无情的恋人，将娇羞的红花吹得狼狈不堪、七零八落。闺中人躲进碧楼，仿佛是要避开暮春的花残花败，避免心绪的起伏波折。只是隔帘仍见花飞零乱，愁怀依旧，便埋怨起"碧楼帘影不遮愁"。

作者开导起自己，应该要及时作乐，只求手中的美酒金杯愈深愈好，以畅快痛饮、醉酒赏花。这样一种故作姿态的自我排解，其实正说明了其愁苦之深。而这首词的最后一句，"此时金盏直须深，看尽落花能几醉"，语意乃是化自晏几道父亲晏殊的《蝶恋花》："门外落花随水逝，相看莫惜尊前醉。"

晏几道喝酒，也随着时间的递换而有不同的表情，年轻时候喝的酒是爱情的酒，酒是欢乐的源泉，醉是惬意的感受。如"深深美酒家，曲曲幽香路"（《生查子》）、"斗鸭池南夜不归，酒阑纨扇有新诗"（《鹧鸪天》），这里的酒是甜蜜的、迷人的。

到了中年以后，这时的酒是一种解愁的酒。如"一醉醒来春又残，野棠梨雨洒阑干"（《鹧鸪天》）、"泪痕和酒，沾了双罗袖"（《点绛唇》）。泪为解愁而流，酒为解愁而饮。这时的酒已是愈喝愈多，愈大杯愈好，因为愁有多少，酒杯就有多深。自此以后的晏几道更是离不开酒了。

历久弥新说名句

酒对中国诗词可说一大功臣,没有了酒,唐诗宋词可能就得少了大半部。现代散文家梁实秋就说,酒可让"平素道貌岸然的人,绽出笑脸;一向沉默寡言的人,议论风生"。

魏晋六朝堪称"沉醉"的时代。竹林七贤人人都能饮,而刘伶又是七人之最。据说刘伶喝酒喝到兴头上,常脱光了衣服在家里"裸奔"。一次正巧被一个朋友撞上,朋友便取笑他。谁知刘伶把眼一瞪,回答说:"我是以天地为家,屋子为衣服,你跑进我衣服做啥?"有一次刘伶的妻子火大了,把他的酒送人,也把酒器毁了,强迫他戒酒。刘伶说:"好啊,我自制力差,不能自己戒,那就在鬼神面前起誓好了。快去准备酒肉来。"他妻子听完大喜过望,立刻去准备祭拜。只见刘伶跪下来祝祷说:"天生我刘伶,是以酒闻名的。我一饮一斛,还要再喝五斗才能解酒呢。妇儿之言,你们鬼神小心点,别听。"于是把供奉用的酒肉又吃了,再次醉倒。而他的文才不如其他六贤,作品不多,倒是写了一篇《酒德颂》流传后世,也算是对得起"酒先生"之名了。

叹西园，已是花深无地，
东风何事又恶

名句的诞生

悄郊原带郭。行路永，客去车尘漠漠。斜阳映山落。敛余红、犹恋孤城阑角。凌波步弱。过短亭[1]、何用素约[2]。有流莺[3]劝我，重解绣鞍，缓引春酌。

不记归时早暮，上马谁扶，醒眠朱阁。惊飙[4]动幕。扶残醉，绕红药。叹西园，已是花深无地，东风何事又恶？任流光过，犹喜洞天[5]自乐。

——周邦彦·瑞鹤仙

完全读懂名句

1. 短亭：秦汉时每隔五里建一短亭，为行人休憩与饯别之地。2. 素约：旧约。3. 流莺：歌声嘹亮婉转的黄莺。借喻在短亭邂逅的歌妓。4. 惊飙：骤起的暴风。5. 洞天：在道教里，"洞天"是神仙居住之处，但这里似指歌楼妓馆。

静悄悄的郊野环绕城郭。大道迢迢，客人去了，奔驰的马车扬起尘埃浑浊。夕阳斜映山而落，残余晚霞渐渐收敛，依恋地挂在高耸城角栏杆。凌波般步态轻盈。过短亭，邂逅一面，何必有旧约在先。她用流莺般甜美的话语劝我重新解去绣鞍，慢慢酌酒流连。

不记得回家时间早晚，也不记得是谁扶我上马鞍，醒来时只知我躺在朱阁内。骤起的狂风将帘幕猛烈摇动。我扶着残醉身躯，巡视红芍药花栏。如今的西园也已是落花满地，春风为何如此无情？但任凭时光流逝，可喜的是我仍留有自己的一片福地洞天。

词人背景小常识

周邦彦（公元1056—1121年），字美成，号清真居士。他的词作内容大多与"男女之情"、"离愁别恨"相关，文辞优美、情真意切，可说是北宋婉约词的集大成者，在中国词史上具有相当深远的影响。

周邦彦的父亲周邠也是北宋著名的文学家，与大文豪苏轼是好友，经常在一起饮酒赋诗。由于家学渊源，周邦彦自少年时期便阅读大量书籍，但由于他对儒家礼教始终抱持着一种怀疑的态度，甚至还曾写过一篇故事来嘲讽儒家礼教的虚伪，所以在一些老学究的眼里，他的名字几乎是与"落魄不羁"的浪荡子弟画上等号。但纵使如此，却丝毫无损他在词这一领域上的创作高度与传唱程度。

名句的故事

周邦彦《瑞鹤仙》一词的大意约莫是：傍晚时携一女子同时送客，归途中到短亭小憩，又遇到熟人小妾，再次饮酒，其后大醉而归。但其实，这首词的背后还有一个相当奇异的故事。

据王明清《玉照新志》记载，周邦彦晚年时，在由杭州归钱塘乡里途中，于梦中偶得《瑞鹤仙》一阕词，醒来后竟能一字不漏默记下来，只是对于这首词的意旨及词中所写的内容，周邦彦当时浑然不知，完全无法明了。

但不久之后，"方腊之盗"突然兴起，乱兵四起，周邦彦便逃回杭州。一天，正当他在屋里会客时，却又听得盗贼来袭，得到这个消息的周邦彦立即仓皇由屋内逃离，狂奔到西湖旁一处破庵落脚。那时正值晚冬的一个黄昏，他突然看见故友的小妾也逃难至此，便出声招呼她下马，一起在路旁的旗亭中休息、饮酒。待到微醺之时，周邦彦回到庵中休息，困卧于小阁之上，才突然惊觉近来发生的一切人、事、物，竟与自己当初于梦中偶得的那首《瑞鹤仙》如出一辙，当下啧啧称奇。

而由于周邦彦与写作这则轶事的作者王明清之父王铚是故交，曾将这首《瑞鹤仙》抄寄给他，因此这则故事才得以被后人所知。

历久弥新说名句

当我们读到这首词中"叹西园,已是花深无地,东风何事又恶"几句时,最能引起注意的,自然是"东风何事又恶";因为在中国古代,无论诗人或词人,都相当喜欢使用"东风恶"这几个字,而最有名的自然是陆游那首脍炙人口的《钗头凤》:"红酥手,黄藤酒,满城春色宫墙柳。东风恶,欢情薄,一杯愁绪,几年离索。错!错!错!"

据传,陆游在二十出头时便与表妹唐琬结为夫妻,二人鹣蝶情深,但唐琬却因不见容于婆婆,因此这段婚姻便被硬生生地拆散;便有人揣测词句里"东风恶"的"东风"指的便是陆游之母。无论"东风"究竟意喻为何,但文人喜欢"东风恶"一词却是不争的事实。像朱淑真的《生查子》:"寒食不多时,几日东风恶。"张元干的《忆秦娥》:"桃花萼,雨肥红嫁东风恶。"都是其中的名篇。

第二章　似花还似非花

绿杨烟外晓寒轻，
红杏枝头春意闹

名句的诞生

东城渐觉风光好，縠皱¹波纹迎客棹。绿杨烟外晓寒轻，红杏枝头春意闹。

浮生长恨欢娱少，肯爱千金轻一笑。为君持酒劝斜阳，且向花间留晚照。

——宋祁·玉楼春

完全读懂名句

1. 縠皱：即绉纱，喻水之波纹细如縠纱。

东城的景色越来越美，湖面上如縠皱的波浪，迎接游客船只的到来。绿色杨柳上轻飘着寒烟，枝头上红杏盛开，增添春意的热闹盎然。

人生欢乐时光其实很少，为博取一次欢笑，耗费千金也在所不惜。且让我为君举起酒杯劝留斜阳,恳求它多向花丛映照一些余晖。

词人背景小常识

宋祁（公元998—1061年）,字子京,安陆（今湖北安陆）人,后迁徙雍丘（今河南杞县）。宋仁宗天圣二年（公元1024年）与兄宋庠同举进士,宋祁奏名第一,宋庠第三。临放榜前,礼部上奏,将进士名册呈给皇帝御批,当时刘太后垂帘听政,她从封建的观点,认为弟弟的名次不可排在兄长之前,命令改宋庠为第一名,宋祁为第十名,时称"大小宋"。

兄弟同时高中进士,名次又都排在前面,一时传为佳话,但两人日后仕途命运却不尽相同。宋庠为人严谨,办事干练,曾官至同中书门下平章事,等同宰相职务,官位可说相当高；宋祁是生性风流儒雅,担任过大理寺丞、国子监直讲、史馆修撰,并与欧阳修奉诏撰《新唐书》,负责其中《列传》部分,官至工部尚书、翰林学士,谥景文。后人辑录《宋景文集》、《宋景文公长短句》。

据《宋史·宋庠、弟祁列传》记载,宋祁编写《新唐书·列传》共计一百五十卷,前后长达十余年之久,其中一段时间还出任亳州太守,他出入在外随身都携带这些文稿,可见其认真态度。后世对宋祁与欧阳修共同编撰的《新唐书》评价颇高,认为全书在体例、笔法上,都比《旧唐书》来得完整严谨。

名句的故事

北宋人魏泰《东轩笔录》说宋祁"博学能文，天资蕴藉"，能够在全国最高考试取得进士第一，其学问必是相当了得。他的官位虽未有其兄来得高，但也是身居朝廷重要职务，尤其奉命编撰《新唐书》，使他更有机会饱览群籍，了悟世代人事的变迁；从《玉楼春》"浮生长恨欢娱少，肯爱千金轻一笑"，宋祁表达的就是人生痛苦岁月实多于欢愉的感慨，人常为赚进千金，却失去一笑，然而千金又如何能换到内心的真正喜乐？故宋祁叫人更要好好把握，即使眼前美好转眼就稍纵即逝。

宋祁《玉楼春》主在歌咏春天，劝人珍惜美好光阴。上片写初春风景的美好，下片从情感出发，想借机留住春天短暂的脚步，写出作者对春光的留恋不舍。宋祁经常官务缠身，想他平时一定少有机会能从自然风光寻求人生乐趣，故言"浮生长恨"，于是，当他见到美好春色，宁可放掷"千金"，也不愿错过春光明媚之"一笑"。既然春天美景如此珍贵，所以词人不禁提出妄想要求：要拿酒劝说斜阳，多向花丛映照，使花朵得以绚丽持久。正因他这样的要求是不可能实现，更表现出作者对春天的珍惜。

历久弥新说名句

这首《玉楼春》上片最末一句"红杏枝头春意闹",乃一耳熟能详之名句,道尽词人内心乍现绽放的热情春意,不仅写出红色杏花的繁华盛开,也点出春色渲染了整片大地。后人对宋祁这一"闹"字,多有激赏赞美,如清初文人刘体仁在《七颂堂词绎》评说:"'红杏枝头春意闹',一闹字卓绝千古。"又近人王国维《人间词话》云:"着一'闹'字,则境界全出矣。"皆给予极高的评价。

不过,也有人对此提出异议,清初著名剧作家兼评论家李渔,在《窥词管见》写:"'闹'字极粗极俗,且听不入耳,非但不可加于此句,并不当见于诗词,近日词中,争尚此字者,子京一人之流毒也。"李渔将宋祁大胆使用"闹"字入词,视为一大毒害,根本不足为取。

读到"红杏枝头春意闹"时,会引人联想到成语"红杏出墙",其实这是出自南宋诗人叶绍翁的七言绝句《游小园不值》,全诗为:"应怜屐齿印苍苔,小扣柴扉久不开。春色满园关不住,一枝红杏出墙来。"诗人原要在春日游园观花,却访友不遇,园门紧闭,无法观赏到园内春花,但春色岂是关得住,园内的红杏仍然奋力伸出墙来,宣告春天的来临。作者本要表达一切富有生命力的事物,都是禁锢不住,它总会努力把蓬勃生机的一面展现出来,其后却被人借喻成女性跨越婚姻制度的围墙,直指已婚女性的出轨。

蜂愁蝶恨，小窗闲对芭蕉展

名句的诞生

青楼春晚，昼寂寂、梳匀又懒。乍听得、鸦啼莺咔，惹起新愁无限。记年时，偷掷春心，花间隔雾遥相见。便角枕[1]题诗，宝钗贳[2]酒，共醉青苔深院。

怎忘得、回廊[3]下，携手处、花明月满。如今但暮雨，蜂愁蝶恨，小窗闲对芭蕉展。却谁拘管？尽无言、闲品秦筝，泪满参差雁。腰肢渐小，心与杨花共远。

——吕滨老·薄幸

完全读懂名句

1. 角枕：用兽角装饰的枕头。2. 贳：赊。3. 回廊：曲折的走廊。

暮春翠楼上，白昼寂寞无聊，梳匀鬓发却懒得装饰红妆。突然听到乌鸦噪啼、黄莺低唱，引起无限新愁在胸中荡漾。记得当年，偷偷抛送一片春心，在花丛间，隔着薄雾与他遥遥相望。相爱日深，便取了角枕题写诗篇，摘下金钗赊酒酣饮，在青苔遍长的深院里共醉梦乡。

怎忘得了当初并肩携手漫步在曲折的回廊下，那圆满的夜月与花儿的芳香。可如今望着迷蒙的暮雨，似乎连蜜蜂跟蝴蝶都充满了愁绪，只剩舒展的芭蕉叶寂寞地对着小窗。却是谁将我拘管关怀？近日无言惆怅，闲来品味古筝的怨伤，泪水沾湿参差的弦柱雁行。相思煎熬得我腰肢渐渐瘦小，心儿跟着杨花柳絮飞向远方。

词人背景小常识

吕滨老（生卒年不详），一作渭老。字圣求，嘉兴（今属浙江）人。以诗闻名，而词风则婉媚深窈，著有《圣求词》。

名句的故事

《薄幸》一词历来被归于"闺怨"类，因为其内容写的是一位少女对远方恋人的怀念。在中国古代诗文中，经常以"芭蕉"、"丁香结"来比喻相思情愁，吕滨老在此也不例外，只是，由"小窗闲对芭蕉展"中的"芭蕉展"三个字看来，似乎少女心中的郎君并不如少女般恋恋情深、愁肠满绪，恰与《薄幸》这个词牌名相吻合。

中国文人似乎也特别偏爱芭蕉，尤其是落在芭蕉叶上的雨滴声，总是能引起一些淡淡愁绪，因此许多人总对"雨打芭蕉"别有一番情愫，就像李清照的一首《添字丑奴儿》："窗前谁种芭蕉树，阴满中庭。阴满中庭，叶叶心心，舒卷有余情。伤心枕上三更雨，点滴霖霪。点滴霖霪，愁损北人，不惯起来听。"便将"雨打芭蕉"的愁绪表达得淋漓尽致。

但其实"芭蕉"所代表的也并不全是凄苦的情感，其中也曾有一个有趣的小故事，那便是清人蒋坦与其才女妻秋芙之间所发生的趣事。秋芙曾亲手在自己园内种了不少芭蕉，但某个风雨萧瑟的秋夜里，她听着雨打芭蕉的声音，心中不禁升起万般愁绪。见着妻子竟因此而闷闷不乐，蒋坦便在蕉叶上悄悄地戏题了一首短词："是谁多事种芭蕉，早也潇潇，晚也潇潇。"第二天，当雨停后，秋芙走至园中见了芭蕉叶上的字后，好气又好笑之余，也在蕉叶上填了下半阕："是君心绪太无聊，种了芭蕉，又怨芭蕉。"

历久弥新说名句

在中国古代诗词之中，将"蜂"与"蝶"二字叠用的句子可说是不胜枚举，"蜂愁蝶恨"、"蜂媒蝶使"、"游蜂戏蝶"等，都是借由"蜂"、"蝶"的情感或行为来暗喻"人"的情感及行为。像李流谦的《如梦令》："不饮，不饮，和取蜂愁蝶恨。"黄庭坚的《南乡子》："寂寞酒醒人散后，堪悲，节去蜂愁蝶不知。"

而值得注意的是，在这许多用法中，其实有不少都是以"蜂"来暗指"男性"，以"蝶"来暗指"女性"，就如同用"丁香与芭蕉"一般，既有诗样的美感，又有特殊的寓意。无独有偶，不只在中国有这样的性别寓意，在西方也有类似的方式，例如"维纳斯的镜子"、"马尔斯的箭"也是如此。

　　在今天，这类的象征用法无论是在诗歌、散文及小说都极为常见，例如著名小说家钱钟书的《围城》一书便具有浓郁的象征意味，他不仅在作品的标题上就借用了法国的一个谚语："城堡中的人想出去，而城堡外的人想进入城堡。"并且在具体的内容细节和表现方式上也是很自觉地追求这种象征，因为他借书中主人翁们矛盾的人生关系，来象征人类的某种生存状态。

　　然而，由于使用象征的写作方式有时会让作品流于晦涩与难解，因此若我们想学习这样的写作方式，一定得多看、多思考、多练习，以免造成"我懂你不懂"的窘境。

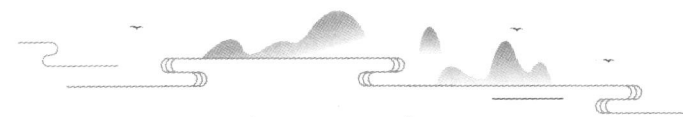

> 无可奈何花落去，
> 似曾相识燕归来

名句的诞生

一曲新词酒一杯，去年天气旧亭台，夕阳西下几时回？无可奈何花落去，似曾相识燕归来，小园香径[1]独徘徊。

——晏殊·浣溪沙

完全读懂名句

1. 香径：即花径。

作一阕新词，喝一杯酒，只见亭台依旧，天气也与去年暮春相同，又是夕阳西下，逝去的时光，何时可以再回来？

无可奈何花朵都要凋落谢去，每年此时，那些似曾相识的燕子都会飞回来，花园小径上，有我孤独的身影来回徘徊。

名句的故事

晏殊《浣溪沙》中"无可奈何花落去，似曾相识燕归来"为一千古名句，但这两句并非全为晏殊所作。据南宋人胡仔所编《苕溪渔隐丛话》引《复斋漫录》记载，宋仁宗天圣五年（公元1027年），晏殊有事前往杭州，途中经过扬州，他先进大明寺内休息，由于当时寺庙都设有诗板给文人题诗，晏殊颇欣赏诗板上的一首五言律诗《扬州怀古》，经过打听，得知作者乃江都县尉王琪；其后晏殊派人找王琪用餐，并告诉王琪自己有一句"无可奈何花落去"，但就是对不出适当的句子，王琪一听，即问晏殊可否对以"似曾相识燕归来"，晏殊当场赞赏不已，立刻提拔王琪为其幕僚。

《浣溪沙》为晏殊酒筵歌席所作，主题为伤春惜别。上片写对酒听歌，词人忽然忆起去年情景，不禁对日落之景有感而发；下片从每年花谢花开、燕去燕来的固定时序，领悟到大自然有其定律，但人的年华老去、世事消长，却再也回不来。全词由一开始的把酒欢唱，到思索去年景物变化，最后对人生的沉思感怀。

历久弥新说名句

晏殊《浣溪沙》之"无可奈何花落去，似曾相识燕归来"，其中"无可奈何"与"似曾相识"流传至今，已是极为耳熟能详的用语。

"无可奈何"意在感叹人间事物多非个人意愿所能自主，如唐代诗人白居易的《长恨歌》："六军不发无奈何，宛转娥眉马前死。"描写的就是唐玄宗天宝十五年（公元756年）逃离长安、躲避安禄山之乱时，所有军队不愿西进，要求皇帝赐死造成战乱的罪魁祸首杨贵妃，唐玄宗在没有其他选择的情况下，只能无奈看着他最心爱的女子死在马嵬坡（今陕西兴平），众人才愿意继续西行，前往蜀地避难。诗中"无奈何"即指唐玄宗陷入危难当下，做出身不由己的决定，其意与"无可奈何"完全相同。

"似曾相识"意谓如幻似真的印象记忆，眼前陌生人事、景物，仿佛曾在过去出现。美国一部电影《似曾相识》（Somewhere in Time），情节描述男主角在宴会上，遇见一位老婆婆塞给他一只怀表，他明知与眼前老婆婆素昧平生，脑海却浮现一种似曾相识的感觉；等到男主角日后再回旧地，得知老婆婆已过世，他为解开心中迷惑，找到有能力帮他穿越时空的人，回到老婆婆年轻的时代，与她展开一场缠绵情爱。最后，当男主角不经意从口袋摸出一枚硬币，看到上面铸造的时间，竟是自己的真实年代，猛然间又让他跌入时间漩涡，回到属于他的现实人生。电影中所指的"似曾相识"，即是男主角缘于起初熟悉的感觉，循线走入过去，再跌回现在，经历那段看似虚幻、感受却又如此逼真的爱情。

算好春长在，好花长见，

原只是、人憔悴

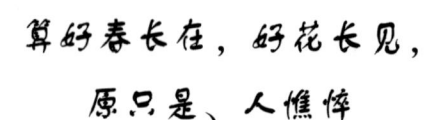

名句的诞生

夜来风雨匆匆，故园定是花无几。愁多怨极，等闲孤负，一年芳意。柳困桃慵，杏青梅小，对人容易[1]。算好春长在，好花长见，原只是、人憔悴。

回首池南旧事，恨星星[2]、不堪重记。如今但有、看老花眼，伤时清泪。不怕逢花瘦，只愁怕、老来风味。待繁红乱处，留云借月，也须拼醉。

——程垓·水龙吟

完全读懂名句

1. 容易：匆促、简慢。2. 星星：鬓发斑白的样子。

昨夜来了一场急风骤雨，故园的花儿定然残剩无几。愁绪繁多，怨伤已极，竟轻易辜负了一年间芳美的春意。倦慵的桃花、茫茫的柳絮，杏子青、梅子小，春光就这样随便地飞逝了。就算美好的春天能长在，盛开的鲜花青春能长留，但是人的心情已经转变，再也不同往年了。

回首故园的池南旧事，只恨鬓发斑白，不忍回忆。如今只有赏花老眼，还时时洒下感伤时事的清泪。倒不怕遇上花儿消瘦，愁的只怕衰老了青春的风度和趣味。等繁花纷乱之际，留着白云，借着明月，也要痛饮狂欢一番。

词人背景小常识

程垓（生卒年不详），字正伯，四川眉山人，南宋词人，词作今存一百五十七首，内容反映的生活面较为狭窄，多与羁旅行役、离愁别绪相关，词风婉约、秀丽，受柳永影响颇大，著有《书舟词》一卷。

大体来说，程垓在历史中留下的资料并不多，最为人所熟知的身份是"苏轼的亲戚"。因为杨升庵曾在其《词品》一书中说道："程正伯、东坡中表之戚也。"而毛子晋《书舟词跋》亦说："正伯与子瞻，中表兄弟也。"有人更据此说，认为程垓与苏轼的词风相近，但若曾分别读过二者的作品，便会发现此二人其实词风差距颇大，并且杨、毛二家的"亲戚"说法也未曾在其它书文中出现，因此有不少后世学者对此说难免有些怀疑。

据与程垓同时期的王季平考证，苏轼去世之时，离程垓作《书舟词》已有九十三个年头，因此程垓与苏轼的"中表兄弟"

关系有可能只是个美丽的错误，因为东坡之母的侄子字"正辅"，与"正伯"有一字之差。

但无论程垓与苏轼是否有血亲关系，程垓仍然以他作品中的细腻、柔情，在中国词史上留下属于自己的痕迹。

名句的故事

程垓《水龙吟》一词所想表达的是思念故园、嗟叹尽暮的情怀，但整首读来，会发现这首词想诉说的不仅仅是作者年近迟暮却又长年客居他乡的哀愁，还有对当代世情的感慨。

在这阕词中，"算好春长在，好花长见，原只是、人憔悴"，表达出的是一种客观事物下的主观情感：春天依然是春天，花依然是花，但人却已不再是从前那个不懂情为何物的少年，而是为情憔悴、为爱伤悲的白发老者。

以"不变"衬托"变"的写作法一直是中国古代文人擅用的表现方式，就像崔护著名的《水题都城南庄》一诗："人面不知何处去，桃花依旧笑春风。"以及崔颢那首令李白都觉得无法超越的经典《黄鹤楼》："昔人已乘黄鹤去，此地空余黄鹤楼。黄鹤一去不复返，白云千载空悠悠。"都是利用这个方式来表达一种看到"依然存在"之物，但人与情却"已然失去"的心境。

而当身处在"变"与"不变"的情境中时，其实文人们的反应也不尽相同，有的是以"豁达"之心来因应，就像"回首向来萧瑟处，归去，也无风雨也无晴"的苏轼，有的则是沉沦在自己的小世界中,如同程垓一般顾影自怜。但无论是"也无风雨也无晴"抑或是"原只是、人憔悴",都是文人们对人生的一种感悟及态度,无所谓优劣与高下,毕竟只要是"无愧我心",这就足够了。

历久弥新说名句

在西方,古希腊的"晦涩哲人"赫拉克利特曾说过一句著名的话:"人不能两次踏入同一条河流。"它的意思便是指:河水其实一直在不停地流动,因此当人第二次踏入这条河流时,接触的已不再是原来的水流,而是变化过了的新的水流。赫拉克利特之所以如此说,是想用这句话来说明:世界上的万事万物就像奔腾不息的河流,都处于不停的流动变化之中,永远不变或凝固的东西是不曾存在的。

虽然中西方对"变"与"不变"的看法有些不同,但在今天的流行歌坛,其实依然流行着这种"变"与"不变"的表达方式,依样画葫芦的有由林忆莲演唱的《情人的眼泪》:"好春常在/春花正开/你怎么舍得说再见/我在深闺/望穿秋水/你不要忘了我今生深如海。"具有创新意义的则是如罗大佑的《鹿港小镇》:"在梦里我再度回到鹿港小镇/庙里膜拜的人们依然虔诚/岁月掩不住爹娘淳朴的笑容/梦中的姑娘依然长发盈空。"便是让感情在现实与梦幻中来回游移,一切在梦中看似几乎没有改变,但其实早已沧海桑田。

在写作特别是在写抒情文的时候，其实也不妨试试这种"日月忘机春长在，英雄豪杰不久长"的表达方式，因为如此一来，不仅可以脱离情感白描的窠臼，更可以让文章展现出一种新的风貌，让情感的表达更加深入人心。

> 记取明年，蔷薇谢后，
> 佳期应未误行云

名句的诞生

玉人家，画楼珠箔[1]临津[2]。托微风、彩箫流怨，断肠马上曾闻。宴堂开、艳妆丛里，调琴思[3]、认歌颦。麝蜡烟浓，玉莲漏短，更衣不待酒初醺。绣屏掩、枕鸳相就，香气渐暾暾[4]。回廊影、疏钟淡月，几许销魂。

翠钗分，银笺封泪，舞鞋从此生尘。任兰舟，载将离恨，转南浦、背西曛[5]。记取明年，蔷薇谢后，佳期应未误行云[6]。凤城[7]远、楚梅香嫩，先寄一枝春。青门外，只凭芳草，寻访郎君。

——贺铸·绿头鸭

完全读懂名句

1. 珠箔：珍珠帘。2. 津：津渡、渡口。3. 调琴思：调弄琴弦以抒发情思。4. 暾暾：音tūn，香气暖融的样子。5. 曛：音

xūn，落日余光。6. 行云：意指男女相约再会。7. 凤城：丹凤城，即京城。

美人之家，一座门垂珠帘的彩楼俯临渡口。借着微风，彩箫发出幽怨哀音，断肠声韵让我在马上奔波时也曾听闻。宴席在厅堂摆开，丽人艳妆成群，她调弄琴韵，我认出那秀眉微蹙的歌吟。麝香配制的蜡烛烟雾氤氲，手把荷叶酒杯，饮酒时间苦短，当有些微醉意时，便更衣就寝。掩蔽彩绣屏风，枕上鸳鸯相互依偎，芳香气息暖融融，环绕着回廊阴影。淡淡月色传来稀疏钟声，欢爱中有多少销魂情景。

自从玉钗离分后，她寄来银色的信笺，封住泪痕，跳舞的绣鞋从此蒙上灰尘。任随那木兰舟，载着离恨愁别，辗转过了南浦，背着夕阳西下的余晖远远消隐。请记住，明年，当蔷薇花凋谢之时，千万别误了我们当初的约定。长安虽已遥远，但南楚的梅花却才刚绽放出香嫩的枝芽，别忘了先折下一枝充满春天气息的梅花。到长安城东门外，只凭着芳草引路，去寻访郎君。

名句的故事

贺铸的《绿头鸭》一词是他于绍圣年间离开汴京后，在江夏宝泉监任上的怀旧之作，内容不仅回忆他与一女子相识、相爱的经过，也讲述二人离别后的相思之情，而其间"记取明年，蔷薇谢后，佳期应未误行云"三句，表达的则是词人对来年终将再聚首的深深期盼。

以"行云"代表男女之间的相会约定，应该是采用了前人的典故，因为最早在提及"行云"二字时，是带有些"暧昧"意味的。在宋玉的《高唐赋》中曾提及楚王梦见神女时，神女自愿荐枕席，二人旖旎缱绻一番之后，神女在临去时说："朝为行云，暮为行雨。"自此后，人们多将"云雨"二字连用，暗指"男女间旖旎之事"。

不过到了李白，他虽在《宫中行乐词》一诗中曾有以下诗句："只愁歌舞散，化作彩云飞。"纪昀也点批其句是："用巫山事无迹。"而这里所谓的"巫山事"就是用了《高唐赋》的典故，只是李白在这里去掉"雨"字而单取"云"字，将它改成了"化作彩云飞"，因而把这个典故中原本的"暧昧"意味淡化。

而贺铸的"行云"之语，似乎与其原意及李白刻意的淡化皆有所不同，因为他虽看似隐隐约约恢复了"男女间旖旎之事"的原意，但却不将重点放置在这方面，而是多加了一份对于"约定"的等待与盼望，而让"行云"二字又具有一种新的意涵。

历久弥新说名句

今天当我们看到"行云"二字时，往往将它与"流水"二字相结合，用来形容某人写作文章时文笔流畅，或是某人在作画时下笔不假思索、一蹴而就之意。不过其实"行云"在古代具有多重本意，例如用来比喻"漂泊江湖的游子"，如曹植《王仲宣诔》：" 行云徘徊，游鱼失浪。" 以及张协的《杂诗》："流波恋旧浦，行云思故山。" 除此之外，还有用来借指 "所思念的人"，例如李白的《九别离诗》："东风兮东风，为我吹行云使西来。" 以及南唐冯延巳的《蝶恋花》："几日行云何处去。忘了归来，不道春将暮。" 而在贺铸《绿头鸭》这首词中所表现的意涵，则是 "曾经许下的约定"。

中国自古重视承诺，若非经过深思熟虑，绝不轻言许诺，而一旦下了承诺，必定是全心全意地完成自己的誓言，所以才会有 "一诺千金"、"一言既出，驷马难追" 的话语。但到了今天，人们对誓言虽依旧重视，可是却已不像过往般的 "言必信、行必果"，反而有时只是成为虚应故事的口头语。

有趣的是，近年来一部讲述徐志摩与其挚爱情人间故事的《人间四月天》戏剧，又再度让 "许诺" 蔚为风尚，一句 "许我一个未来" 的台词竟一时风靡，成了时下年轻人口中的流行语，这或许是当初想借 "诗意台词" 来烘托戏剧文学性的编剧也始料未及之事。

绿杨芳草几时休？

泪眼愁肠先已断

名句的诞生

城上风光莺语乱，城下烟波春拍岸。绿杨芳草几时休？泪眼愁肠先已断。

情怀渐觉成衰晚，鸾镜[1]朱颜惊暗转。昔年多病厌芳樽，今日芳樽惟恐浅。

——钱惟演·木兰花

完全读懂名句

1. 鸾镜：鸾鸟有见其同类而鸣的特性，前人悬镜相映，使鸾鸟睹影鸣之。此后鸾镜泛指镜子之意。

城上风光烂漫，黄莺叫声如语般起迭纷乱，城下烟波浩瀚，在春日拍打墙垣。翠绿的杨柳、芳草能够维持多久？泪眼婆娑，心中愁肠早已寸断。

心境情感越来越衰老，惊讶镜子里本来的青春容貌，已不知不觉被悄悄地换老。从前身体多病，不喜喝酒，如今的我，却只担心酒杯内的酒太少。

词人背景小常识

钱惟演（公元962—1034年），字希圣，临安（今浙江临安）人，其父为十国之吴越王钱俶，在宋太宗太平兴国三年（公元978年）将吴越国献地予宋，吴越国亡。

钱惟演博学能文，宋真宗咸平三年（公元1000年）召试学士院，担任太仆少卿，累迁翰林学士枢密使，到宋仁宗时，因其妹嫁给刘太后之兄刘美，触犯外戚不得担任朝廷要职的规定，被罢文职，改任镇国军节度观察留后、保大军节度使。

宋代重文轻武，仅有入仕文官才得以掌握政治大权，钱惟演虽被罢免文职，对仕途并未心死，毕竟他与刘太后只是间接姻亲关系，所以仍一心等待有机会回到朝廷。果然，其后入朝，加同中书门下平章事，不过又马上遭人弹劾，改任武胜军节度使，再改泰宁军节度使；晚年擅议宗庙之事，落同平章事，最后官拜崇信军节度使而卒，谥思，后改谥文僖。著有《典懿集》、《金坡遗事》等书。

除政治之外，钱惟演也热衷文学活动，每逢时令佳节，时与文友饮酒赋文，是当时风行一时"西昆派"的领袖人物，与杨亿、刘筠等文人合著《西昆酬唱集》，作品重视辞藻华美，典故纤巧骈俪，后人称其文派为"西昆体"。

有趣的是，一生致力提倡古文的欧阳修，年轻时曾在钱惟演的幕府担任留守推官，欧阳修向来厌恶骈体公文，偏偏其职务就是起草公文，生性狂放的欧阳修不愿勉强自己去做这类工作，身为其顶头上司又是骈文高手的钱惟演，竟对这位支持朴实古文的后生晚辈宽容有加，还不时给予多方关照，尽管两人文章理念迥异，钱惟演仍乐于提携后进，爱惜人才。

名句的故事

《木兰花》是钱惟演暮年的感怀心声，词意抒发抑郁不得志的愁怨。作者一生对仕途都抱持浓厚兴趣，尤其向往宰相一职，根据《宋史·钱惟演传》记载，钱惟演常对友人说："吾平生不足者，惟不得于黄纸上押字尔。"意指不曾担任宰相，是生平最大憾事。

宋自立国之后，鉴于唐朝外戚干政导致朝政败坏的历史教训，规定外戚不得担任朝廷要职。宋仁宗即位，钱惟演与刘太后有姻亲关系，备受朝廷舆论抨击，其后遭到罢免；但经过此一事件，并未让钱惟演洞察须与外戚保持距离，日后他又安排其子钱暧娶宋仁宗皇后郭后之妹，依然亟欲拉拢后家，希望借此接近权力核心，进而离宰相之位愈来愈近；不过，终究还是落人口实，从此摒除在权力中心之外。

《木兰花》从春日盎然之景，牵引出钱惟演心中愁怨，年轻时的他,也曾在京城领受高官厚禄、仕途得意,如今年老体衰,眼前春色只有令他对过往更加留恋,钱惟演才会不禁追问:"绿杨芳草几时休?泪眼愁肠先已断。"前句写他希望春天赶快结束,好让他停止追忆曾拥有的荣景风光,后句道出春景带给他内心痛苦的深度,透过对春光春色的写景,婉转表达作者垂暮晚年,面对仕途不遂的无限伤感。

历久弥新说名句

"泪眼"、"愁肠"经常出现在历代文人的诗文中,"泪眼"表示人身承受不住伤心而落泪,"愁肠"喻指人心牵肠挂肚的缠结愁思,对身陷悲泣忧愁的人而言,此两词之语境皆能贴切表达其伤痛氛围。

宋人李昉编《太平广记》,其中《才妇篇》记载一则险成为弃妇的女子,她以"泪眼"、"愁肠"入诗,力挽丈夫回心转意的故事。话说唐朝有一女诗人兼画家薛媛,其夫南楚材到陈颍旅游,颍州太守欣赏南楚材的仪表风范,欲将女儿许配给他,南楚材早已娶妻,但面对颍州太守的知遇盛情,使他全然忘记家中糟糠之妻,竟答应太守这门亲事;其后,便派人回去搬取家中琴书,准备不再返回老家,并捎信告诉妻子,说自己将前往远处求道访僧,从此放弃对仕途功名的企求。

才艺双全的薛媛,收到南楚材的信后,多少已揣知丈夫真正心意,她强忍悲痛,对镜画出自己的容颜形貌,并写一首《写真寄夫》诗，连同自画像寄予丈夫，诗云："欲下丹青笔，先拈宝镜端。已经颜索寞，渐觉鬓凋残。泪眼描将易，愁肠写出难。恐君浑忘却，时展画图看。"当南楚材见到妻子的画像与诗作，才恍然清醒，赶紧回到薛媛身边，两人恩爱如昔。

从薛媛《写真寄夫》颈联所写"泪眼描将易，愁肠写出难"之句，看出她在对镜自画时，一笔一划勾勒的实是心中无尽委曲悲戚，也反映身为人妻的满腹辛酸与为难。

大美国学 宋词

庭院深深深几许？
杨柳堆烟，帘幕无重数

名句的诞生

庭院深深深几许？杨柳堆烟，帘幕无重数。玉勒雕鞍[1]游冶[2]处，楼高不见章台路[3]。

雨横风狂三月暮，门掩黄昏，无计留春住。泪眼问花花不语，乱红[4]飞过秋千去。

——欧阳修·蝶恋花

完全读懂名句

1. 玉勒雕鞍：嵌玉的马笼头和雕花的马鞍。 2. 游冶：春游。 3. 章台路：汉代长安有章台街在章台下。后人因以章台为歌妓聚居之所。 4. 乱红：零乱的落花。

庭院幽深，究竟深到多么深的程度？杨柳弥漫似烟雾，像是笼罩几层帘幕。骑着华贵的马匹到处游逛，但楼台高耸，再也找不到当年那条繁华的章台街。

雨暴风狂，在三月暮春的傍晚，即使把门掩住黄昏，也无法挽留住春天。我伤心地流着泪水问花朵，但花朵也不回答我，而是像秋千一样，在我眼前纷飞落去。

词人背景小常识

欧阳修（公元 1007—1072 年），字永叔，号醉翁，晚号六一居士，庐陵（今江西吉安）人。

据《宋史·欧阳修列传》记载，欧阳修四岁时父亲去世，因为家里贫穷，母亲郑氏买不起纸笔，便拿荻草当笔，沙堆当纸，亲自教年幼的儿子读书认字，而欧阳修的领悟力也过于常人，读过的文章，没多久即能诵背，启蒙教育可说全来自母亲的悉心教导。

还有一位对欧阳修产生重大影响的人物，就是唐代文学家韩愈。欧阳修小时候曾与母亲投奔到随州（今湖北随县）叔父住处，当时，欧阳修经常上城南李氏家借藏书，有一回他在旧纸篓里捡到一本残缺不全的《韩愈文集》，研读以后开始对韩愈心存佩服，向往有朝一日能与韩愈并驾齐驱；其后到洛阳担任推官，与尹洙等古文家切磋古文，他拿出自己珍藏的破旧的《韩愈文集》，并广求民间旧本进行补缀，将韩愈的文章刊印发行各地。正因为欧阳修的大力提倡，宋代文风才一改晚唐余留的花间骈靡，重拾素朴的古文精神。

此外，欧阳修生平还有一件为人津津乐道之事，他在宋仁宗嘉祐二年（公元1057年），以翰林学士身份主持进士考试，亲自录取了曾巩、苏轼、苏辙等一批文坛新秀，尤其是苏轼，当时年仅二十一岁，欧阳修已看出这号人物，来日必不同凡响，说道："老夫亦须放他出一头地。"果真其后苏轼成为中国历史上一代文豪。

名句的故事

欧阳修一生耿直敢言，又为一代儒宗、古文运动的推行者，他有部分词作向来引起研究者的争议，有人认为严谨如欧阳修，绝不可能写出风流闺情之作，如这阕《蝶恋花》，即说是南唐词人冯延巳所作，曲名为《鹊踏枝》；不过经过两派人马几番争论，后人仍多从此词原作应为欧阳修。

《蝶恋花》主写暮春幽怨，将生活在幽闭环境中的主人翁内心难以明言的隐痛，借外在景象烘托而出。上片写庭院幽深，杨柳重重，仿佛与世隔绝之境，作者重叠用了三个"深"字，强调内心遭受层层封锁的囚禁之苦；下片描写风雨交加的景象，暗喻忧伤之心，亦如同被风雨搥击的痛楚，最末，词人满腔的幽深怨恨，早已无人可哭诉，只能寄语被吹乱散落的花朵。

历久弥新说名句

北南宋之交的才女词人李清照，在《临江仙》词序写道："欧阳公作《蝶恋花》有'庭院深深深几许'之句，予酷爱之，用其语作庭院深深深数阕。"这段序词，一来说明李清照对欧阳修此段文字之钟爱，二来是李清照的年代离欧阳修相去不远，更可证实《蝶恋花》的确为欧阳修所作。

李清照其中一阕《临江仙》始两句为"庭院深深深几许，云窗雾阁常扃"，这是李清照写于南宋高宗建炎三年（公元1129年）的作品，算是她晚期之作，首句袭用欧阳修之"庭院深深深几许"，第二句"云窗雾阁"则出自唐代韩愈《华山女》中"云窗雾阁事恍惚，重重翠幕深金屏"，作者将庭院之幽深、云窗之高远，交互映托，宛如一幅风景画；其另一阕《临江仙》始两句为"庭院深深深几许，云窗雾阁春迟"，词题写"梅"，李清照借咏梅为题，托物抒怀，一面感叹春光来迟，一方面表达春闺怨妇的凄婉之情。由于这两阕《临江仙》写于北宋徽钦二帝被掳、南宋高宗南渡之后，有人认为李清照外表乍看似写妇人闺怨，实是暗指亡国之恨，面对国破家亡、奸臣当道，词人心中潜藏万般愁苦，只能用曲笔道出，不敢明言写之。

欧阳修《蝶恋花》最末二句"泪眼问花花不语，乱红飞过秋千去"，也是一对千古佳句，其中"花不语"三字，更是向来前辈所喜用，如晚唐词人温庭筠《惜春词》有"百舌问花花不语，低回似恨横塘雨"之句,晚唐诗人严恽七言绝句《落花》,最末两句为"尽日问花花不语,为谁零落为谁开",不过,由于后出欧阳修的"泪眼问花花不语",表现意蕴更为浑厚,情思亦悠长深远,后世读者对《蝶恋花》评价也比前两者来得高。

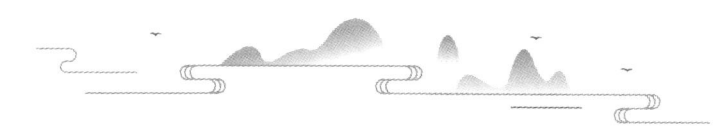

断肠片片飞红,都无人管

名句的诞生

宝钗分[1],桃叶渡[2],烟柳暗南浦。怕上层楼,十日九风雨。断肠片片飞红,都无人管,更谁劝,啼莺声住?

鬓边觑,应把花卜归期,才簪又重数。罗帐灯昏,哽咽梦中语:是他春带愁来,春归何处?却不解、带将愁去。

——辛弃疾·祝英台近

完全读懂名句

1. 宝钗分:分宝钗以赠别,比喻夫妇别离。2. 桃叶渡:渡口名,在南京秦淮河与青溪合流处。

她还记得与他分钗赠别,是在桃叶渡口,如今送别的码头已经绿柳成荫了。她害怕再登上高楼眺望,因为近来十天当中有九天刮风下雨。那令人断肠的景象:花朵在风雨中纷纷凋落,完全没人去关心,只有枝头上的黄莺凄惨地叫个不停,又有谁来劝阻它？

　　瞧瞧簪在鬓边的花簇，算算花瓣数目，预卜离人归期，才簪上花簇又摘下重数。昏暗的灯光映照罗帐，梦中悲泣着哽咽难诉：是春天的到来给我带来忧愁，而今春天又归向何处？却不懂将忧愁带走。

词人背景小常识

　　辛弃疾（公元1140—1207年）字幼安，号稼轩，历城（今山东济南）人。辛弃疾二十岁即参加耿京抗金义军，后来耿京不幸被叛徒张安国杀害，辛弃疾立即带人飞驰张安国所在金兵大营，活捉叛徒张安国；之后并没有马上杀害，而是连夜挟回南宋首都建康，斩首示众。不久辛弃疾归南宋，历任多处安抚使。任职期间，他招集流亡，训练军队，奖励耕战，打击贪污豪强，注意安定民生。

　　辛弃疾一生为抗金而努力，也因此遭到不少主和派人士进谗诽谤，不断受主和派小人污蔑，不得重用，也曾上过著名的《美芹十论》、《九议》，说明当时的军事、政治、地理、战争等形势，但没有得到当政者的重视。六十四岁时，好不容易为韩侂胄所用，调为知镇江府，当时辛弃疾兴奋到极点，谁料到才刚满一年，韩侂胄就被罢黜，辛弃疾只好回到铅山养老。后来政府再给他官职，他已经年老多病，无法胜任；终于在六十八岁时，大喊"杀贼"数声而死。

名句的故事

这阕词的写作时间无法断定，辛弃疾词多写切身经验，较少泛情的作品；所谓的泛情，是指如"闺怨"、"秋思"一类的题材。从内容大致看来，应该是某类经验题材。此词有别于其他多写豪放家国情怀的辛词，而以一种柔软缠绵的面貌呈现。刘克庄在《辛稼轩集序》中曾说："公（辛弃疾）所作，大声鞺鞳，小声铿鍧，横绝六合，扫空万古，自有苍生以来所无。其秾纤绵密者，亦不在小晏、秦郎之下。"辛弃疾虽然以豪放词行，但写起婉约词来，缠绵悱恻、深刻动人，也不在晏几道和秦观之下。评论中指的，便是这一类作品。

这阕词中用了不少典故。"宝钗分"，为情人分别时，用女方头上的金钗掰成两段，双方各持一股以为信物，除了分钗外，也有分钿盒。钿盒是以珠宝镶嵌的盒子，可用来储装小物品或头饰如簪钗一类的东西；古代早有这种习俗，在宋以前的诗中很常见，如梁陆罩《闺怨》诗："偏恨分钗时。"唐白居易的名作《长恨歌》："惟将旧物表深情，钿盒金钗寄将去。钗留一股盒一扇，钗擘黄金盒分钿。但教心似金钿坚，天上人间会相见。"其中末二句，便是分钗、分钿盒的用情所在。而"桃叶渡"原为王献之与爱妾桃叶分别处，王献之有一次临渡，与爱妾桃叶离别依依，于是歌《桃叶歌》送之，后来因名此渡为"桃叶"。至于"南浦"的典故出自《九歌·河伯》："送美人兮南浦。"后世便以"南浦"代称送别之地。词中"更谁劝"一句也有作"倩唤谁"。

历久弥新说名句

以"红"指花朵是十分普遍的，如大家耳熟能详的欧阳修《蝶恋花》中的"乱红飞过秋千去"。进一步体会，红是血的颜色，是热情、理想的代表。辛词中的"片片落红"，表面上描写出落红纷纷落下，实际上何尝不是写自己的情感片片失落？清朝龚自珍在临死前二年写的《己亥杂诗》其五中写道："落红不是无情物，化作春泥更护花。"则以凋落在土中的花朵比做自己的身世，表示自己忠于理想的心，死而不已。

"黄莺"在文学作品中是常见的象征，又称为"黄鹂"、"黄鸟"、"仓庚"、"鸧鹒"，在《诗经》《秦风》及《小雅》有《黄鸟》诗篇。黄莺动作活泼可爱，鸣声宛转动人，广受大众喜爱；形容一个人歌声宛转清脆，悦耳动听，便会说其声音如"黄莺出谷"。

然而当一个人失意、难过时，看什么都不顺眼，听什么都不对劲，尤其是在遇见难得的好事时，却因外在介入而成为干扰，动人的悦音甚至变成恼人的噪音。唐朝金昌绪的《春怨》："打起黄莺儿，莫叫枝上啼。啼时惊妾梦，不得到辽西。"诗中写一位思妇，好不容易睡着了，她正做着好梦呢，梦到自己忽然身处迢迢千里的辽西，期盼许久，终于能和征战中的丈夫重逢了。谁知道就在这关键时刻，竟被黄莺的叫声吵醒了，难怪她要"打起黄莺儿"。同样的用法，辛词中的"更谁劝，啼莺声住"，希望美好的黄莺不要啼，更是字字心酸，张力十足。

第二章 似花还似非花

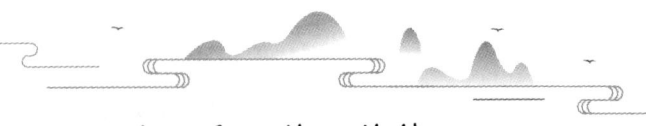

消几番、花开花落，老了玉关豪杰

名句的诞生

朱钿宝瑰，天上飞琼[1]，比人间春别。江南江北，曾未见、漫拟梨云梅雪。淮山[2]春晚，问谁识、芳心高洁？消几番、花开花落，老了玉关[3]豪杰。

金壶剪送琼枝，看一骑红尘，香度瑶阙。韶华正好，应自喜、初乱长安蜂蝶。杜郎[4]老矣，想旧事、花须能说。记少年、一梦扬州，二十四桥明月。

——周密·瑶华慢

完全读懂名句

1. 飞琼：《汉武帝内传》载，仙女许飞琼，传为西王母的侍女。2. 淮山：在今江苏于宜县城内。3. 玉关：玉门关，代指宋金对峙的江淮边关。4. 杜郎：指唐代诗人杜牧。

缀着朱红首饰、珍贵佩玉，仙女许飞琼自天上飘然而来，她的美丽比人间春色别具风采。江南江北，未曾目睹她的美态，便随意虚想，如梨花一枝带云雨，梅花横斜绽雪白。淮山春天来得晚，又有谁知道琼花那清高皎洁的心呢？一年复一年，花开又花落，催老了这些边塞将士豪杰们。

剪好琼枝，插入金壶传送，看一匹快马加鞭，红尘弥漫，花香随着尘埃传进玉殿。琼花正芳华吐艳，欣欣自喜，使临安城的蜜蜂、蝴蝶开始忙乱。诗人杜牧已然年老，扬州繁华与衰亡往事，琼花必定还有记忆，能说出那些事迹。而今追忆少年豪游，扬州美景似一梦转瞬逝去，唯有二十四桥明月时时在眼前浮现。

词人背景小常识

周密（公元 1232—1298 年），字公谨，号草窗，祖籍山东济南，生卒年正遭遇南宋改朝换代的灾难岁月。南宋时曾担任地方县令，宋亡以后隐居不仕，其交游很广，在南宋末年词坛中俨然是个领导人物。周密生平的著作甚多，不仅有个人诗词集，且著有《武林旧事》、《齐东野语》等杂记轶闻，保留了当时许多词人的事迹资料。另也著有《绝妙好词》一书，选录了南宋词，其观点继承南宋后期姜夔"雅正派"的看法，重格律、字句精美，偏向形式美，但周密这种偏执也让许多忠愤填膺的爱国作品被排斥于其选本外，成为这本书甚大的缺憾。

南宋灭亡后，周密寓居杭州，与王沂孙、张炎、仇远等人结社写词，互相慰藉、发泄国仇家恨的亡国悲情，这一群文士词风皆有相似之处，善以咏物抒发己志，脱离社会现实，写词多堆砌典故、晦涩难懂。周密在这一群词人中，词句较不那么艰涩，尤其在南宋灭亡前多针对时事而发，多寓志于物来讽刺当政，宛似这首《瑶华慢》，虽志在讽谏朝廷奢华糜烂，却以甚为委婉、慨叹的词句来表现，读者必须重重挖掘、配合史实才能知晓作者的用意。

名句的故事

周密写词的时间正于奸相贾似道当政时期，此时由忽必烈率领的蒙古大军已开拔向南进攻，南宋军不敌游牧大军，阵阵败退，贾似道私下与蒙古议和，不仅增加岁贡，且须向蒙古称臣。

周密《瑶华慢》即是作于这个时期，是一首针对当时政治的讽刺咏物词，作者于词序中已公开表明这首词是针对当时的琼花进贡现象而发，因此整阕词以琼花为主体，暗喻国之将灭、必有妖孽，亡国之祸已迫在眉睫了。琼花是江南名种贵花，色微黄而香，是进贡皇室的最佳礼品，因此即便是身处江南的人都难一赌芳采，只要琼花一开就被当地长官剪下运送至都城。这种情形宛若唐玄宗为博爱妃欢心，下令快骑从江南送来荔枝，杜牧即有诗云："一骑红尘妃子笑，无人知是荔枝来。"（《过华清宫绝句》）杜牧以"荔枝"来讽刺唐代君主荒唐事迹，周密"消几番、花开花落，老了玉关豪杰"，也有类似杜牧的情怀，抒发本应为江淮地区带来春天气息的琼花，却因为进贡而不能带来春天朝气，随着其绽放、凋零，防卫江淮的将士也兵疲帅老。

历久弥新说名句

唐代名才女薛涛在《春望词》道："花开不同赏，花落不同悲。欲问相思处，花开花落时。"不约而同与周密一样有着"消几番、花开花落，老了玉关豪杰"的感慨心声。薛涛生于唐代安史之乱后，父亲是位小吏，于是她从小就接触诗词文学，在父亲过世后，由于家庭经济压力，便展开她生张熟魏的妓女生涯。薛涛以其才情、美貌，很快地就在四川闯出名声，也受到当时多任剑南道节度使的重用，只要有要客来访，席上必定邀请薛涛来助兴，薛涛也因此熟识当时许多著名文士，且互相诗酬唱和。白居易、元稹、刘禹锡、李德裕等人都曾经与薛涛交际往来，他们皆欣赏薛涛过人智能与柔情蜜意，其中最让薛涛倾心的莫过于元稹，两人也曾经谱出一段恋曲，交换许多扣人心弦的情诗，这首《春望词》即是两人分别后，薛涛寄给元稹的诗歌。

花无人戴、酒无人劝、醉也无人管

名句的诞生

年年社日[1]停针线,怎忍见、双飞燕?今日江城春已半,一身犹在,乱山深处,寂寞溪桥畔。

春衫着破谁针线?点点行行泪痕满。落日解鞍芳草岸,花无人戴、酒无人劝、醉也无人管。

——无名氏·青玉案

完全读懂名句

1. 社日:古代祭祀土地神的日子,有春秋二社。立春后五戊日为春社,立秋后五戊日为秋社。

年年春社的日子,妇女们停下针线,孤单的她怎忍看见双飞双栖的春燕?今日江城春色已过大半,我独自羁身于乱山深处,寂寞地伫立在小溪畔。

春天的衣衫已穿破，谁来帮我缝补？衣衫上尽是斑斑泪痕。傍晚时在河畔芳草边下马休息，芬芳的花没人来佩带，也没人来相劝酒，喝醉更是没人会关心。

名句的故事

《青玉案》写的是游子在外春日感怀，又逢遇节日触景伤情，于是以白描方式写下这首流寓他乡、游子思家的作品。贺裳于《皱水轩词筌》评"落日解鞍芳草岸，花无人戴、酒无人劝、醉也无人管"这几句，"语淡而情浓，事浅而言深"。诚如贺裳所言，整篇《青玉案》都是以叙述的口吻，描述生活周遭事物，不见特别，却在轻淡中又带着深刻的意涵，将游子羁旅异乡的悲凄透过简单字词蕴含其中。

《青玉案》写作的时间在社日，亦即春社，是古代重要节气之一，它源于古代祭社神（土地神）的日子，时节大约在每年春分前后，每到春社这个时候，各地都有迎神赛会，十分热闹。唐人张籍于《吴楚歌词》就曾说："今朝社日停针线，起向朱樱树下行。"即每到社日，就应该停止针线活动，到户外闲游赏花。因此，春社又称为"忌作"，因为在这天是禁止做任何针线活计，于是妇女们这天多结社出外郊游踏青。

《青玉案》以社日为契机，联想到布满"点点行行泪痕满"的春衫破旧无人缝补，吐露出在外游子的悲苦心声。元代陈基也写有一首《裁衣曲》，以完全不同的角度，描述独留在家的妻子如何为在外游子缝制衣裳，其言："殷勤织纨绮，寸寸成文理。裁作远人衣，缝缝不敢迟。裁衣不怕剪刀寒，寄远惟恐行路难。临裁更忆身长短，只恐边城衣带缓。银灯照壁忽垂花，万一衣成人到家。"这位妻子殷勤、不敢迟缓地为在边城戍守的丈夫裁制衣裳，不畏夜里剪刀寒，只怕天冷耽误送达时间，裁缝时仔细思量对方身材，唯恐丈夫在边城辛劳消瘦了。燃烧的灯芯突然爆成花影照在壁上，这个好预兆说不定代表着等我衣服完成时，丈夫就已经安然归来了。陈基与《青玉案》同是写衣，前者在内，后者在外，对象不同描述出来的景象也显现差异，但都点出别离两地的亲人系念着家庭团聚。

历久弥新说名句

词，向来称为诗余，与诗最大的差别便是在语句的层次感上；所谓的层次感，仿佛像音乐的节奏般，有一个个的加强记号，可以将文意境界越推越深，也可以更让人体会词人所要表现的加强感。《青玉案》最成功之处即在于此，"花无人戴、酒无人劝、醉也无人管"，这三句叠用三个"无人"，使语气一层层转向激扬、悲昂，内容也逐渐递进，将游子的内心活动有层次地呈现出来。《青玉案》复沓这三个"无人"，所呈现出来的是一种游子悲怆、无人相伴、关心的生活。然而这种游子心绪本因人、因时而异，后世人又如何看待这种"花无人戴、酒无人劝、醉也无人管"三不管境界？

北京大学出身的著名学者陈平原，专精于文学理论研究，但也关心社会文化脉动，著述生活札记、随笔。陈平原的朋友周义看了其大作《文学史的形成与建构》后,曾写了一篇《多事不过陈平原》,感慨道:"大抵作学问者,不可不深,不可太深。不深者,所谓肤浅;太深者,不免孤独。前不见古人,后不见来者的孤独;两间余一卒,荷戟独彷徨的孤独;春日解鞍芳草岸,花无人戴、酒无人劝、醉也无人管的孤独;以及生活之树常青而理论之树灰色的浮士德式的孤独。"周义认为学术研究是很多孤独的集合,其中一种就是没有伴,同于《青玉案》"花无人戴、酒无人劝、醉也无人管"的寂寥落寞。

另一个与众不同的观点,来自于冰心一篇《山中杂记——遥寄小朋友》的文章里,提到:"'落日解鞍芳草岸,花无人戴、酒无人劝、醉也无人管',不是什么好滋味;而'无人管'的情景,有时却真难得。你要以山中踯躅的态度,移在别处,可就不行。在学校中,在城市里,是不容你有行云流水的神意的。只因管你的人太多了!"此时作者正居住在山上,峰峰相连的群山宛若围墙,绵延的草地是其庭院,晨昏游走惬意不已,因此心生"花无人戴、酒无人劝、醉也无人管",也是挺不错的优游自得的生活,因为这是都市、尘嚣生活中寻不着的快乐。

第二章 似花还似非花

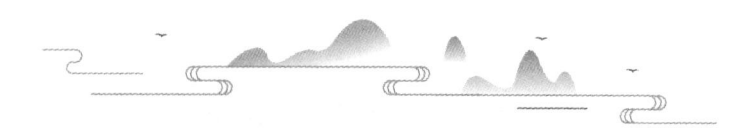

知否？知否？应是绿肥红瘦

名句的诞生

昨夜雨疏[1]风骤[2]，浓睡不消残酒。试问卷帘人，却道海棠依旧。知否？知否？应是绿肥红瘦[3]。

——李清照·如梦令

完全读懂名句

1. 雨疏：雨水稀疏的样子，或译大雨疏狂。2. 风骤：强劲、下急的风力。3. 绿肥红瘦：指海棠花叶子肥嫩，花儿却憔悴了。

昨儿夜里下起稀疏雨水，但吹着阵阵强风，乘着酒醉酣睡，一觉醒来仍解消不了残剩的酒意。惺忪之际问着来卷帘的侍女，却回道：海棠花还是照旧如常。你知道吗？你知道吗？应该是绿叶肥嫩、红花憔悴呀！

名句的故事

李清照这首小令以简朴字句、情节来串结，用叙述、对话体的方式来交代来龙去脉，宛若电影画面般将镜头从远拉近。首先描述一夜不停息的风雨，纤细的女子忧心户外绽放的海棠不能入睡，只能借酒消愁，赖以排遣。一觉醒来，拥衾未起，询问启户卷帘的侍女，粗心的侍女往外望，漠然回道："都一样啊。"女主人听了，叹息不已："你难道不知道吗？那红的变少，绿的见多吗？"李清照以其纤细的心灵去感受大自然的变化，见着了一夜风雨，不由自主便兴起词人惜春、惜花的愁怀。《如梦令》整阕词表面上似乎只是平铺直叙海棠花的凋零，其实女词人从中更想吐露的是闺中少女对于青春流逝的焦虑与忧愁，因此以"绿肥红瘦"来比拟对春天的留恋。

李清照《如梦令》其实也是善取前人智能，运用许多先人的巧思，再加以点缀、拔乎其萃，成为千古绝唱。《如梦令》背景的铺陈受唐人孟浩然《春晓》："春眠不觉晓，处处闻啼鸟。夜来风雨声，花落知多少。"点化而来，采其风雨、花落的意象。至于更直接的关联，则取自唐末韩偓《懒起》一诗："昨夜三更雨，今朝一阵寒。海棠花在否？侧卧卷帘看。"韩诗中清楚点出夜雨、海棠、卷帘，其抒发感触皆被李清照所本，脱胎成"昨夜雨疏风骤，浓睡不消残酒。试问卷帘人，却道海棠依旧"。李清照《如梦令》虽承袭前人牙慧，但出乎其类、技压群雄，反闻名遐迩，为后人所盛传。

历久弥新说名句

李清照《如梦令》一词最经典之句在于"绿肥红瘦",王士禛《花草蒙拾》评此为"人工天巧,可谓绝唱",李清照的同代诗人胡仔在其《苕溪渔隐丛话》中也说:"绿肥红瘦,此语甚新。"李清照以红、绿相对称,对比甚为鲜明、强烈,不仅丰富视觉飨宴,也让人品会更深层的韵味,因而突出成为脍炙人口的名句。除了李清照词以外,白居易也曾将色彩的运用比拟得相当精湛,其《忆江南》言:"江南好,风景旧曾谙,日出江花红胜火,春来江水绿如蓝,能不忆江南?"白居易以江花红胜火、江水绿如蓝相对应,丰富了诗词色彩的美丽,让人感同身受,仿佛真见火红的旭日、蓝绿的深邃江水。

李清照词中的"绿肥红瘦",也常为后人拿来代称春逝夏来。近代文艺作家琼瑶,善喜在其作品中穿插宋代诗词章句,早期作品《窗外》描述一对年龄差距甚大且不为外界许可的师生恋,男主角是位中学国文老师,女主角则是正值二八年华的豆蔻少女,两人因为皆对文学有所爱好而陷入爱河。其中琼瑶就曾引用李清照词"绿肥红瘦"来代称炽热夏天的到来,她写道:"天气渐渐的热了起来,台湾的气候正和提早来到的春天一样,夏天也来得特别早,只一眨眼,已经是'应是绿肥红瘦'的时候了。"

沈从文的作品《如蕤》更绝,将洋溢诗意的"绿肥红瘦"拿来实际比拟女性穿着打扮，在《如蕤》一开头他就写："从二楼上来了一个女人，在宽阔之字形楼梯上盘旋，身穿绿色长袍，手中拿着一个最时新的朱红皮夹，使人一看有'绿肥红瘦'感觉。"从"绿肥红瘦"的形容带出小说女主角的特征。沈从文还嫌一次不够深刻，下文又再度强调一次："正因为那点'绿肥红瘦'的暮春风度，使人在第一面后，就留下一个不易忘掉的良好印象。"沈从文并非不了解李清照词句内涵，而是故意运用巧思、谐意来塑造形象，让人一看就印象深刻，经典名句因而得以脱胎换骨，以新形象继续在新时代辗转流传。

第二章　似花还似非花

大美国学 宋词

似花还似非花，
也无人惜从教坠

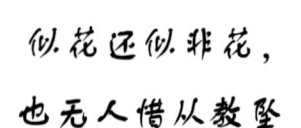

名句的诞生

似花还似非花，也无人惜从教坠[1]。抛家傍路，思量却是，无情有思。萦损柔肠，困酣[2]娇眼，欲开还闭。梦随风万里，寻郎去处，又还被莺呼起。

不恨此花飞尽，恨西园、落红难缀。晓来雨过，遗踪何在？一池萍碎。春色三分，二分尘土，一分流水。细看来，不是杨花，点点是离人泪。

——苏轼·水龙吟

完全读懂名句

1. 从教坠：任凭（杨花）飘坠。2. 困酣：困倦时眼睛欲开还闭之态。作者用美女困倦时眼睛欲开还闭之态来形容杨花的忽飘忽坠、时起时落。

看起来既像是花，又不像花，任意飘落飘零，也没有人会加以珍惜。离开了庭院，流落路边，几经思度，看似无情，却是深情。缠结的心思已使柔肠寸断，精神困倦，想睁开眼，却又合上。梦中灵魂随风飘去，即使长途跋涉，也要寻到郎君的所在，结果又还是被黄莺吵醒了。

不恨此花飘飞落尽，却恨西园，满地落红枯萎，难在旧枝重缀。清晨下过阵雨，何处有落花遗踪？飘入池中，化成一池细碎浮萍。三分春色姿容，二分化做尘土，一分坠入流水无踪。细看来，那不是杨花，点点飘絮是离人泪盈盈。

名句的故事

"似花非花"如此婉约柔致的词句，竟然是出自于豪迈不羁、曾写出"大江东去，浪淘尽，千古风流人物"这样词句的大才子苏轼之手。不喜欢玩政治权谋游戏的苏轼，最喜欢有三样：朋友、诗词、好酒。而身为苏轼最爱之一的章质夫，则常常送给苏轼另外两样最爱——文章和酒。

有一次，章质夫又兴之所至，写了一首咏柳絮的《水龙吟》词，寄给苏轼请提意见。章质夫的词是描述似棉絮的柳花，在暮春时随风飘散，悄悄飞进人家，"兰帐玉人睡觉，怪春衣雪沾琼缀。绣床渐满，香球无数，才圆欲碎"，衬托出杨花娇柔、被风扶起的美态，"傍珠帘散漫，垂垂欲下，依前被风扶起"。

苏轼读了很是喜欢，因此便忍不住和了这首《水龙吟》寄给

第二章 似花还似非花

章质夫，还叮咛章质夫不要拿给别人看。苏轼是这样描写柳絮的，杨花虽然也是花，但却又长的不像一般的花（杨花就是柳絮），因此就算凋零飘散也无人怜惜。东飘西荡的杨花看似无情，却自有其愁思，怀有愁思的柳絮，就像思念丈夫的闺中女子，想见丈夫一面不可得，联想在梦里随风飘荡、万里寻夫，都还会被夜莺打断而梦碎，不能如愿，真是让人情何以堪。

结果，章质夫慧眼识珠，赞赏不已，也顾不得苏东坡的叮咛，赶快送给他人欣赏，才使得这首千古绝唱得以传世，也因此提供好事者嗑牙的题材，评比究竟谁写的杨花词较为优秀。晁叔用就认为："东坡如王嫱、西施，净洗却面，与天下妇人斗好，质夫岂可比哉？"（《诗人玉屑》）

历久弥新说名句

去过北京的人，应该体验过春天时节满城满街、漫天飞舞的"毛毛"；这个"毛毛"就是柳絮，也就是杨花。《世说新语》里有个著名的柳絮故事：某日天寒下雪，东晋名臣谢安兴致勃勃地与晚辈们一起谈文学论写作，他问道："白雪纷纷何所似？"他的侄子胡儿说："撒盐空中差可拟。"侄女谢道韫却说："未若柳絮因风起。"谢安听了不禁哈哈大笑。

像谢道韫这样的"咏絮"才女，不止一人。唐朝女诗人薛涛，就曾写下感慨身世的《咏柳絮》："二月杨花轻复微，春风摇荡惹人衣。他家本是无情物，一任南飞又北飞。"究竟薛涛拥有一个怎么样的"柳絮人生"？

父亲早逝，从小薛涛由母亲抚养成人。她与母亲生活无依，十分艰难，故只得早早加入乐籍，成为官妓。唐代各地官府及军镇均设有乐官，官妓居于其中。她们专为官府服务，献艺侑觞，甚至私侍寝席。天资聪颖的薛涛不仅外貌出众，琴棋书画样样精通，当时成都的最高地方长官剑南西川节度使韦皋特别欣赏薛涛，常命她来侍酒唱和，接应宾客。

若只是吟诗作对的才女，也就罢了，薛涛不甘于只是当一个赔笑脸的官妓。她花了一笔钱替自己赎身之后，就搬到浣花溪畔，开始创立自己的品牌。她发明一种松花纹路的粉红色纸张，专门用来誊写自己的诗作，名为"薛涛笺"，声名远播自不待言。甚至连在京城长安的大诗人元稹，都因仰慕薛涛的名声，而前来相识，也因此陷入热恋。当时薛涛四十二岁，元稹三十一岁。

这段才子佳人的恋曲，最后虽然没有终成眷属，但是像薛涛这样的"柳絮人生"其实还颇为精彩，真可谓中国一奇女子也。

> 渡头杨柳青青，
> 枝枝叶叶离情

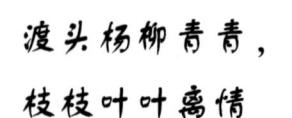

名句的诞生

留人不住，醉解兰舟[1]去，一棹[2]碧涛春水路，过尽晓莺啼处。

渡头杨柳青青，枝枝叶叶离情。此后锦书[3]休寄，画楼[4]云雨[5]无凭。

——晏几道·清平乐

完全读懂名句

1. 兰舟：即木兰舟，船的美称。木兰舟，以木兰树所造之船。此处泛指船只。2. 棹：船桨。3. 锦书：苏蕙织回文锦字诗寄与其夫。后称情书为锦书。4. 画楼：华丽的高楼，此指风月场所。5. 云雨：云雨为男女欢情的代称。

留也留不住，带着醉意，仍坚持解开船缆驾着兰舟远去。船桨在漫漫碧波上画出一条水路，途经清晨黄莺啼叫的深处。

渡头岸边的杨柳已满目青翠，一枝枝、一叶叶，都充满依依惜别之离情。从今别后，你再也不必费心寄情书、说相思了。反正画楼中那些像一场春梦似的幽欢，已幻化成空，一点痕迹凭据也没有留下。

名句的故事

大部分古代诗歌的作者是男性，因此女性的爱与美，则是多数诗歌抒发歌颂爱慕之情的对象，是他们永不枯竭的创作源泉。但有趣的是，从女性的角度描写闺中妇女的幽情、情思成为中国诗歌里面一个很受欢迎的题材。问题是男性如何体会闺中妇女的顾盼流转、波光水月、百转千折的细腻质感？且让我们来看一看晏几道的揣摩。

词的一开头，情深依依的女子希望男子"别走"，但无情的男子虽然半醉半醒，仍去意已决、驾舟远离。船开走了，恋恋不舍的女子仍然一动不动，望着兰舟在碧水波上画出一条水路，在清晨早起黄莺的啼叫声中，逐渐消失不见。

离人匆匆，究竟是有要事在身，还是无情薄意，我们并不得知，但是岸上的女子可是伤透了心，依然在渡头伫立发呆，放眼望去，只见杨柳青青，看在心碎人儿的眼里，每一枝每一叶，都在诉说着绵延无期的离情。为什么伤心的总是女人？顿时将心一横，说出决绝之语："今后你再也不必寄情书来了。"你既然绝情,也休怪我无义了。"从今而后,画楼里的美好春光与欢情将一笔抹除。"这种女子在爱情当中反复无常、又爱又恨的复杂情绪,大概也只有晏几道这样的痴情种才可以体会吧。

清朝的周济说:"结语殊怨,然不忍割。"全词一波三折,娓娓道情,因多情而生绝情,而绝望又恰恰表明不忍割舍的一片痴情。也算是很知晓女人心的评语了。

历久弥新说名句

"此后锦书休寄",这里的锦书背后其实是有一个很传奇的典故。东晋时期有一奇女子苏惠,字若兰。据传说,若兰容貌秀丽,自小聪颖过人,三岁学画,四岁作诗,五岁抚琴,九岁便学会了织锦。十岁刚过,即可描龙绣凤,琴棋书画的神韵,全被她运用到了织锦之中。

她后来嫁给右将军窦真之孙窦滔。据说窦滔因厌战不从军令,被革职发配到流沙(今甘肃敦煌)。这边,若兰日夜思君,竟成诗七千九百多首;那边,窦滔天长日久,纳了偏房。若兰独居在家,思君神伤,于是将自己对丈夫的思念,化为五彩丝线织成诗文,即为《璇玑图》。一幅八寸见方的方锦中,用五彩丝织成八百四十一个字,安排得天衣无缝,阡陌纵横、皆成诗章。唐代武则天甚至亲自为它写了序言,推崇备至,谓其"才情之妙,超古迈今"。

《璇玑图》完成后,广为流传,但很多人看不懂,苏若兰自己则笑言："徘徊宛转，自为语言，非我佳人，莫之能解。"研究它的人世代不绝。明代学者康万民甚至苦研一生，撰下《璇玑图读法》一书，研究出一套完整的阅读方法，分为正读、反读、起头读、逐步退一字读、倒数逐步退一字读、横读、斜读、四角读、中间辐射读、角读、相向读、相反读等十二种读法；清朝熊家振则是读出了九千九百五十八首。

而苏若兰的故事广为流传，俨然成为"闺怨诗派"的表征。梁元帝的《荡妇秋思赋》："妾怨回文之锦，君思出塞之歌，相思相望，路远如何？"李白也曾写道："织锦作短书，肠随回文结。相思欲有寄，恐君不见察。"（《代赠远》）以后，读者看到"锦书"二字，恐怕很难不想起苏若兰的《璇玑图》吧！

第二章　似花还似非花

落花人独立,微雨燕双飞

名句的诞生

梦后楼台高锁,酒醒帘幕低垂。去年春恨却来时,落花人独立,微雨燕双飞。

记得小苹[1]初见,两重心字罗衣[2]。琵琶弦上说相思。当时明月在,曾照彩云[3]归。

——晏几道·临江仙

完全读懂名句

1. 小苹:歌女名。2. 心字罗衣:绣有心字图案的丝罗衣裳。两重心字,喻心心相印。3. 彩云:喻美女,此指小苹,小苹艺名苹云,故以彩云比喻。

当我梦觉酒醒之时,见到的只是楼台紧锁、长长帘幕低垂的景象。去年春天离别之恨又绕回到我心头上来。落花纷坠,我孤独伫立;细雨蒙蒙,燕儿翩翩双飞。

曾记得与小苹初次相会时：她那绸衣衫上两重心字交叠。她弹拨着琵琶，透过琴弦诉说着相思滋味。当时的明月今犹在，这月儿曾经在歌舞散后照着彩云似归去的她。

名句的故事

晏几道的风格确实是与众不同，居然在词的一开始就已经酩酊大醉。不但喝醉，还做了一场梦，不过晏几道并没有说明梦了什么，也没交代为什么喝酒，只描述酒醒梦醒后，看到"楼台高锁，帘幕低垂"，然后"落花人独立，微雨燕双飞"。

"楼台、落花、微雨、人、燕"，一连数个镜头、画面的组合、跳跃，难怪文评家说晏几道很有蒙太奇电影的味道，善于用景来阐述情。"落花，微雨，境极美；人独立，燕双飞，情极苦"。这四句词吸引不少的词迷，清朝康有为对"梦后楼台高锁，酒醒帘幕低垂"有极高评价，称赞道："纯是华严境界。"（华严境界是指佛教的最高境界，菩萨境界）而"落花人独立，微雨燕双飞"，虽然语出五代诗人翁宏的《春残》诗："又是春残也，如何出翠帷。落花人独立，微雨燕双飞。"但是后人认为："'落花'两句，名高千古，不能有二。"（清谭献云《词辩》）

上片的主角如果是晏几道，接下来，下片的主角则是"小苹"。小苹身穿"两重心字罗衣"——意谓多情；"琵琶弦上说相思"——多情且多艺。这个"小苹"究竟是谁？晏几道年轻时的许多时光，都是在好友陈君宠和沈廉叔家饮酒听歌度过的。陈、沈家中有莲、鸿、苹、云四个歌女，词人及其好友的新词经常由她们在席间歌唱。晏几道和小苹曾有过一段情，但好景不长，后来沈殁陈病，小苹等人也风飘云散，不知去向。

而最后两句"当时明月在，曾照彩云归"，也是另有出处，李白曾咏一位宫女云："只愁歌舞散，化作彩云飞。"（《宫中行乐》）即使词句不完全是独创的，但是一经晏几道之手，还是超凡脱俗、情真意切。他对小苹的怀念，还有"小苹若解悉春暮"、"小苹微笑尽妖娆"、"丝雨恼妖苹"等句子。小苹虽是位歌女，他情深意重依然，难怪世人称晏几道为痴情种了。

历久弥新说名句

"酒醒帘幕低垂"，诗人大概没有不爱酒的，晏几道也不例外。据估计在他的诗词里，"酒"字出现达五十余次，与酒有关的词汇有：浅酒、美酒、绿酒、桂酒、新酒、金杯酒、如意酒。

唐代诗人贺知章是一个豪迈不羁的人，他与同样豪迈不羁的大诗人李白之间曾经有过一段"诗酒之交"。贺知章在长安时，适逢李白从四川来到长安；贺知章久闻其名，就前去拜访，看到李白俊逸的风姿，以及李白的新作《蜀道难》一诗，贺知章更是钦服赞叹，称誉李白为"谪仙"——贬谪到人世间的神仙。二人一见如故，十分投机，贺知章当下就请李白到酒楼去饮酒。由于临行匆忙忘了带钱出门，贺知章竟然把自己身上的佩饰"金龟"解下来换了酒喝，二人畅快痛饮（"金龟"是唐代大官的一种佩饰。自武则天天授元年开始，五品以上的官员改佩龟形的金饰，叫做"金龟"）。

后来贺知章过世，李白非常悲痛，写了一首题为《对酒忆贺监》的诗。在这首诗的《序》中，李白记叙了他与贺知章之间交谈、饮酒的情况："太子宾客贺公，于长安紫极宫，一见余，称余为谪仙人，因解金龟换酒为乐。"李白哀叹道："昔好杯中物，今为松下尘。金龟换酒处，却忆泪沾巾。"后来这一段诗酒之交的故事还变成成语"金龟换酒"，用来形容朋友之意气相投，也用来表示对友人的重视。

第二章 似花还似非花

> 绿芜墙绕青苔院，
> 中庭日淡芭蕉卷

名句的诞生

绿芜¹墙绕青苔院，中庭²日淡芭蕉卷。蝴蝶上阶飞，烘帘自在垂。

玉钩双语燕，宝甃³杨花转。几处簸钱⁴声，绿窗春睡轻。

——陈克·菩萨蛮

完全读懂名句

1. 绿芜：绿草。2. 中庭：住宅等建筑物中央的露天庭院。3. 甃：音zhòu，井壁，井垣。4. 簸钱：古时一种掷钱以定输赢的赌戏。

爬满绿色藤蔓的围墙环绕着长满青苔的庭院，庭中的日光十分柔和，芭蕉的卷叶还未舒展开来。蝴蝶飞到阶台上，晴日烘照的帘子悠闲自在地垂着。

一对燕子落在玉帘钩上，唧唧啾啾地交谈着，一团团柳絮在华美的井台上打转。不知从哪里传来掷钱游戏的清脆声响，绿色窗户里的人正在朦胧地做着春天的梦。

词人背景小常识

陈克（公元 1081—1137 年），字子高；他不是春秋时期卫灵公的爱人美男子陈子高，而是宋朝的爱国诗人陈克。"靖康之变"后，陈克痛山河之破裂，忧黎民之多灾，特别撰《东南防守利便》一文，上之朝廷，反对苟安，力主抗金。大致主张是："先定都邑，以固根本；后定进取，以复境土。"一般评论他的书"南北形势洞若观火"。

除了论文式的文章外，他也写下许多关于内心忧愤的抒情词作，如《舍弟书来索近诗》："霜露终身思建业，云山何处是天台，百年怀抱今如此，纵有诗成似七哀。"以表达他"以国家之忧为己忧"的崇高情怀。一般评论陈克的文学成就为"文采陆离，烂焉如锦"；词则"清绮婉约"、"风韵极高"，称两浙第一。有趣的是，虽然陈克总是担心国之盛衰兴亡的天下大事，甚至还能上战场，但是他的词风却是婉雅清丽，颇具花间词韵味，风格近温庭筠、韦庄。

宋高宗后来重用张浚、岳飞、吕祖抗金，陈克随吕祖军队北上，还写下诗篇以壮行色："扬鞭拨点万貔貅，打取庐龙十四州。烦君为发禄山冢，看我快饮月氏头。"之后，陈克随兵部尚书吕祉前往淮西收编王德、郦琼的叛军，结果吕祉被杀，陈克战败遭擒，叛军叱使屈膝，陈克厉声回答说："吾为宋臣，学忠信之道，宁为玉碎，不为瓦全。"后来他被焚致死，军民听闻陈克已死，号恸如丧失自己的亲人。

名句的故事

没想到那个"宁为玉碎，不为瓦全"的爱国词人陈克，写起词来，是如此的温婉柔媚，清新倩丽。词人总爱"伤春悲秋"，但是陈克的这首春词，却是充满恬静的闲适与幸福，一点也不伤、不悲。

既然是春天，那么底色一定是"绿"色，"绿芜墙"、"青苔院"、"芭蕉卷"、"杨花转"。既然是绿意盎然，必然有拈花惹草的小生命，"蝴蝶上阶飞"、"玉钩双语燕"。蝴蝶来了、燕子也来了，那么人呢？"烘帘自在垂"，指晴日烘暖的帘幕未卷，暗示主人犹眠。但是，春天的睡眠总是半梦半醒之间，"绿窗春睡'轻'"，而不是晏几道的"绿窗春睡'浓'"。隐隐约约还可以听见窗外传来掷钱游戏的清脆声响，不断传入耳鼓。这样一个绿意盎然、春色荡漾的午后，人是慵懒的，芭蕉还卷着叶片呢，连阳光都无法强烈，只是淡淡的光。

有人评论本词的特点，即在一个"闲"字。全词着眼于"闲适"而又意在言外，使人心领神会，悠然自得。唐圭璋《唐宋词简释》则提到："此词写暮春景色，极见承平气象。"而陈廷焯则认为陈克的词："温雅闲丽，暗会温、韦之旨。"其实，宋词的内容主要多是写男女情爱，离情别绪，伤春悲秋，因此其形式大都婉丽柔美，含蓄蕴藉，这也就形成宋词适合抒情的主要特色。

历久弥新说名句

伤春悲秋总是多愁善感诗人所喜好的题材。不只人伤春，著名的女词人李清照甚至写连髻子都伤春的词："髻子伤春懒更梳，晚风庭院落梅初。淡云来往月疏疏，玉鸭熏炉闲瑞脑，朱樱斗帐掩流苏，通犀还解辟寒无。"（《浣溪沙》）甚至还有人为诗人所写过的伤春词句作分类，发觉历代诗人眼里的春天还真是富有想象力，春有手："春色欲来时，先散满天风雪。"（朱熹·《好事近》）春会笑："春莫笑，花不似不香。"（赵彦瑞·《小重山》）春有头："春更不回头，撇下一天浓絮。"（龚自珍·《如梦令》）春多情："春风知别苦，不遣柳条青。"（李白·《劳劳亭》）

民初钱钟书的名著《围城》里也有一段讲到"伤春"的当代发展："他坐立不安地要活动，却颓唐使不出劲来，好比杨花在春风里飘荡，而身轻无力，终飞不远。他自觉这种惺忪迷怠的心绪，完全像填词里所写幽闺伤春的情境。现在女人都不屑伤春了，自己枉为男人，还脱不了此等刻板情感，岂不可笑！譬如鲍小姐那类女人，绝没工夫伤春，但是苏小姐呢？她就难说了；她像是多愁善感的古美人模型。"

看了这么多另类的"伤春"版本，"伤春"似乎已经不再"伤春"了。

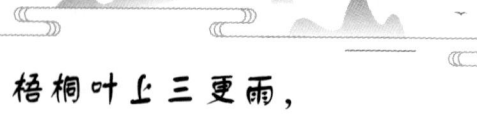

> 梧桐叶上三更雨，
> 叶叶声声是别离

名句的诞生

一点残釭[1]欲尽时，乍凉秋气满屏帏。梧桐叶上三更雨，叶叶声声是别离。

调宝瑟[2]，拨金猊[3]。那时同唱鹧鸪词。如今风雨西楼夜，不听清歌也垂泪。

——周紫芝·鹧鸪天

完全读懂名句

1. 釭：灯。釭，一作"红"。残釭：指即将熄灭的灯焰。2. 宝瑟：装饰华贵的锦瑟。3. 金猊：狮子造型的铜制香炉。猊，猊的简称，狮子。

一点残灯将尽，天气刚刚转凉，秋寒的意味却早充满室内。已经到了半夜时分，外面正在下雨，梧桐叶片落下的水声更加凄冷,叶叶声声都增加我伤感的情绪。

她弹奏锦瑟,调弄琴弦,我为她拨动着香炉中的炉炭。那时节,她与我将鹧鸪词唱得情意绵绵。如今在风雨交加的西楼夜晚,纵然听不见她凄清的歌声,也会垂泪。

词人背景小常识

周紫芝(公元1082—1155年),字小隐,号竹坡居士,宣城(今属安徽)人,南宋初时居住陵阳山中,家贫但苦学不懈,只可惜多年应试都不曾及第,直到大约在五十岁以后的绍兴年间才终于考中进士。

但或许是因为"官晚而名不达",使得周紫芝个性趋于极端,中进士后他汲汲营营地献诗给秦桧,乞求能攀得较好的一官半职,但不仅没有如愿,还使得他沦为人们口中"趋炎附贵"的"国贼"。而这段经历不仅对他的诗词作品产生了重大影响,并且也颇受后人讥讽。

周紫芝的词作最早学习晏几道,后又受李之仪影响,早期的作品清丽婉曲,这与他"少时酷喜小晏词"有直接关系;到了晚年,他的作品趋向沉郁苍凉,内容多是伤春悲秋、凭吊历史胜迹、慨叹朝代兴亡、感叹凄凉身世之作,倒是引起不少失意文人的共鸣。

除了诗词作品之外,周紫芝还著有《竹坡诗话》一卷,在考证诗作本事、品评诗作方面其实也有不少独到、可取之处,只可惜由于他的德行有损，因此连带着这卷诗话也屡受后人的指摘。

中国自古重视"文德兼备"，周紫芝在文学上虽也有自己的一番小小成就，但终究被"声名"所累，至今不得翻身。

名句的故事

周紫芝的《鹧鸪天》写的是在一个夜晚，词人因梧桐秋雨而引起的离愁别绪。其中"梧桐叶上三更雨，叶叶声声是别离"二句，不仅点出"三更秋雨"的这个特定环境，并也极其精妙地用文字表达出了"声音"的存在，历来极受人青睐。

但其实，"梧桐叶上三更雨，叶叶声声是别离"之句是化用了温庭筠《更漏子》下半阕的词意："梧桐树，三更雨，不道离情正苦，一叶叶，一声声，空阶滴到明。"同样是"梧桐"，同样是"三更"，同样直接书写雨声，但词人要抒发的却是人心中的别离之悲。

除了诗词之外，元代白朴也曾写作过一个有关安史之乱前后唐明皇与杨贵妃悲欢离合爱情故事的杂剧《梧桐雨》。此剧向来被称为"元四大悲剧之一"，原名是《唐明皇秋夜梧桐雨》，而之所以会以此为名，全因为在故事的最后，正当唐明皇终于在梦中与杨贵妃再度相会时，却硬生生地被现实中雨打梧桐声所打醒，使唐明皇内心的幽怨如喷泉般涌泄而出，从而使景物描写和人物情感水乳交融和谐一致，造成一种浓郁的悲剧氛围，实在堪称绝唱。

历久弥新说名句

可以这么说，在中国文人的笔下，"梧桐"经常是与"离愁"、"寂寞"等词分不开，因为"借物托情"往往形成所谓的"触景伤情"，而让原本单属于个人的情感引起共鸣。

大自然原本只是一个客观的存在，若心中无情，自然界的景观依然只会是客观的存在，不会有所改变，而一旦加入了"情感"二字之后，世间万物全可以幻化为主观的感情依托，也因此成就了这么多伟大的诗篇。而将"声音"与"情感"相结合，正是众多写情方式之中的一种。

将"物"与"情感"相结合，在现今的文章之中是极为常见的方式，"梧桐叶上三更雨，叶叶声声是别离"是"声音"与"情感"的完美结合，但除此之外，相同且更为大众所用的写作方式是将"形象"与"情感"或将"味觉"与"情感"相结合。

著名散文家朱自清的《背影》一文，便是将"形象"与"情感"相结合的一个极佳范例，作者虽只是用清浅的笔法将父亲跳下月台捡橘子的背影具实呈现，但读者却可由那个"形象"之中体会到浓浓的父子之情。而将"味觉"与"情感"相结合的例子，则有琦君女士的《此处有仙桃》一文。琦君女士在文中虽只是淡淡地描述着二十年前台湾住家邻近的一间小杂货店中所贩卖的"仙桃"，初尝时的滋味及视它为至宝的经过，但当她写及现在只能以朋友介绍的"柚子茶"来一解"思桃"之苦，并在每回将"柚子茶"含在口中时，不由得轻声地念一遍："此处有仙桃。"以此默祝那位再也没有机会见面的杂货店老板娘健康幸福时，那种看似轻淡实则浓烈的追忆之情，确实让人备感温馨。

恋树湿花飞不起，

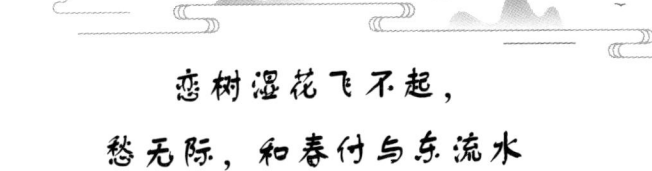

愁无际，和春付与东流水

名句的诞生

小雨纤纤风细细，万家杨柳青烟里。恋树湿花飞不起[1]，愁无际，和春付与东[2]流水。

九十光阴[3]能有几？金龟[4]解尽留无计。寄语东阳沽酒[5]市，拼一醉，而今乐事他年泪。

——朱服·渔家傲

完全读懂名句

1. 恋树湿花飞不起：树枝上的花儿沾着雨水，无法飘飞。2. 东：一作西。3. 九十光阴：谓九十天春光。4. 金龟：唐代官员的一种佩饰。贺知章尝解金龟换酒酬李白。5. 沽酒：卖酒。

小雨丝丝，风儿细细，千万人家的杨柳都笼罩在一片青烟绿雾中。这雨丝依恋着春树，淋湿了花瓣，不让它飞起来。愁绪无边无际，连同春天一起随着东流水悠悠而逝。

三春总共九十天，能有多久？就算把大官佩戴的金龟解下来换成酒，也无法将春光挽留。托话给东阳城的酒家说要买酒，还是大醉一场，将今日的欢乐换做他年的泪水。

词人背景小常识

朱服（公元1048—？）虽然不是苏门四学士之一，但也与苏轼过从甚密，据说苏轼临死前的最后一首诗就是写给朱服的，《梦中作寄朱行中》（行中是朱服的字）："舜不作六器，谁知贵玙璠。哀哉楚狂士，抱璞号空山。相如起睨柱，投璧相与还。何如郑子产，有礼国自闲。虽微韩宣子，鄙夫亦辞环。至今不贪宝，凛然照尘寰。"可见苏轼对于自己连累一票人觉得颇自责。

朱服跟苏门四学士其他人一样，因接近苏轼而遭新党排斥，而开始贬谪的命运。朱服曾经被贬到泉州、广州的南边沿海地区。而很有趣的，中国最早关于使用指南针进行海上导航的史料记载，就是出自于跟朱服一起前去的朱彧（朱服的儿子）所著关于广州见闻的书《萍洲可谈》："舟师识地理，夜则观星，昼则观日，阴晦观指南针。"

名句的故事

"小雨纤纤风细细，万家杨柳青烟里。"一副江南雨景，烟雨蒙蒙的迷茫模样。这样的细雨绵绵的结果是"恋树湿花飞不起",否则,没有下雨的江南,应该是柳絮纷飞的景象吧。既然是"烟雨江南",又该配合什么样的心情?当然是"愁无际"的伤春惜春。

春光好好的,为什么要伤春惜春?"九十光阴能有几",春光再怎么美好无瑕、让人留恋,还是只有九十天。为了不辜负春光,酒永远是最好的惜春之伴。学学贺知章解下金龟去换好酒,虽然用尽所有金龟,恐怕还是挽不住春光的手。"喝吧,尽情地醉一场。"别再去想春光太匆匆的愁心事了。会揪人心肝的忧愁就留给不是春天的日子再去慢慢涕泪。

"而今乐事他年泪"这句话有几个表兄弟,一是姜夔的"少年情事老来悲"(《鹧鸪天》)、二是周端臣的"料今朝别后,他时有梦,应梦今朝"(《木兰花慢》)。而曾经是朱服门下客的方勺也曾提到这句话说:"公往往乘醉大言:你曾见我'而今乐事他年泪'否?盖公自谓好句,故夸之也。予尝心恶之而不敢言。后得罪贬兴国军以死。流落之兆,已见于此词。"(《泊宅编》)可见诗人的情感丰沛,但却并不是人人都能欣赏的。

历久弥新说名句

"金龟解尽留无计"中的"金龟换酒"的典故,是称李白为天上谪仙人的贺知章,曾经拿金龟换酒酬李白。贺知章,人称酒仙,杜甫在《饮中八仙歌》中第一位咏的就是贺知章:"知章骑马似乘船,眼花落井水底眠。"

但也有因酒而差点送命决裂的故事。《三国演义》曾记载,刘备蛰居于曹操之处时,"防曹操谋害,就下处后园种菜,亲自浇灌,以为韬晦之计"。有一天,曹操看见枝头挂满了青青梅子,又值煮酒正熟,就叫人请来刘备,"盘置青梅,一樽煮酒,二人对坐,开怀畅饮"。对饮之间,曹操说:"玄德久历四方,必知当世英雄,请试指言之。"刘备当然不愿意谈论这个问题,又无法推托,只好胡乱地提出袁术、袁绍、刘表、孙策、刘璋等人的名字。曹操却认为这些人都算不得英雄,他的看法是:"夫英雄者,胸怀大志,腹有良谋,有包藏宇宙之机,吞吐天地之志也。"曹操用手指指刘备,又指指自己,断言:"今天下英雄,惟使君与操耳!"刘备万万没有料想到,曹操竟然看破了自己的韬晦之计,了解自己的志向,不由得大吃一惊,以至于失手把"箸"(筷子)掉落在地上。幸亏当时正好"天雨将至,雷声大作",刘备才急中生智借口以"圣人迅雷风烈必变",才把自己的失态掩饰过去;这就是著名的"青梅煮酒论英雄"的故事。成语"青梅煮酒"就是由于这个故事而产生的,用来指称臧否人物,纵论天下。

无论是因酒而成就好事,还是因酒害事,相信酒这个杯中物,永远不会缺少知己,而人也会一直继续制造各式各样与酒有关的传奇。

第三章　落花风雨更伤春

> 岂知聚散难期,
> 翻成雨恨云愁

名句的诞生

陇首云飞,江边日晚,烟波满目凭栏久。一望关河萧索,千里清秋,忍凝眸。

杳杳[1]神京[2],盈盈仙子,别来锦字[3]终难偶。断雁无凭,冉冉飞下汀洲,思悠悠。

暗想当初,有多少、幽欢佳会,岂知聚散难期,翻成雨恨云愁。阻追游。每登山临水,惹起平生心事,一场消黯,永日无言,却下层楼。

——柳永·曲玉管

完全读懂名句

1. 杳杳:深冥貌。2. 神京:汴京,即北宋首都。今河南开封。3. 锦字:此指女子的书信。

山头白云飞起，江边太阳从水面慢慢沉落，满眼江烟缈缈，静倚栏杆已有一段时间。伫立远望关塞江河，一片萧条衰瑟的凄清秋气，怎忍心看下去？

自在遥远的京城，与那位美如天仙的女子分别后，已经很久未在书信里和她相会。鸿雁失去伴侣，轻轻飞到水边沙洲上，静静沉思。

暗自回想当初，有多少幽静和欢闹的相会，谁知聚散难以顺从人的期待，转瞬间已成云雨愁恨。为了追逐宦游，才阻碍与她在一起。每当登山临水，想起我一生的际遇，有如一场黯然销魂的感伤，长久使我无法言语，只得安静地走下楼来。

名句的故事

《曲玉管》为柳永羁旅宦游时所作。上片写词人登高怀远，面对当前山河景色，思念远在京城的情人，没有书信作为相思凭据，只能孤独地想念对方；下片追忆昔日在京城的欢聚岁月，不论周遭热闹或宁静，只要两人一起就是美好，原本还陶醉于当初的欢愉点滴，顿时有感而发，突然体悟"情"乃其痛苦之根源，正因他无法预料人间聚散，所以，如云雨般的愁恨，才会趁他寂寞时，出来扰乱人心。

最后，词人远眺山水，将问题回归自己，过去想借由宦途，好一展平生大志，如今好不容易身在仕宦，却是必须离开繁华京城、别离爱人，来到遥远一方，这样又岂真能完成所立志向？显然飘泊异乡的柳永，不敢对未来抱有多大愿景。

从《曲玉管》所言"杳杳神京，盈盈仙子"，可知柳永思念的美丽仙子，是指远在首都开封的歌妓；古人向来习惯以"仙子"借代妓女或女道士，在柳永的词作中，也从不避讳他对歌妓的真心关怀，当时一般士大夫出入秦楼楚馆，纯为消遣娱乐，把歌妓视为玩物、或是酒席陪衬的角色，身份甚为低微；但出自民间的柳永，却愿意倾听她们的遭遇心声，并投注感情，换取对方的交心，即使远调外地，离开女子所在的京城，他依旧缅怀过去，写下这阕充满旅人思情的《曲玉管》。

历久弥新说名句

柳永《曲玉管》中"岂知聚散难期，翻成雨恨云愁"，写出人生聚散无常，世事难料，一旦遭遇分别离散，满腔愁恨，往往如云雨般侵袭人心。其中"聚散难期"、"雨恨云愁"，时被引用在面对别离或思念的愁苦情绪。

现代文学作家张爱玲，在其小说《半生缘》描述一对相爱男女，因遭受外在人为的阻挠，以及命运曲折的摆弄下，错失了彼此的音讯，无奈地各自走入不甚满意的婚姻；事隔十多年，两人在过去共同好友家意外重逢，回想那段前尘旧情，依然有着揪心刺痛，也明白今生注定早已错过了。最末，小说中的女子说道："我们回不去了。"男子知道她说的是真话，但还是感到一股莫名的震动，离开之前，他心中想着："今天从这里走出去，却是永别了,清清楚楚,就跟死了一样。"

人生聚散的难以预期,即如张爱玲《半生缘》情节一样,男女主人翁在阔别漫长的十多年后,面对曾经深深爱过的人,也只能任由"雨恨云愁"的泪水翻飞,完全无力抵抗造化对他们此生残酷的捉弄。

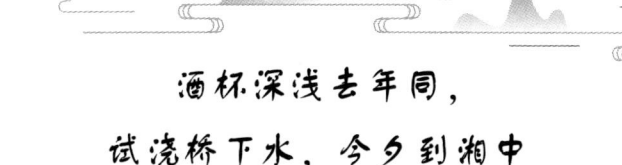

> 酒杯深浅去年同，
> 试浇桥下水，今夕到湘中

名句的诞生

高咏楚辞酬午日，天涯节序匆匆。榴花不似舞裙红。无人知此意，歌罢满帘风。

万事一身伤老矣，戎葵[1]凝笔墙东。酒杯深浅去年同，试浇桥下水，今夕到湘中[2]。

——陈与义·临江仙

完全读懂名句

1. 戎葵：即蜀葵，通常在夏日开花。2. 湘中：指屈原死处。试浇二句写酹酒江水，凭吊屈原。

高声歌咏楚辞，庆祝端午佳节，流徙天涯只觉时节过得匆匆。石榴花比不上舞女的裙裳鲜红。没有人能理解我此刻的心情，歌罢楚辞只觉满帘扑风。

如今，万事虽集于一身，但却老病伤神。墙东的蜀葵仿佛也在嘲笑我的凄凉。杯中之酒看起来与往年相似，我试着将它浇到桥下的江水，希望江水能带着它流到湘江去。

词人背景小常识

陈与义（公元1090—1139年），字去非，号简斋。他早期推崇苏轼、黄庭坚及陈师道的文风及写作方式，后期因经历、体会了"靖康之耻"，转而学习曾经历过"安史之乱"、与他有类似经历的杜甫。总体来说，他的作品题材广泛、感时伤事，是宋代学习杜甫最有成就的诗人之一。

元代文学家方回曾将陈与义与黄庭坚、陈师道合推为"江西派"的"三宗"。所谓"江西派"是人们称呼以黄庭坚为首的江西文人所组成的一个社团。"江西派"的文人认为作诗为文应该"无一字无来处"，因此提倡所谓"点石成金"法，也就是指借用前人诗文中的词语、典故，加以陶冶点化，化陈为新，让自己的诗起到精妙的修辞作用，以及"夺胎换骨"。

但其实陈与义并不是江西人，并且他的写作方式与黄庭坚的好用典、矜生硬也有所区隔。他虽喜欢苏轼的风格，但却不以追效苏、黄为满足，而是认为应要通过他们，上溯到杜甫。他曾说过："要必识苏、黄之所不为，然后可以涉老杜之涯涘。"意思便是要看到苏、黄不及杜甫的地方，才能学到杜甫的真谛。他也常常提及作诗的两个要点：一是"忌俗"，一是"不可有意于用事"，此外，他更注重意境，也擅长白描的写作方式，因此实在不应该列入"江西诗派"。

名句的故事

这首《临江仙》是陈与义在高宗绍兴五年或六年避居青墩镇僧舍时的某个端午节所作，写作时的年纪约是四十六、四十七岁。由于当时金兵攻入汴京，宗室南迁，他在逃亡之际又恰逢端午，因此便填了此词凭吊屈原，也借以抒发个人胸臆，以及忧国忧民的情思。

词人在作品中以"酒杯深浅去年同。试浇桥下水，今夕到湘中"来表达一种"马齿徒长"但却"物是人非"的感慨。其实中国自古有以"酒杯深浅"论交情的说法，也就是看杯中酒的多寡来衡量感情的深浅以及对方的"诚意"度，并且还发明了一种测试"酒杯深浅"的办法，以在最恰当的时机为对方斟酒。

曾有人就中国古代留存下来的"竹林七贤"图，研究出古人在测试"酒杯深浅"时，是在酒杯之中做文章。因为在此幅图中，竹林七贤之一的阮籍，酒杯里装有一只木雕小鸭子，在古时，人们称这种木雕小鸭子为"浮"，宴饮时若想知道对方究竟饮了多少酒，便可直接看酒杯中小鸭子浮沉的程度。小鸭子若沉潜下去，则表示饮酒者相当尽兴，若小鸭子一直浮在酒杯上，便表示饮酒者只是虚应一应故事。

饮酒能饮至让酒杯都符合"物理学"原理的办法，想必也只有中国古代这些好风雅的名士们才想得出来了。

历久弥新说名句

陈与义的这阕《临江仙》不仅缅怀屈原，更在其中融入自己的人生感受，无怪元好问在感同身受之余，也激起他的共鸣，称赞陈与义的词不仅像诗歌一样"隽永有味"，并也具有"不传之妙"、"愈嚼而味愈出"，确实是读出了其中滋味。

农历五月初五是中国传统的端午节，又称"端阳"、"重五"、"端午节"。其实早在周朝，民间便有"五月五日，蓄兰而沐"的习俗，同时，端午节也是自古相传的"卫生节"，人们在这一天总要打扫庭院，挂艾草、悬菖蒲、洒雄黄水、饮雄黄酒，以祛除不洁之物。不过到了今天，一提起"端午节"，人们首先想到的便是中国伟大的政治家与文学家——屈原。

屈原是一个正直的忠贞爱国之士，一生忧国忧民，但却屡遭奸佞猜忌、陷害，终不见用于君王，以致最后，他宁可自沉于江中，也不愿继续在那"众人皆醉我独醒"的人世间苟活。如此破釜沉舟的忠烈情怀，自然引起许多文人的共鸣，因此自古以来歌颂屈原的诗篇可说是数不胜数，例如汤显祖的《午日处州禁竞渡》、钱琦的《台湾竹枝词》、梅尧臣的《五月五日》等，都是其中的名篇。

有趣的是，2004 年，韩国政府文化财厅决定将"江陵端午祭"推向世界，向联合国教科文组织申报2005年度"人类口传和无形文化遗产"。虽说韩国与中国自古渊源颇深，但相信听到这个消息后，没有多少中国人会愿意将这个原属中国且纪念意义深刻的节日拱手让人的。

第三章 落花风雨更伤春

落花风雨更伤春，
不如怜取眼前人

名句的诞生

一向¹年光有限身，等闲²离别易销魂，酒筵歌席莫辞频。满目山河空念远，落花风雨更伤春，不如怜取眼前人。

——晏殊·浣溪沙

完全读懂名句

1. 一向：即一时片刻之意。2. 等闲：平常。

时间转眼即逝，人身生命有所限制，寻常的离别也容易使人怅惘神伤，在筵席宴会上无须谦辞，只需畅怀开饮。

入目眼中尽是山河辽阔，徒使人怀念起远方，一地落花，凄凄风雨，更添对春日将逝的情伤，与其这般伤心不舍，还不如多加怜惜眼前的人儿吧。

名句的故事

据北宋人叶梦得《避暑录话》中写道："晏元献虽早富贵，而奉养极约。惟喜宾客，未尝一日不燕饮。"由此可知晏殊为官，虽致力勤俭节约，唯独喜好与友人于酒席中，相与吟诗写词为乐，此阕《浣溪沙》即是主人翁在歌舞酒筵上的切身感触。上片写离别伤感，词人接连饮酒，好让自己沉醉于酒酣声靡，下片则写放眼远望，看见山河辽阔，不禁兴起风雨飘零的伤感，体会凡事皆无法长久，唯有把握眼前所见，才是最为实际。

晏殊对喜爱的字句，时常表现爱不释手，甚至全句挪到其他词中重复使用，如在《木兰花》下片之"不如怜取眼前人，免更劳魂兼役梦"，大意是不如怜惜眼前的人，以免错过再来魂牵梦系、劳役心神，也已于事无补，其中"不如怜取眼前人"与《浣溪沙》完全一样；也许晏殊身边，总有发生人事一瞬间面目全非的遗憾，让他体悟必须珍惜当下时光。

近代词曲评论家吴梅著有《词学通论》，书中不但大力推崇晏殊为北宋词家第一人，更直指《浣溪沙》中"满目山河空念远，落花风雨更伤春"二句，比起其另一阕《浣溪沙》之名句"无可奈何花落去，似曾相识燕归来"，更胜过十倍，认为是人们境界浅陋，才不解此词之绝妙，可见这位评论家对晏殊以及此阕《浣溪沙》的偏好钟爱。

历久弥新说名句

晏殊如此偏爱"不如怜取眼前人",有一段来由典故。唐代文人元稹写过一篇颇具盛名的传奇小说《会真记》,又名《莺莺传》,故事中的男女主角为张生与崔莺莺。张生在因缘际会下,见到艳丽动人、文笔又好的崔莺莺,一开始即为崔莺莺的才貌所神魂颠倒,但经过短暂的缠绵热恋,张生发现自己根本不愿与崔莺莺长相厮守,他以赴京赶考为由离开。

一年过后,两人各自婚嫁,当张生再回到崔莺莺住处时,他以外兄身份求见昔日情人,但崔莺莺已不想见他,写诗谢绝张生,诗云:"弃置今何道,当时且自亲。还将旧来意,怜取眼前人。"大意是:当时如此亲近,都可以抛弃了我,现在又有什么好说?还是将旧时曾对我的情意,好好怜惜正在你眼前的人吧。也就是说,崔莺莺对于背弃她的前情人,展现宽容气度,并劝其专心对待妻子。

晏殊也许对《莺莺传》中女主角的遭遇有所感触,故在两篇词作里,皆引崔莺莺回绝张生诗句,并改写成"不如怜取眼前人",强调徒然伤感那些消逝过往都是多余,认为人生最真实的莫过于"怜取眼前人"。

雨恨云愁,江南依旧称佳丽

名句的诞生

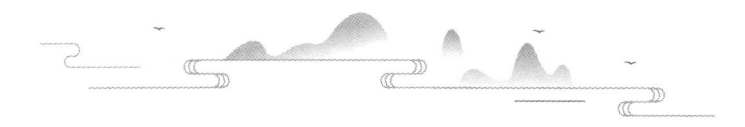

雨恨云愁,江南依旧称佳丽[1]。水村渔市,一缕孤烟细。天际征鸿,遥认行如缀[2]。平生事[3],此时凝睇[4],谁会凭栏意?

——王禹偁·点绛唇

完全读懂名句

1. 佳丽:比喻风景优美的样子。2. 行如缀:鸟禽飞行排行如列、连缀在一起。3. 平生事:平素追求的功名事业。4. 凝睇:凝眸远望。

即使有发人怨恨忧愁的多云阴雨,江南仍旧是个美丽的地方。临水渔村人家少,只有一缕孤烟细细升起。

天际边飞翔的雁群,远远看似连缀一起。人生功名事,在此刻凭栏凝睇眺望时,忧愁怎不能如征鸿展翅高飞呢?

词人背景小常识

王禹偁（公元954—1001年），字符之，山东钜野人，是北宋初期的重要文士，他于太宗年间进士及第，初期官任长州知县，后升至右拾遗、知制诰等中央官员，长州位于今日江苏苏州市，这首《点绛唇》即应写于这个时期。王禹偁于担任长州知县时与隔壁吴县知县罗处约交善，两人不时相约写诗、作词与咏赋，民间也多传诵流行。当王禹偁高升中央官后，他担任重要的言谏官员，每当遇事他都仗义执言，时常议论当时政治、批评朝廷人物，因此得罪了不少高阶官员。

王禹偁一辈子在政治上的起伏甚大，他不仅是北宋初期重要的官员，也是文坛上第一位较有成就的诗人与散文家。他企图摆脱五代以来堆砌艳丽辞藻的风气，文学上他于《赠朱严》诗云："谁怜所好还同我，韩柳文章李杜诗。"即文章要学韩柳散文朴素古质，写诗则要像李白、杜甫般广博厚积。所谓"文章千古事，得失寸心知"，因此王禹偁想挽回宋初以来浮靡的文风，是奠基宋代重古文、朴质的重要人物，《点绛唇》是他硕果仅存的一首词。

名句的故事

王禹偁所写《点绛唇》，词中借景抒情，呈现出他壮年时代企图扩展功名的抱负、理想，词风清新质朴，可见他对改变五代词风所作的努力。一开头言"雨恨云愁,江南依旧称佳丽",似仍脱离不了晚唐五代之艳体词,但后头言"水村渔市"、"天际征鸿"、"平生事"已渐扭转文气,转向清新言志之姿态。王禹偁善用拟人法,将雨云带入个人情绪,为整阕词带来新奇、婉约气息,最后则言平生鸿鹄之志,是与五代词风最大的区别。南齐谢朓《入朝曲》曾言:"江南佳丽地,金陵皇帝州。"将东晋南朝以来皆都建康,拿来比拟为皇帝州,王禹偁此处"江南依旧称佳丽"即是取其典故,用以代称江南风景秀丽美貌。

江南风景之美是不可言喻的,最有名的例子是隋炀帝,他开凿运河的动机多为了游乐,却耗使众多民力,其中以通济渠、邗沟两段风景最为优美,沿河筑有御道,并栽种有随风飘扬的柳树。隋炀帝也多次游历江都,带着六宫粉黛与大批随侍,即使在隋末群雄起兵时,他仍在江南游玩不想北归,甚至起了移都南方的心思,只是最后被手下叛兵杀死,结束这一段荒唐岁月。然而江南的美并不因为战争而染上血水污渍,唐末韦庄于《菩萨蛮》赞叹道:"人人尽说江南好,游人只合江南老。春水碧于天,画船听雨眠。"道尽江南美好的景致,游人只要来过江南就不想回去,想在江南住到老,因为春水碧如天,也可于雕栏画船里听雨声入睡。

历久弥新说名句

提到江南最让人容易联想到的,就是明朝的"江南四大才子",这四人以唐寅为首,再加上祝枝山、文征明、徐祯卿(一说为周文宾）三人，他们也是历史上著名的"吴门四才子"。唐寅就是唐伯虎，他曾自己刻了一颗"江南第一风流才子"的印章，至今坊间仍有许多小说、戏剧撰述他的风流事迹，如《唐伯虎点秋香》；剧中，唐伯虎风流倜傥、妻妾成群，然而历史上的唐寅并非如此，他从小天资聪颖、熟读经书，善诗词曲赋，也喜欢绘画。他也曾任官，却因涉嫌弊案被贬谪，傲世不羁的他耻不就官，就此放弃了官宦生涯。中年时，唐寅展开千里壮游，足迹踏遍江南地方，以卖画维生，生活仅过得去，但他特工仕女图，笔法秀润缜密、潇洒飘逸，是后世画家甚为推崇的佳作。唐寅坎坷、贫困的一生，是典型中国知识分子怀才不遇、壮志不酬之属，岂如小说戏剧塑造出来的贵公子般放浪不羁，流窜于女人花当中？

江南是骚人墨客最爱驻足的地方，培育了文学灵感、孕育了许多文学极品，她的美也常被过路文人惊叹、收纳至诗词小说里，郑愁予著名的新诗《错误》，即是以江南为舞台展开。"我打江南走过/那等在季节里的容颜如莲花的开落/东风不来/三月的柳絮不飞/你的心如小小的寂寞的城/恰如青石的街道向晚/跫音不响/三月的春帷不揭/你的心是小小的窗扉紧掩/我达达的马蹄是美丽的错误/我不是归人/是个过客……"历史上有多少枭雄好汉、文人骚客曾往复于江南这块美丽的地方？自是不计胜数。他们皆打江南走过，却都不是归人，只是过客。

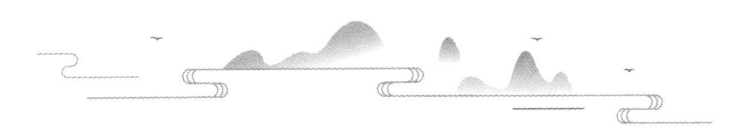

水是眼波横,山是眉峰聚

名句的诞生

水是眼波横[1],山是眉峰聚[2]。欲问行人去那边?眉眼盈盈[3]处。

才始送春归,又送君[4]归去。若到江南赶上春,千万和春住。

——王观·卜算子

完全读懂名句

1. 眼波横:词人在此以水波譬喻女子的瞳眸流动似水,波光粼粼脉脉含情。2. 眉峰聚:古人常以山峰比喻女子的眉毛挢聚匀净。3. 盈盈:象征美好貌,此处亦引申为含情脉脉貌。4. 君:指鲍浩然,王观以此词赠别友人鲍浩然。

清澈江水宛似女子眼眸中流动之水波,团簇的山峦宛若她额前轻蹙之眉峰。若问官人何处去?当然是眉眼脉脉含情的佳人所在处。

我才刚刚送春归去，如今又送你离开。你若去到南方赶上春，一定要和春团聚。

词人背景小常识

王观（生卒年不详），字通叟，江苏如皋人，于北宋仁宗嘉祐二年进士及第，曾任大理寺丞、江都知县、翰林学士等职。吴曾于《能改斋漫录》记载王观担任翰林学士时曾奉诏写《清平乐》，描写宫廷生活之种种，高太后认为其文亵渎了神宗，因而被解职。罢职之后，王观于是自号逐客。王观的词多学柳永，作品风趣近人，时有奇想，王灼于《碧鸡漫志》评王观词为"新丽处与轻狂处皆足惊人"，《卜算子》即是新鲜俏皮、毫不落俗套的代表作。

名句的故事

王观《卜算子》是首看似平易近人、实则韵味深沉的一阕送别词，尤其是开头名句"水是眼波横，山是眉峰聚。欲问行人去那边？眉眼盈盈处"，处处充满着双关义涵。王观以山水为景，白描入情，乍看是比拟江南秀丽山水，但其中又余味犹存、耐人寻味，仿佛远方伫立着一位痴心等待良人归来的妇人，眼波流转、眉头轻颦。因此下文点出"欲问行人去那边？眉眼盈盈处"，即是佳人所在处。词中第一部分抒情写人；下文则是书写到季节，暮春时节春归去，友人也归返上路，呼吁对方要惜春，此处的"春"也是双关语，除单指季节之外，也引申有要人珍惜生命中宝贵的事物、时光。

经由王观的这阕词，我们可以想象其友人鲍浩然是于暮春时节启程，浙东地方有位佳人望穿秋水等候他的归返，这位佳人的身份在此我们并无法确定，可能是鲍浩然的妻妾或爱人。无论如何这种与亲人离别，原只是当时文人宦游中的经常事，但经由王观巧妙的笔墨撰写，我们看到了一位凭门等候良人的妇女，以及归心似箭的游人，借由眼波横、眉峰聚之譬喻，成就了这篇毫不落俗套的名句。王观于《卜算子》中通篇以平易近人的事物为喻且予以转化，比喻新颖、文意含蓄又富涵深义。《唐宋词鉴赏集》即评："这首小词正是用它所表现的真挚感情打动读者的心弦的。"也是王观现存十六首词中最著名的一首。

历久弥新说名句

王观于《卜算子》中采取女性之眉眼为喻，并非独创，这种文学写法可追溯至汉代。汉人刘歆于《西京杂记》中曾记载当时才女卓文君，"文君姣好眉色如望远山，脸际常若芙蓉，肌肤柔滑如脂"，形容文君体态之美。汉代卓文君与司马相如的爱情佳话，是典型的才子佳人之故事。卓文君认识司马相如时是一位年轻守寡的少妇，当时司马相如还只是个落魄的穷文才，司马相如写下著名的《凤求凰》，让卓文君完全无法抵抗，但碍于富豪卓父的反对，两人只好私奔，在街上卖酒为生。后来还是因为卓父认为太过丢脸才给予经济救助，司马相如因而得以专心读书，后来进入到朝廷殿堂担任要职。

稍后的宋代文人仇远，撷取王观"眼波横、眉峰聚"的写法，他于《薄幸》写道："眼波横秀。乍睡起、芸窗倦绣。甚脉脉、阑干凭晓，一握乱丝如柳。"描述一位失宠的女性乍醒慵懒的模样，握着凌乱的发丝，眼波水光流转，凭栏远望，想着那位薄情郎。仇远或许对于王观词相当倾心，他于《合欢带》也写道："酒力难禁花易软，聚眉峰、点点清愁。"描述一段男女的风流情事，由生涩、欲语还休到携手同归、合欢嗔娇。仇远将王观"眉峰聚"的倒装句改写为"聚眉峰"，王观言"水是眼波横，山是眉峰聚"，正面似言山水之秀丽，背后也朦胧突出女性身影，仇远则更进一步，直接以"眼波横"、"聚眉峰"呈现女性娇弱的气质。

类似"眼波横、眉峰聚"的说法，也可改为"眉如远山"、"眼如秋水"等成语，同样不失其韵味。早年李敖撷取这种以女性眉眼的比喻方式，为民歌《忘了我是谁》撰词："不看你的眼，不看你的眉，看了之后心里跳，忘了我是谁。不看你的眼，不看你的眉，看的时候心里跳，看过以后眼泪垂。不看你的眼，不看你的眉。不看你也爱上你，忘了我是谁。"听了这首歌，是否也会让人惊讶李敖年少时也有这份痴迷与柔情呢？

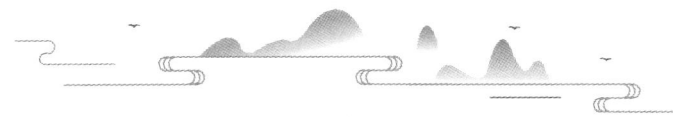

旧恨春江流不尽，
新恨云山千叠

名句的诞生

野棠花落，又匆匆过了，清明时节。地[1]东风欺客梦，一枕云屏寒怯。曲岸持觞，垂杨系马，此地曾经别。楼空人去，旧游飞燕能说。

闻道绮陌[2]东头，行人曾见，帘底纤纤月[3]。旧恨春江流不尽，新恨云山千叠。料得明朝，尊前重见，镜里花难折。也应惊问，近来多少华发？

——辛弃疾·念奴娇

完全读懂名句

1. 地：无端。2. 陌：街道。3. 纤纤月：这里指美人的脚，借代为美人。

野外棠梨花纷纷凋零，时序匆匆过了清明。东风无端欺扰远客的美梦,枕上心怯难眠,寒气侵透了云母屏风。在弯曲的河岸分手,举杯凄凉,将马儿系在垂杨柳边,难忘当年此地曾经离别的景象。而今楼阁已空,人去无影,只有飞燕能诉说旧日游踪。

听说,在那繁华街道的东头,行人常常看见她站在帘子后面眺望,盼着我回来。别离的旧恨,像春江般绵延无尽,怎知重逢在即,新的哀愁又像千叠云山压在我心头。料想今后,筵席前重逢相见,她会像镜中花难以折攀。她也该吃惊地问我:近来有多少白发增添?

名句的故事

大约是淳熙五年的春天,辛弃疾从江西奉召到杭州任大理寺少卿。船只东行,途经东流(今安徽省东至县),便想起自己在此地的一段缠绵往事。自淳熙二年,辛弃疾再次奉召入朝为官,但随即被调任至江西镇压茶商军。自南宋以来,土地兼并问题严重,官占民田,巧取豪夺,已成合法化。土地兼并愈烈,贫富差距就愈严重,再加上繁苛的税敛剥削,人民已经被逼得走投无路了,所以各地的农民起义不断。后来在湖北,有四百多名茶贩在赖文政的率领下起义,一路上得到不少贫苦人民的支持,声势十分浩大;辛弃疾便受诏平此民乱。经过他周详的规划,最后逼得茶贩们走投无路,于是接受辛弃疾的招降。辛弃疾一时觉得除恶务尽,后来便杀了带头的赖文政。但是事后辛弃疾的心里是痛苦的,他知道所谓的盗贼,其实都是不堪政府残酷压迫的无辜百姓，为了生活，只好铤而走险。下令杀害赖文政，可以说是辛弃疾一生中的一大污点。

接下来几年，辛弃疾不断地被调任，短短三年的时间就遭调任达四次之多，受任在当地颁布的各项措施、重要工程才初有起色，又要离开了。后来在淳熙五年从江西调至杭州，在此清明初过、海棠花谢的时节，想起错杀赖文政的悔恨，以及自己的三年四任，在朝中自是有人从中作梗，连带忆起一段令人遗憾的缠绵往事，辛弃疾感到无比的悲伤和孤独无依的凄凉，于是便写下了这阕词。

词中写的是辛弃疾对以往一位相识爱人的思念及不能相聚首的哀伤，其中也寓含了自己的身世之感。从词中名句"旧恨"不断、"新恨"千叠，就能感受到强烈的愁恨。辛弃疾在另一阕名作《水龙吟》中也写道："倩何人、唤取红巾翠袖，揾英雄泪。"自古以来英雄豪杰，身旁都常有一位欣赏、了解自己的红颜知己，而辛弃疾又有谁能来帮他拭去英雄热泪？说的便是这种深刻的哀伤。

历久弥新说名句

三国时代的女诗人蔡琰（yǎn），也是东汉末年著名学者蔡邕之女。蔡琰自幼便受到很好的教育，《后汉书》上说她"博学有才辩，又妙于音律"。蔡琰一生颠沛流离不断，命运之坎坷，非一般人所能体会。后来她将自己的悲愤记录下来，写成名传千古的五言悲愤诗。她最初嫁给河东人卫仲道,可惜卫仲道很早就去世了,两人也没有孩子。董卓之乱时,蔡琰被胡骑掳走,从此流落匈奴达十二年之久,后来跟当地胡人结婚,生有两个小孩;但其实蔡琰无时不想着要回到中原故乡。

蔡琰返乡后,再嫁给董祀,并期望自己能竭尽心力,做好本分,但是因为已经过惯了流离失所的生活,自觉鄙贱,恐怕不知道什么时候又将被弃,回到流离颠沛的生活。最后,她对自己的一生下了这样的结论:"人生几何时,忧怀终年岁。"坎坷的一生,几乎全在颠沛流离中度过,亲情、爱情、友情的生死离舍,全都经历过;她的一生浑然就是个莫大的愁恨。

而和辛词同样是描写与所爱之人离别之情的,俄国历史上最伟大的诗人——普希金有诗《是的,我幸福过》:"是的,我幸福过;是的,我享受过了;/我陶醉于平静的喜悦,激动的热情……/但飞速的欢乐的日子哪里去了?/如此匆匆消逝了梦景,欢情的美色已经枯凋,/在我四周,又落下无聊底沉郁暗影!"这是诗人和 E. 巴库妮娜相遇后,在日记上写下的。诗中描写作者自己遇见那女子的喜乐之情与离别之后的孤单寂寞,明显地表露自己的情感;和辛词中与美人别离的旧恨,手法的含蓄完全不同,但都是名作,可以参看。

> 千古兴亡多少事，悠悠。
> 不尽长江滚滚流

名句的诞生

何处望神州[1]？满眼风光北固楼[2]。千古兴亡多少事，悠悠[3]。不尽长江滚滚流。

年少万兜鍪[4]，坐断东南战未休。天下英雄谁敌手？曹刘。生子当如孙仲谋[5]。

——辛弃疾·南乡子

完全读懂名句

1. 神州：本指全中国，这里特别指被金人占领的中原地区。
2. 北固楼：亦名北固亭。在镇江东北长江南岸的北固山上，为东晋时蔡谟所建，是镇江著名的游览胜地。3. 悠悠：眇远无尽的样子。4. 兜鍪：头盔，代指士兵。这句是说孙权很年轻就率兵打仗。
5. 生子当如孙仲谋：此为曹操赞扬孙权的话。

什么地方能让我饱览祖国的大好河山？这京口的北固楼，足以把无限风光尽收眼底。在这片土地上，千百年来，曾经发生过多少兴亡事件，这一切，都将随着无穷无尽的长江水滚滚流逝了。

年轻的孙权统帅百万雄师，独据东南半壁江山，征战不已，造成三分天下局势。天下英雄谁能与他匹敌？只有曹操和刘备罢了。就连曹操在与吴军对峙时也说："生子当如孙仲谋。"

名句的故事

南宋庆元六年，也就是公元1200年的八月，当时的左丞相京镗去世；同年十一月，宁宗韩皇后亦过世，这使得朝廷位高权重的韩侂胄失去一个得力的爪牙，又失去靠山。这时，有人劝韩侂胄立盖世功名来巩固地位，他觉得有理；又在不久之后，从北方传来金国内忧外患、民不聊生的消息。韩侂胄认为此时正是收复中原的绝佳机会。北伐需要人才、需要主战派人士的支持。他想到赫赫有名、德高望重的辛弃疾，于是决定重新起用。

过没多久，辛弃疾就收到朝廷的诏书，而这时他已经是个64岁的老人了。虽然他觉得这次的任命事有蹊跷，但一想到又有机会能报效朝廷，便义无反顾地接受诏命。

终于，辛弃疾受任到了镇江。镇江自古以来就是兵家必争之地，也是此次北伐的重要据点。一天，辛弃疾和姜夔等人带着酒到北固亭游览。登楼远眺，只见群山奔放，长江浩荡，气象万千。辛弃疾心有所感，便填了一阕怀古词，之后姜夔也次韵了一阕，但是由于体会不同，才情也有异，气魄自然大不如辛词。后来辛弃疾意犹未尽，又赋了一阕《南乡子》，也就是这阕词。词中抒发了对中原故土的思念之情，举目远望，中原故土何在？而北固楼上的风光，也只能引起他千古兴亡之感。

此词触景生情，自问自答，生动活泼。在语言上引用了《世说新语》中王道所说"当共戮力王室，克服神州"里头的意思，名句中则化用了杜诗《登高》中"无边落木萧萧下，不尽长江滚滚来"的句子。正如清人刘熙载所说的："任古书中理语、廋语，一经运用，便得风流。"廋语是指隐语，即指辛弃疾总是能巧妙地化用古人讲的话或创作的句子，不但更加突显了原作的好处，也充分地表现了作者的原意和特色；而这也是辛词受后人推崇的重要原因之一。

历久弥新说名句

说到长江和中国文学的关系，在先秦时代，长江流域的代表文学便是《楚辞》，黄河流域则是《诗》，看起来两者似乎有相对等的关系，其实不然。看看五经之中，《诗》就占了一经，就可以知道《诗》的地位了。然而随着政治与经济重心的南移，文人的游冶地也跟着南移，长江流域的人文素养与教育程度于是提高了。在唐代，一样是感叹光阴流逝，诗仙李白的名作《将进酒》以黄河为描写对象："君不见、黄河之水天上来，奔流到海不复还。"诗圣杜甫在《登高》中则写出长江的不尽悠悠:"无边落木萧萧下,不尽长江滚滚来。"黄河长江在文学上的地位至此似乎是打平了。

到了北宋,大文豪苏东坡以故乡眉州有长江流经而自豪,他说:"我家江水初发源。"(《游金山寺》)其中的江水指的便是长江。就在此时,大量脍炙人口的"记"兴起,如《岳阳楼记》、《沧浪亭记》、《黄州快哉亭记》等等。仔细一瞧,那些记中的建筑,不都是在长江边上吗?记中浩浩汤汤、汹涌澎湃的景象,不都是描写长江的壮丽景观吗?长江在文学史上的地位,就这么一步一步地建立了。顺带一提,同时的大理学家朱熹,其学问之渊博自不待言。他是福建人,由此也可以得知当时中国东南地区的开发与教育普及的程度。

再回头看看辛弃疾及名句。身处南宋的辛弃疾是个不折不扣的山东人。山东是属于黄河流域地区,照理来说,辛弃疾对黄河的印象应该是多于长江。但在宋朝不断地割地赔款,对外族称臣、称侄的情况下,长江各处成了宋朝重要的军事要地。而终于有机会站到当时军事的第一线的辛弃疾,面对着滚滚长江,心中自是无限感慨,于是他便借着眼前的景色,熔化前人的诗句及感怀,发而为历久弥新的句子。如今,南宋过去了,辛弃疾也过去了,但辛弃疾的词留下来了、长江也还在,默默地看着几千年来的人事兴衰,依旧不尽地向前奔流。

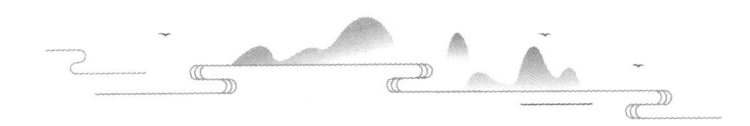

争渡，争渡，惊起一滩鸥鹭

名句的诞生

常记溪亭日暮，沉醉不知归路。兴尽欲回舟，误入藕花¹深处。争渡²，争渡，惊起一滩鸥鹭³。

——李清照·如梦令

完全读懂名句

1. 藕花：芙蕖、荷花。2. 争渡：形容欲夺路而归的样子。3. 鸥鹭：海鸥与鹭鸶。

我时常回忆着过去在溪亭边欣赏落日，啜饮着小酒、沉醉得连回家的路都记不得了。等我玩得尽兴想要划舟回去，却不小心误入荷花密丛中。欲从中划出去、划出去，却扰得湖中一群海鸥、鹭鸶惊慌拍翅飞起。

名句的故事

"争渡,争渡,惊起一滩鸥鹭"这一阕词,抒写李清照少女时期的风流事迹,记载她醉酒贪玩的顽皮情事,不知是真的醉酒抑或是兀自陶醉,让她高兴忘归,误入莲藕池塘。不期而来的际遇,她不吃惊、不害怕,反而漾起玩心,兴致勃勃地欣赏因为她的举动而带给池塘鸟禽们的一阵慌乱。整首词笔调轻松、活泼,动感流畅自然、趣味盎然,仿佛是于眼帘前上演的一出小戏,天真烂漫的小姑娘跃然纸上,让人读之不禁会心一笑、流连忘返。

待字闺中的李清照不仅独自一人出游、尽兴而归,且于公开场合中小酌品酒,以当时人眼光视之已是特立独行,但她不以为忤,恬适快然将之载于诗词当中。较之当时其他拘礼的妇女同胞而言,其"正常"的规范是:"妇女婢妾无故不得出中门,只令铃下小童通传内外。"这项执礼规矩是由鼎鼎大名的司马光所下,要求自家的僮仆若无紧急修旨之务,不得进入内院,且院内女眷不得任意外出露脸,即便要通传奴仆,也仅能以铃声为递;后世的书香世家所相继承衍,且越往后发展越为狭隘。所幸李家并不坚守这种无谓的礼教,因而李清照得以如男孩子般恣意外出游玩,保有赤子之心、翱翔天地,也保留下中国文坛里闪烁的一颗星。

李清照的特殊行径,尚有喝酒一事。古今文人皆饮酒自乐以为世俗之美谈,然而女子于公开场合中畅饮则为一般世俗所拒,只有特殊行业的歌妓酒女，或特殊节日的闺妇才能品酒。即便同样以女性词闻名的朱淑真，写到酒仍不脱女性贤淑温良之姿，要求少饮、清饮。然而在李清照词中，书写到关于"酒"课题的词句不亚于男性文人，甚至出现《如梦令》中"沉醉不知归路"的特殊行径，此举在宋代可谓是惊世骇俗。也因为如此后世评论家认为李清照词并非只限于"婉约"风，其实也夹有"丈夫气"，有时豪迈、悲慨也夹于柔婉之中。

历久弥新说名句

在"争渡，争渡，惊起一滩鸥鹭"，我们看到一个小女儿栩栩如生的顽皮情事，捉弄那一群原本在一旁优游自得的海鸥白鹭，仿佛也勾引起儿时的童玩记趣。历史上除了那些从小励志、聪明的童年故事外，我们似乎很难找到古人儿时的调皮事迹，最让人印象深刻的或许就是沈复于《浮生六记》中所写之《儿时记趣》一文，以赤子之心观看自然万物，明察秋毫的观察与想象，让他得到与众不同的收获。看他如何抓蚊子放在蚊帐中，用烟熏之，让这些蚊子仿佛故事中登上青云的白鹤般。又或者常在土墙边，观看昆虫杂斗，正在兴头上不巧逢遇庞然大物，拔山倒树的癞虾蟆，居然一吐舌就将两只虫给吃掉了，沉复回过神后一气之下，"捉虾蟆，鞭数十，驱之别院"。这种童稚举动，是否也与"争渡，争渡，惊起一滩鸥鹭"有着雷同的心思？

现代作家冰心，在一次观看儿童剧场表演后，写下短篇的观后感，其中就曾回忆："记得我自己小的时候，为着看蚂蚁搬家，就会津津有味地蹲上半天，看两个交叉来往的队伍，它们匆匆地用触须对碰一下，又匆匆地各走各的路。那时我觉得，可惜自己听不见也不懂得它们的言语，否则一定会知道许多关于它们搬家的有趣事情，当我把它们'拟人化'了以后，我脚边的石块和花草，忽然都变得高大起来，蚂蚁社会周围的一切，都显得异样地美丽而鲜明。"这种想象是饶富趣味的，只有童仆赤子、未受现实洗礼的孩童才能如此看待世界，对一切事物感到不可思议与奇特。冰心就指出："少年儿童是最富于幻想而又充满了好奇心的，他们最喜欢观察细小的生物，看它们的生活动态，替它们做种种的心理活动，在观察和幻想中得到了无穷的乐趣。"正因为如此孩子能比大人用更灵澈的瞳眼观察世界，才更能察看到上天赐予人类丰富的宝藏。

征鸿过尽，万千心事难寄

名句的诞生

萧条庭院，有斜风细雨，重门须闭。宠柳娇花寒食近，种种恼人天气。险韵[1]诗成，扶头酒[2]醒，别是闲滋味。征鸿过尽，万千心事难寄。

楼上几日春寒，帘垂四面，玉阑干慵倚。被冷香消新梦觉，不许愁人不起。清露晨流，新桐初引，多少游春意。日高烟敛，更看今日晴未。

——李清照·念奴娇

完全读懂名句

1. 险韵：以冷僻、生疏难押之字来作韵脚，来显其诗词技巧熟练、巧妙。2. 扶头酒：酒性强烈、使人易醉头晕，须扶头，因而得名。

寂寥凋零的庭园，又逢斜风细雨摧残，只能关闭一道道朱门。明明该是花柳娇媚接近寒食节的暖春，斜风细雨却增添我许多烦忧。仅能聊赖写着艰涩诗文与喝酒来浇愁，岂知酒醒后又别是一番愁苦滋味。因为飞雁都已过尽了，而我心事万千却难以传递。

闺楼上，一连几日春寒冷凛，垂下帘幕将四面遮蔽，白玉栏杆也懒得凭倚。新梦醒来，只觉熏香消尽，被里透入寒气，不叫愁闷的人懒卧不起。早晨，清凉露水流动，梧桐刚抽出新芽嫩叶，多少逼引出游春乐趣。日头高高升起，烟雾消散，还要看今日天气是否晴丽。

名句的故事

《念奴娇》是李清照闺情词代表作之一，书写其思念丈夫与闺中孤寂的生活，词写于近寒食节前夕，每逢佳节倍思亲，深闺寂寞的词人于是更加思念起夫婿来。寒食节是古代重要节日之一，一般是在每年冬至后的一百零五或一百零六天左右，寒食节过后一两天即是清明节，所以过去传统大都将两个节日一起过。

《念奴娇》内容可分为三个层次由景入情，首三句"萧条庭院，又斜风细雨，重门须闭"描述庭园萧条之景；次之"宠柳娇花寒食近，种种恼人天气。险韵诗成，扶头酒醒，别是闲滋味"，从天候带出心情郁闷与排遣管道；最后"征鸿过尽，万千心事难寄"，终于道出之所以抑郁烦闷的原因。李清照在赵明诚中年出任官宦之后，夫妻俩聚少离多，初时是因赵明诚任地方官生活不定，每隔三年左右即会调任，携家带眷并不那么方便，再加上两人喜欢收集古玩、古籍，不利于搬迁，因此多是赵明诚独自赴任。后期则是因为政局不安，金人南下后，夫妻俩也来不及收拾家当就匆促南渡江宁，隔年赵明诚就病逝建康，遗留爱妻于茫茫人世间孤零、无依。

历久弥新说名句

李清照言"险韵诗成，扶头酒醒，别是闲滋味"，这闲滋味是指什么？用《蟾宫曲·春情》这片元曲最能够说明："平生不会相思，才会相思，便害相思。身似浮云，心如飞絮，气若游丝。"连用了三句"相思"，字字铿锵、动人，让人也领受了这一片难以排遣的缱绻爱恋。曲中也将承受相思苦的多情人儿入木三分的倩影勾勒出来，眼前仿佛出现一抹恍惚飘荡的魂魄，时喜时悲，完全陷入自己世界，只允许对方与自己存在。胡适于《生查子》也道："也想不相思，可免相思苦；几次细思量，情愿相思苦。"胡适清楚道尽相思如何折磨人，虽然也想不要相思，以免相思苦，但几番思量后，还是宁可承受这份酸甜苦涩的滋味。李清照的"闲滋味"，是相思也是愁思，更是苦候无果的艰涩，因此只能借酒消愁，独自品饮这一份相思苦酒。

相思苦最难熬的还在于"征鸿过尽，万千心事难寄"，当来鸿去雁也无法传达内心思念时，是否只有"换我心，为你心，始知相忆深"（顾夐·《诉衷情》），才能让对方知道自己深切的想念？新诗作家余光中于《等你在雨中》言："等你/在雨中/在造虹的雨中/蝉声沉落/蛙声升起/一池的红莲如虹焰/在雨中/你来不来都一样/竟感觉/每朵莲都像你/尤其隔着黄昏/隔着这样的细雨/永恒/刹那/刹那/永恒/等你/在时间之外/在时间之内/等你/在刹那/永恒。"在诗般的场景下，望穿秋水等候伊人归来，眼前所见似化做对方身影映入眼帘，于是在这段等候的时间里是充满着幸福，刹那即是永恒。也许在等待之际，能有这番见解的人才能更为珍惜这份情缘，更为满足、完全地享受这份爱恋。

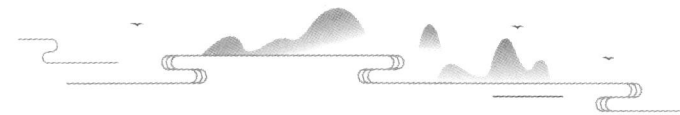

渐行渐远渐无书，
水阔鱼沉何处问

名句的诞生

别后不知君远近，触目凄凉多少闷。渐行渐远渐无书，水阔鱼沉[1]何处问？

夜深风竹敲秋韵[2]，万叶千声皆是恨。故欹单枕梦中寻，梦又不成灯又烬。

——欧阳修·木兰花

完全读懂名句

1. 水阔鱼沉：喻相距遥远，音信隔绝。自古即有鱼腹传书之说。2. 秋韵：秋天的声音。

分别之后，不知你到底在何方，离我是远还是近？满眼所及，尽是凄凉景象，惹来多少愁闷。你愈走愈远，逐渐连书信都收不到，河水如此远阔，鱼也沉入深水，我该向何处询问你的消息？

夜已深，冷风敲打竹林，传出一片秋声，数不清的叶叶声响，皆是我无限恨意。故意斜着孤枕，想入梦中寻你，谁知梦还没做成，油灯已经燃烬。

名句的故事

《木兰花》主写思妇之情。上片先言女子与丈夫（或情人）离别后的孤单，其眼中所见，正如她的心境一样凄凉不堪，在"渐行渐远渐无书"中，作者重复三次"渐"字，加强由近逐渐拉远的意象，又"水阔"象征距离甚远，"鱼沉"意谓音讯全无，女子因无法获悉对方消息，不知向谁倾诉愁苦。下片描写女子斜卧床上，聆听夜里秋风拍打竹叶的声音，仿佛在为她传达满腔幽恨，想入梦中寻找挂念之人，怎奈孤枕难眠，直到灯灭天亮，仍不能成寐，这也表示女子期盼梦中相会的心愿，终究落空。其中"渐行渐远"一语，原指空间距离愈来愈长，也可借代在精神、情感方面，作为抽象距离的表征。

五代南唐词人李煜，亦是南唐亡国君主，其《清平乐》下片为"雁来音信无凭，路遥归梦难成。离恨恰如春草，更行更远还生"，此词并非描写男女离情，而是作者表达离开南唐，对故国强烈的思念之情。宋太祖开宝八年（公元975年），李煜自故都金陵被俘至北宋首都开封，时常盼望有人稍来有关南唐的消息，结果总令其大失所望。他的绵绵离恨，正像春日荒生野草，不管行至多远,依稀随处可见。其中"更行更远"与欧阳修《木兰花》"渐行渐远"虽有一字之别,但皆是指愈走愈远之意,只是李煜在《清平乐》又道出"还生"两字,表明"离恨"从不曾离他须臾,不管身在远近,亡国之恨终将不断生长,永无消褪之日。

欧阳修向来擅用相同一字,填入同一句词,并能谱写出余韵深婉的佳句,如其另一阕《踏莎行》上片写有"离愁渐远渐无穷,迢迢不断如春水",再对照李煜《清平乐》之"离恨恰如春草,更行更远还生",两人词意颇为类同;欧阳修《踏莎行》的离愁,看似随春水愈行愈远,实际却是一直深存词人心中,这又正好与他这阕《木兰花》所言"渐行渐远"一样,都是为了强调距离由近而远、逐步伸长开来。

历久弥新说名句

欧阳修《木兰花》之"渐行渐远渐无书,水阔鱼沉何处问",是指相隔渐远,在收不到对方书信之下,音讯犹如鱼儿沉入汪洋深水。"水阔鱼沉"也成为一句与人失去联系、毫无书信的形容语,而"鱼"自古即有代表书信之意。

历来认定最早将"书信"和"鱼"互作连结,首推东汉乐府诗《饮马长城窟行》中"呼儿烹鲤鱼,中有尺素书"(此典故可见晏殊《清平乐》),但若先不论鱼是否有传送信件的意涵,最早将"字条"塞入鱼腹的始祖,可就要从东汉往上再推进三四百年。据《史记·陈涉世家》记载，秦二世元年（公元前209年）时，陈胜、吴广本为穷人家的耕田子弟，被秦军征调去担任戍卒，他们两人为号召其他戍卒加入反秦阵容，即假托鬼神之事，在帛书上写了"陈胜王"三个朱砂红字，偷偷放进鱼腹里，等到其他人要煮鱼，才发现鱼肚子的字条；到了晚上，吴广还到营地附近的神祀，模仿狐狸的声音，高喊着"大楚兴，陈胜王"，借以说服众人，陈胜负有天命，乃是上天派来亡秦的人。最后两人虽未灭秦成功，但由于他们率先揭竿起义，引发全国风起云涌的响应，秦国才得以灭亡。至于"烹鱼得书"一语，也是从陈胜这个时候流传下来，只是陈胜当初写"鱼书"的目的，绝不是为了传送书信，他不过是想故弄玄虚，证明神迹显灵罢了。经过后人创意的衍生，让"鱼"始为双方书信的最重要媒介，"鱼书"也成为传递彼此心意，最珍贵的实质凭借与精神安慰。

> 明朝事与孤烟冷，
> 做满湖、风雨愁人

名句的诞生

羞红颦浅恨，晚风未落，片绣点重茵。旧堤分燕尾，桂棹轻鸥，宝勒¹倚残云。千丝怨碧，渐路入、仙坞迷津。肠漫回，隔花时见，背面楚腰身。

逡巡²。题门³惆怅，堕履⁴牵萦，数幽期难准。还始觉、留情缘眼，宽带因春。明朝事与孤烟冷，做满湖、风雨愁人。山黛暝⁵，尘波淡绿无痕。

——吴文英·渡江云

完全读懂名句

1. 宝勒：华贵的马络头，代指宝马。2. 逡巡：徘徊凝伫的样子。3. 题门：在门上题字。是用唐朝崔护"人面桃花"的故事，比喻男子思念意中人或与意中人无缘再相见。4. 堕履：鞋子掉了。是出自贾谊《新书谕诚》中楚昭王与吴人战、楚王败走而堕履、复旋取履的故事，之后用来比喻寻回失物或不弃旧侣之意。5. 山黛暝：黛，青黑色。暝，幽暗，山黛暝，即指山色青黑幽暗。

羞红了花面，仿佛轻蹙黛眉，微微含恨，晚风中还未凋殒，飘落花片如彩绣点缀着厚厚绿茵。苏堤与白堤交叉如燕尾双分，湖面上桂木桨的舟船像轻轻浮荡的水鸥，勒缰宝马倚着黄昏的残云。杨柳垂着千丝碧绿，凝着哀怨，沿着柳树竟渐渐进入一个花丛环抱如屏的仙境，如入迷津。令人荡气回肠，隔着花丛时时见到她背面含羞的细腰身。

我徘徊凝伫，不敢前进。事后心中十分惆怅，只在门上题诗便离去了。过往的事长久以来魂牵梦萦，总盼望能够追回，但预计幽会之期机会杳茫，难以实现。现在我才发觉，只是匆匆一瞥，情思便永志于心，她的美貌令我腰带渐宽，面容憔悴。然而到了明朝，一切都会成为过去，冷寂得如孤烟一般。只剩下我一人留在湖上，面对着凄风苦雨发愁。山色慢慢变得青黑而幽暗，含着尘埃的湖水呈现出惨淡的绿色，完全看不见一点波涛的痕迹。

词人背景小常识

吴文英（公元 1200—1260 年），字君特，号梦窗，又号觉翁。吴文英本姓翁，和翁逢龙、翁元龙为亲兄弟，可能后来因为过继给吴氏家族，才改姓吴。吴文英一生未曾为官，才秀人微，有关他的生平事迹，考证困难，仅能从他的词作中考察他的行实。大概知道吴文英个性多情细腻，他不只一妾，曾经和周密、方万里，甚至吴潜这样的高官交游。深刻体会他的作品，也可以知道他对国事充满感慨。推算一下年代，可以知道吴文英晚年是亲见南宋国势逐渐衰亡的。

关于他的词作，沈义父在《乐府指迷》说道："梦窗深得清真之妙。"吴文英是熟知音律，而能自制新曲。他的词具音乐性，用情很深，可以算是格律派的词人，只是在内容上常常过于跳脱，时间空间错综跳接，而让人觉得晦涩难读。所以时代稍晚于吴文英的词评家周炎便这么批评："吴梦窗词如七宝楼台，眩人眼目，碎拆下来，不成片断。"吴词固然如七宝楼台，眩人眼目，但只要仔细品读，就能体会词人观察之深刻，与情感之浓烈，而不至有"不成片断"的批评了。

名句的故事

清代陈洵在《海绡说词》中认为此词是吴文英初遇吴姬时所写，同时又在吴文英另一阕词《莺啼序》中得知吴姬的侍婢曾替她向吴文英传送情书。著名文学评论家夏承焘则认为是吴文英初遇杭州之妾所写的；另外也有认为是泛作的游冶之词。众说纷纭，但是可以确定的，这是一阕怀人的词。词的后半描写作者无法和爱人相见的痛苦及哀伤，更深刻表达出用情至深，最后欲以时间冲淡爱恋相思之愁,然而写得愈平静,更加突显出作者的愁思悲绪。

和辛弃疾一样,吴文英亦好使典故。如"题门"、"堕履"等,化入词句之中,不着痕迹。至于炼字炼意,吴文英更是独到。如"宽带因春"的"春"字、"孤烟冷"的"冷"字,还有"尘波淡绿无痕"的"无痕",在词句中用得恰到好处,又能照应上下文,别出新意,可说是难得的佳作。

历久弥新说名句

后世化用风雨愁人的,应属女侠秋瑾,一位为推翻清朝封建统治的革命志士,她不拘于女子之躯,年轻时便抱定"拼将十万头颅血,须把乾坤力挽回"的大志。秋瑾不断为推翻清朝做准备,后来更参加革命起义。一次和徐锡麟同时策划起义行动,徐在安庆举义失败,清政府探查到其他党员名册,秋瑾于是在当月的十四日被捕,审讯时秋瑾只字不答,只写了"秋风秋雨愁煞人"七字。隔日在绍兴轩亭口就义,当时她才三十一岁。

纵观秋瑾一生,可以说完全为了国家民族而奋斗。她积极参与革命活动,主动起义,即使是平时的文学创作,也不忘身处苦难中的国家。"愁情怕诉,算日暮穷途,此身独苦。世界凄凉,可怜生个凄凉女"、"外侮侵陵,内容腐败,没个英雄作主"、"看如此江山,忍归胡虏?豆剖瓜分,都为吾故土",都是她发自内心的哀痛。秋瑾最后在临终前写下"秋风秋雨愁煞人"七字遗言；那些轰轰烈烈的事迹都过去了，腐败的朝代无可救药，革命的事业还有待后人去完成。秋瑾已无法再为理想而战，她留下无限的愁恨，是如同凄惨的秋风秋雨强烈而无情地发作，致人于死地的愁恨。

第三章　落花风雨更伤春

霜红罢舞、
漫山色青青，雾朝烟暮

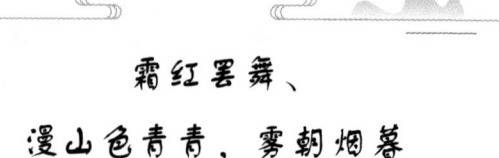

名句的诞生

三千年事残鸦外，无言倦秋树。逝水移川，高陵变谷，那识当时神禹。幽云怪雨，翠萍[1]湿空梁，夜深飞去。雁起青天，数行书[2]似旧藏处[3]。

寂寥西窗久坐，故人悭[4]会遇、同剪灯语。积藓残碑、零圭[5]断璧，重拂人间尘土。霜红罢舞、漫山色青青，雾朝烟暮。岸锁春船，画旗喧赛鼓。

——吴文英·齐天乐

完全读懂名句

1. 翠萍：绿色的水草。2. 数行书：指雁阵排列成数行字。3. 旧藏处：传说旧时大禹曾藏书于此地（会稽县之石匮山）。4. 悭：原指吝啬，这里有难得的意思。5. 圭：玉器的一种。

望着远处的残鸦,我想着更遥远的三千年前的事。我劳倦地倚着秋树,默默无语。流逝的水已移动河川,高耸的山丘已变成峡谷。此时还有谁识得当年神伟的大禹?如幽灵般的黑云,如鬼怪般的豪雨,翠绿色的水草缠在高空的横梁,把它弄得湿漉漉的,因为它曾经在深夜飞入湖里和神龙搏斗。雁在青天高飞,它们排列的阵势如数行书,似乎就是以前大禹藏书处书籍里的文字。

我孤独地久坐在西窗前,难得和老朋友相逢,我们一起坐在灯下,促膝长谈。那些积聚苔藓的残碑,零落的圭器和断裂的璧玉,因为拂去了尘土,又重现人间。因霜降而变红的树叶不再飞舞,青绿满山,清晨为雾所笼罩,而傍晚为烟所遮蔽。河的两岸布满游春的船只,它们都彩旗高挂,喧哗地击着锣鼓,正在举行祭祀夏禹的赛会。

名句的故事

吴文英的好友冯深居,因为反对权臣丁大全而遭免官。之后两人游历禹陵,吴文英心有所感,便写下这阕词。词中借着描写禹陵景色,和三千余年的历史沧桑,来抒发作者离合今昔之感。下片一开头,即写出两人难得会遇,但吴文英用了"寂寥"二字,又接以"久坐";两人久坐不寐,正是因为感受到眼前与心里的一片寂寥。这三句,应该是用了李商隐《夜雨寄北》中"何当共剪西窗烛,却话巴山夜雨时"的诗句。

之后写到禹陵、禹庙的情况,杨铁夫《梦窗词笺释》中认为,这里的碑指"窆(biǎn)石",即墓葬用的石头。至于圭、璧,前人引《大清一统志》认为古时禹庙曾大显神迹,而得"古珪璧佩环藏于庙",珪与圭同字。词中以"积"、"残"、"零"、"断",除了写出禹陵、禹庙四周的荒凉,也写出人事已非的感慨。

再看到"霜红罢舞"三名句。名句似另起一端,从下片一开头与故人相遇、人事离合,是写"今",接着忽写"从古至今"的禹陵、禹庙,又忽转到景色上的描写;忽写灯语的黑夜,又忽写四周景色的白昼,这种看似跳接、泯灭时空的写法,正是吴词的特色。

再看看名句,"霜红"一句,仔细品读,经霜的叶子,生命来日无多,竟仍能幻化为红色,翩翩起舞;然而亦因瞬息将亡,故虽有无限流连爱恋之意,也只能"罢舞"而归于空灭。接下来用一"漫"字,漫有任随之意,意思是在霜红罢舞之后,唯有任随山色兀自青青在雾朝烟暮之中。总括来看,此三句正与苏东坡《前赤壁赋》中的"变"与"不变"意境大为相似。"霜红罢舞",是一时的,是"变";"山色青青"二句,则是亘古"不变"的。短短三句,看似写景,却包容千古兴亡之悲,而又跃出于千古兴亡之外之感,写出了全词的精神内容,真可说是上乘的佳句。

历久弥新说名句

名句中的"舞"、"漫",生动地表达出吴文英当时的感受,虽然只是两个字,但在词中占有很重要的地位,用意深厚。在文学作品中,常常以一个字词来带动文意,使得看似平凡的描述变得鲜活,文意也更为深刻。

五代时,有僧齐己作《早梅诗》,其中有"前村深雪里,昨夜数枝开"这样的诗句。后来郑谷看了,就改"数枝"为"一枝",齐己于是下拜,当时的人因而称郑谷为"一字师"。仔细推敲其中的意思,"数"有"多"的意涵在,"一"则较能突显出梅"早"的景象,与一枝独秀的孤寂感。这样的用法,其实早在唐朝元稹的《早梅诗》便开其端:"一枝方渐秀,六出已同开。"若将诗中的"一枝"改成"数枝",不但破坏画面,甚至可以说是"文不对题"了。

后不如今今非昔，
两无言，相对沧浪水

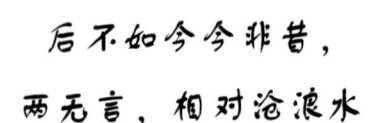

名句的诞生

乔木生云气，访中兴英雄陈迹，暗追前事。战舰东风悭借便，万断神州故里。旋小筑吴宫闲地，华表月明归夜鹤，叹当时花竹今如此。枝上露溅清泪。

遨头¹ 小簇² 行春队。步苍苔、寻幽别坞³，问梅花开未。重唱梅边新度曲，催发寒梢冻蕊。此心与、东君⁴ 同意，后不如今今非昔，两无言，相对沧浪水。怀此恨，寄残醉。

——吴文英·金缕歌

完全读懂名句

1. 遨头：指太守。在这里实指吴潜出游的队伍。2. 小簇：簇有聚集、簇拥的意思。引申指宫廷仪仗按队齐集。这里则指吴潜出游的队伍，因为人数不多，所以说"小簇"。3. 别坞：坞是四面高中间低的地方，也有供遮蔽的障蔽物的意思。有时也当作别墅解释，即本宅外另建的园林游憩处所，这里指的就是沧浪亭园。4. 东君：即春神。

高大的梅树深入云层，望之如生出阵阵云气。我们寻访中兴时的英雄韩世忠旧日的踪迹沧浪亭，暗自追忆着曾经发生过的事情。东风太吝于借与战舰方便了，以致收复神州故土的梦想断灭。这位英雄随即在吴宫所在处略为建筑闲居之地。他如汉代丁令威在月明夜化鹤归来于华表柱上一般，魂返沧浪，慨叹当时的梅花和翠竹，今日竟变得如此。梅枝上的露水，实际上是他眼中迸射出来的清泪。

太守带领的小小仪仗队是游春的队伍。我们踏着苍翠的苔藓，在沧浪园里寻幽探奇，想知道梅花开了没有。于是我在梅边再度唱起新制的歌曲，和春神的心意一样，希望可以催促寒枝冻蕊快点生长。以后的日子不如今日，今日又并非昔日一般。我和履斋先生两人相对无言，只是默默地看着沧浪水。于是怀着这个怨恨，寄托在残醉之中。

名句的故事

"后不如今今非昔"几句，从原本的力图振作，而逐渐失去力量和希望，最后终于噤口不言。不但总结全词，更写出作者对国势颓唐的感慨，深远而悠长。

这是吴文英爱国词中上乘的作品。词中的另一位主角履斋先生，也就是吴潜，是南宋的重臣，本来和贾似道友善，后来贾似道专擅用权，两人日趋矛盾。之后贾似道更诬谮吴潜，使吴潜罢相，最后吴潜被毒死在自己的处所，那时他大概60岁初。陈洵在《海绡说词》中说："昔时履斋意主和守，而屡疏不省，卒致败亡。"认为吴潜是主和议的。但是在名句中，我们可以知道吴潜和吴文英的看法应当是一致的。吴词的上片对主战的韩世忠予以英雄的崇拜，这似乎可以证明吴文英的主战思想，如此看来，吴潜也应该是属于主战派。两人冀望恢复中原，不幸国势日下，亦罕有贤人弼士出头，对着江水，还有什么话可说？说了又有何用？只好沉默不语。

词中吴文英十分巧妙地运用梅花及观梅的各种意象表达国势的盛衰和关心国事的思想。如"寒梢冻蕊"是南宋王朝怯懦无能、不图进取、苟且偷安这一政治形势的写照；"催发"则含改变现状、力图有所作为的积极意义在内；"重唱梅边新度曲"，实际是呼唤春天的到来，呼唤国家的振作。

在这点上，作者与吴潜是"人同此心，心同此理"，二者的知己之情已和盘托出了。然而，现实是无情的，即使他们"此心与东君同意"，而当前的现实却是"后不如今今非昔"。面对现实，无可奈何，作者与吴潜只能"两无言，相对沧浪水，怀此恨，寄残醉"。

历久弥新说名句

名句中提到了"沧浪水"，"沧浪"，不管在文学作品中，或是历史故事典故里,总是一再地被提及。早在《尚书·禹贡》就有沧浪水的记载:"嶓冢道漾,东流为汉;又东,为沧浪之水;过三澨,至于大别,南入于江。"意思是说,从嶓冢山开始疏道漾水,向东流成为汉水;又向东流,成为沧浪水;经过三澨水,到达大别山,向南流进长江。从这段话中,我们可以知道,汉水是长江的支流,沧浪水则为汉水的支流。《禹贡》篇描述大禹统一九州的经过,里头将中国古代重要的山川记载得很清楚。

战国时代的《孟子·离娄上》中也有沧浪之水:"沧浪之水清兮,可以濯我缨;沧浪之水浊兮,可以濯我足。"意思是,不管水的清浊,都能自取以为用,有适得其所、各自得其所安的意涵。沧浪水就是从这句名言开始打响名声。而后沧浪水就一直受到后人的重视,也有人在水边筑了一座亭,就叫做沧浪亭。

吴文英和吴潜先生在当时混乱的局势下前往沧浪亭园看梅,也看到了沧浪亭和沧浪水,在名句中,或许也透露了一些同样的体悟吧。

名句中"后不如今今非昔",后来演变成"今非昔比"一句成语,现在我们说到"现在的情况比不上以前",常常就会用"今非昔比"来说明。例如:现在工作愈来愈难找,以前凡是读师范院校的,毕业后就是专职的老师了;如今却要参加教师甄试,一职难求,实在是"今非昔比"。

大江东去，
浪淘尽，千古风流人物

名句的诞生

大江东去，浪淘尽，千古风流人物[1]。故垒西边，人道是：三国周郎[2]赤壁。乱石穿空[3]，惊涛拍岸，卷起千堆雪。江山如画，一时多少豪杰。

遥想公瑾当年，小乔[4]初嫁了，雄姿英发。羽扇纶巾[5]，谈笑间、樯橹[6]灰飞烟灭。故国神游，多情应笑我、早生华发。人生如梦，一樽还酹[7]江月。

——苏轼·念奴娇

完全读懂名句

1. 风流人物：有功绩、才学，于时代有影响，曾显赫一时的人物。2. 周郎：周瑜，字公瑾，赤壁之战时的吴军主将。3. 穿空：一作崩云，陡峭突兀的石壁穿入云空。4. 小乔：周瑜之妻。史称乔公有二女，皆国色天香，吴主孙策娶大乔，周瑜娶小乔。5. 纶巾：古代配有青丝带的头巾。手持羽扇，头扎青丝带的头巾，这是魏晋儒雅之士的装束。6. 樯橹：樯，桅杆。橹，粗形的桨。樯橹，泛指船。7. 酹：以酒浇地表示祭奠。

望着长江之水滚滚东流，不禁感慨万分，自古以来有多少杰出的英雄人物，都随着历史的长河而逝去。站在旧时的营垒旁边，据人们传说，这里就是三国时代周瑜与曹操大战的地方。岸边散乱的陡峭山石直插云霄，汹涌的波涛奋力地拍打着江岸，激起千万层雪白的浪花。这美丽的江山，犹如一幅壮丽的画卷，一时间有多少英雄豪杰为了它奋力激战。

回想起当年风华正茂的周瑜，刚刚与国色天香的小乔结为连理，正是年轻有为、英姿勃发的年龄。他手执长羽毛扇，头戴丝织头巾，雍容潇洒，风度翩翩，在谈笑之间从容不迫地指挥战斗，使百万曹军战舰顿时化为灰烬。我神游于三国赤壁的战场上，寻找当年公瑾的踪迹。我生性多情善感，想来真是可笑，到如今须发花白，光阴虚掷，仍旧一事无成。哎，人的一生恍若一场大梦，让我举起酒杯，望着这滔滔江水，皓洁明月，将这杯美酒洒向大地，以祭奠古代英豪。

名句的故事

苏轼经历"乌台诗案"，被赶到黄州后，虽然心情大受影响，但还是能发挥随遇而安的本领,手执竹仗、脚踏芒鞋,上山下海,四处结交新朋友。

有一天,苏轼跟几位好友提起他来到黄州,最大的遗憾就是因罪人之身而无法一游曹吴鏖战的赤壁。有人就想出了一个两全其美的点子:"长江岸有两个赤壁,一个在蒲圻县(湖北),另一个在黄冈城外靠长江北岸的赤壁。两个地方,红色的石崖几乎一模一样,长江水惊险处黄冈比蒲圻还胜一筹。我们可以去逛一逛孪生赤壁。"

苏轼听完雀跃不已,立刻就拉着友人出发前往黄冈城的赤壁矶。赤壁这样波澜壮阔、气势磅礴的场面,让人情绪不禁高涨起来、激昂澎湃。生性豪迈的苏轼(可能又加上几杯美酒发酵),词性大兴,洋洋洒洒地写出这一首荡气回肠、铿锵有力的《念奴娇》。

但遥想归遥想,词人还是不禁感慨,为什么就只能遥想他人,而不是粉墨登场、亲身体验。更伤感的是蓦然回头,早已是百年身。感叹归感叹,有如此美景、传奇,再加上美酒佳酿在侧,人生不过就是一场梦,就像江中月一样,虚实难辨,何必太执著呢。

历久弥新说名句

自古英雄虽有才,但是能够像周瑜这样才貌双全的倒是不多。三国的曹操也算是一位枭雄,但长得却不够体面;《世说新语》就记载一个关于曹操相貌的故事。有一次,曹操要接见匈奴的特使，担心自己的相貌不够雄武，不足以震慑来使，便命令崔季珪假扮成分身来接待，真正的本尊则持刀站在座位旁边，假扮卫士。接见完毕后，曹操派人问特使对曹操的印象。特使说："曹大人确实风采优雅，但是旁边的捉刀人，才是真正英雄啊。"这也成为"捉刀人"（指替人代笔者）一句的由来。

同样也是"刀"、同样也是长相有点抱歉的法国大英雄拿破仑，二十七岁的时候因为参加粉碎保皇党的叛乱，在巴黎已经颇有名气了。这时，一个女人向他求婚，她的名字叫约瑟芬。约瑟芬长得并不十分漂亮，而且是有两个孩子的寡妇，长拿破仑六岁。一次，她听一个朋友讲起拿破仑的事迹，就十分敬佩，很想认识这位年轻有为的军官，但她自己又不好冒昧前往，于是她想出了一个办法。

她叫十二岁的儿子前去拿破仑的住处。小家伙见到拿破仑就请求发还他死去父亲的一把佩刀；他父亲是在恐怖时期被送上断头台的一名共和党将官。拿破仑得知之后，答应将尽力帮忙寻找他父亲的佩刀。第二天约瑟芬就有很好的理由可以当面认识拿破仑；她首先感谢拿破仑的美意，接着倾吐自己的爱慕之情，最后说："我相信，在不久的将来，你一定可以成为历史上最伟大的将军！"拿破仑被约瑟芬大胆、坦率的行为打动了，并为她的优美动人的姿态所倾倒；三个月之后，他们便结婚了。

传奇塑造英雄，英雄的故事也总是充满传奇，因此而让人不能自已的"神游"与"多情"。是真是假，或许已经是如梦一般，无须过分在意了。

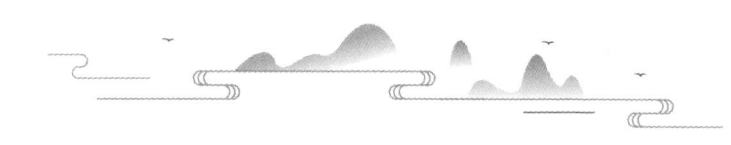

小舟从此逝,江海寄余生

名句的诞生

夜饮东坡[1]醒复醉,归来仿佛三更。家童鼻息已雷鸣。敲门都不应,倚仗听江声。

长恨此身非我有[2],何时忘却营营[3]。夜阑风静縠纹平。小舟从此逝,江海寄余生[4]。

——苏轼·临江仙

完全读懂名句

1. 东坡:地名。在今湖北省黄冈县东。苏轼曾开垦躬耕于此,并自号为东坡居士。2. 此身非我有:报怨不能按自己的理想去生活。3. 营营:周旋、忙碌,内心躁急之状,形容为利禄竞逐钻营。4. 江海寄余生:指以后要隐居江湖。

晚上在东坡雪堂喝酒,酒醒又喝,喝了又醉,醉后归来恍惚已将近三更。家僮全已入睡,鼻鼾声好像雷鸣似的。无论如何敲门总无回应,于是我只好扶着手杖,静听一夜江流的声音。

时常恨怨身不由己,何时才能抛却功名利禄的钻营。夜深人静水波平,清风徐来,细波柔纹。真想乘着一叶扁舟就此离去,寄身江海、任意东西,逍遥一生。

名句的故事

苏轼的文采名满天下,上至当今圣上仁宗皇帝都曾说:"朕为儿孙觅得宰相之才。"下至最低下的商人(当时的社会地位排序是士农工商)都成了他的头号"文迷"。曾经有一位吴姓商人为了获得苏轼的诗词,特意打听苏轼下榻处,并在房里摆了一副文房四宝。结果,苏轼酒醉饭饱后回到房里,看到桌上有纸砚笔墨,果真文兴大发,乘着醉意,振笔直书,写下了《醉酒歌》,然后倒头就睡。第二天醒来,《醉酒歌》早已不见踪影。

虽然苏轼因才气而纵横昂扬,但却也因才气而多灾多难。苏轼因"乌台诗案"锒铛下狱,最后侥幸免于一死,改判为流放黄州(湖北省黄冈县)。这首词就是苏轼在黄州时期写下的,读到这里,大家应该可以推想,写词的人心情恐怕是不会好到哪里去。时序是深秋的晚上,晚上苏轼和几个朋友在雪堂饮酒谈天,醉了又醒,醒了又醉,回到住处也不清楚是几点了,在万籁俱寂中,只听到家童如雷鸣般的鼾声,敲门不应。无法入门的苏轼只好拄着木杖,跑到江边听着江水的涌动声,听着听着,不禁感伤起来,"最遗憾的是我总是身不由己,无法掌握自己的命运,究竟要到什么时候,才能不为世俗而劳苦奔波呢"?"真想就驾着一叶小舟,一切都抛下,就这么去了,将自己的余生,寄托在这广阔的江海中"。

结果,这最后两句"小舟从此逝,江海寄余生"还引起了一场骚动,大家纷纷谣传苏轼已经跳河了,甚至惊动当时的郡守徐君猷赶来苏家一探究竟,结果,豁达的苏轼当然是鼾声如雷、安安稳稳地躺在床上。

历久弥新说名句

酒加上诗词,总有一种美丽的发酵在其中。历史上有许多有名的诗人都爱杯中物,诗仙李白有"李白斗酒诗百篇"的说法。李白有多爱酒?他说:"钟鼓馔玉不足贵,但愿长醉不愿醒;古来圣贤皆寂寞,唯有饮者留其名。"(《将进酒》)词人苏轼也爱酒,他有多爱酒?他不但会喝,甚至还亲自动手酿酒,并写了一本教人如何酿酒的书《东坡酒经》。他还写了两首十分逗趣的《薄薄酒》:"薄薄酒,胜茶汤,粗粗布,胜无裳,丑妻恶妾胜空房。""薄薄酒,饮两钟;粗粗布,着两重;美恶虽异醉暖同,丑妻恶妾寿乃公。"薄薄酒,就是用水掺稀的酒,当享受不起醇浓的美酒,就只好退而求其次喝"薄薄酒"。

无独有偶,苏轼也曾经被人用酒捉弄过。他的朋友章质夫写信给他,说要送他六壶好酒。这对"闲居未尝一日无客,客至未尝不置酒"的苏轼当然是好消息。于是,日里夜里,苏轼心里惦记着就这六瓶酒的踪影，左等右等，前等后等，却连个酒影子都没见着，苏轼终于按捺不住，写了一首诗去调侃："岂意青州六从事，化为乌有一先生。"（"青州从事"是好酒的代称；"乌有先生"者，乌有此事也。）成语"化为乌有"就是由此产生的，用来形容全部丧失、落空。

另外一位狂人阮籍也是喝酒出名的。凡爱喝酒的，没有不喝醉的。《晋书》上说他曾经整整"醉六十日"没醒，理由竟然是因为不想答应司马昭的提亲联姻。于是只好每天喝得烂醉如泥、借酒装疯，逼得司马昭不得不知难而退。苏轼也曾喝到"醒了又醉，醉了又醒"，爱国词人辛弃疾甚至还写下自己的醉酒蠢态："昨夜松边醉倒，问松：'我醉何如？'只疑松动要来扶，以手推松曰：'去！'"也幸亏有酒这个杯中物，才能让我们看到诗人的真性情与千古佳句。

第三章 落花风雨更伤春

一寸狂心未说，已向横波觉

名句的诞生

绿荫春尽，飞絮绕香阁。晚来翠眉[1]宫样，巧把远山[2]学。一寸狂心[3]未说，已向横波[4]觉。画帘遮匝[5]，新翻曲妙，暗许闲人带偷掐[6]。

前度书多隐语，意浅愁难答。昨夜诗有回文，韵险还慵押。都待笙歌散了，记取留时霎。不消红蜡，闲云归后，月在庭花旧阑角。

——晏几道·六幺令

完全读懂名句

1. 翠眉：以青黛描眉，色如青翠。2. 远山：眉样，即远山眉，又称远山黛，形容眉毛如远山青翠秀美。3. 狂心：狂乱激动的春心。4. 横波：形容目光流盼。李白《长相思》诗："昔时横波目，今作流泪泉。" 5. 遮匝：四面遮护。匝：周围、围绕。6. 偷掐：偷曲插谱。掐：用拇指点别指、暗记或计算。故偷掐即偷插，指用指甲切刺桥柱记谱。

绿树成荫，春天已经到了尽头。楼阁闺房外柳絮飘飞缭绕。傍晚时我把远山眉巧学细描。方寸里春心狂乱荡漾，无法平静，更难以言语，但从斜睨顾盼的秋波中已让人察觉。宴席上彩绘的帘幕遮护，演奏新谱的曲子，对情人倾诉暗许情意，即使听曲闲人会顺便偷曲插谱也在所不惜。

前次来信多是隐语含糊，意蕴领会肤浅，犯愁难以答复。昨夜想和他一首回文诗，懒押险韵，怕吟思过苦。等那笙歌宴乐全散了，请记住暂留片刻相处。不需点燃红蜡烛，闲云归散后，在庭院栏杆旧角，一轮明月照花圃。

名句的故事

同样是描写美女和恋情，其他词人却不及晏几道清纯。例如南唐李后主所写的艳情词就比较偏感官享受的情欲："眼色暗相勾，娇波横欲流"（《菩萨蛮》），"烂嚼红茸，笑向檀郎唾"（《一斛珠》）。今日读者看来，恐怕也难免意乱神迷而兴非分之想。晏几道则不然，他的词一般多是情胜于欲。

但本首词却有些不同，旨在描述男女情欲的波动，也表现了词人偷香窃玉的促狭心态。不过，即使是在描写情欲，晏几道的情欲世界还是欲而不色。在"绿荫春尽"的暮春时节，"飞絮绕香阁"表现出女主角心绪之骚动不安，"女为悦己者容"，因而精心打扮起来,画起最流行的"远山眉"。

大胆又羞涩,虽然"一寸狂心未说",但是眼波顾盼流转,早已传达出内心的荡漾与狂乱。该如何表达情意?那就不惜唱着新谱好的曲子,来向你大胆示爱;即使得冒着曲子被偷学的风险,也不在乎。这样一个大胆又羞涩的怀春女子,让晏几道不禁意乱神迷,开始幻想起崔莺莺与张生的后花园幽会情节了。

历久弥新说名句

"晚来翠眉宫样,巧把远山学",指的是女子的"画眉术"。自古至今,女子都致力于如何让自己更美丽动人,而"画眉"则是其中一个最美丽的传奇。

《诗经》里曾提到当时什么样的眉毛是美的:"手如柔荑,肤如凝脂,领如蝤蛴,齿如瓠犀,螓首蛾眉。"(《卫风·硕人》)这首诗说的是东周初期,卫庄公娶齐庄公的女儿庄姜为妻,当庄姜嫁到卫国时,卫人目睹她的美貌,无不为之倾倒,于是编了这么一首歌来赞颂她:她的双手像初生的茅芽那么白嫩,她的牙齿像瓠子一样洁白、整齐;其中"螓首蛾眉",是说她的额头像螓(一种昆虫)首一样宽广而方正,她的眉毛像蚕蛾的触须一样细长而弯曲。这是中国古代描绘妇女眉毛之美的最早名句。

唐朝诗人李商隐也讲过眉毛,他有《无题》一诗:"八岁偷照镜,长眉已能画。十岁去踏青,芙蓉作裙衩。十二学弹筝,银甲不曾卸。十四藏六亲,悬知犹未嫁。十五泣春风,背面秋千下。"一个爱美的女孩,八岁就偷偷照镜子画眉毛,十岁去踏青,春天芳草花开,裙边上面都是芙蓉花,十二岁学弹筝,戴着银甲一天到晚不停地练习,十四岁时亲戚都不能见,大家看不见这个女孩子,只是听说这个女孩还未许配。一个女孩从八岁就爱美,中国古人说女为悦己者容,从八岁就想找一个爱她的人,到十岁十二岁十四岁还没找到,所以"十五泣春风,背面秋千下"。

秦汉时期,由于统治者的推崇和提倡,致使画眉风气日趋普及。如秦始皇宫中,"皆红妆翠眉";西汉武帝刘彻"令宫人扫八字眉",皇帝的喜好左右了当时的风尚。普通的官吏和士庶也沉浸在妇女画眉的闺趣之中,西汉时担任京兆尹一职的张敞,就是一个代表人物。据说他亲自为自己的妻子画眉,被别人看到而流传开来,在长安得了一个"张京兆眉妩"的名号。一些平时和他有仇隙的人乘机向皇帝打小报告,弹劾他"轻浮,有失大臣体统"。皇帝于是把张敞叫来,询问他是怎么回事。张敞则回答:"臣闻闺房之内,夫妇之私,有过于画眉。"皇帝想想也对,再加上珍惜他的才能,并没有加以责备。从此,"张敞画眉"就成了夫妻恩爱的一个典故。

第三章　落花风雨更伤春

大美国学 宋词

欲尽此情书尺素，
浮雁沉鱼，终了无凭据

名句的诞生

梦入江南烟水路[1]，行尽江南，不与离人遇。睡里销魂无说处，觉来惆怅销魂误。

欲尽此情书尺素，浮雁沉鱼，终了无凭据。却倚缓弦[2]歌别绪，断肠移破[3]秦筝[4]柱。

——晏几道·蝶恋花

完全读懂名句

1. 烟水路：烟雾迷蒙的江流。2. 缓弦：柔缓的乐音。古代琴瑟的弦可以调节，弦急则音高，弦缓则音低。3. 移破：移尽或移遍。这里是指不停地移动筝柱，以调节筝音。4. 秦筝：古代秦地所造的一种弦乐器，有十三弦，形似瑟。

梦境里进入烟水茫茫的江南路，走遍了江南的山山水水，却始终找不到分离的情人。睡梦里离情销魂无处诉，梦醒来更觉惆怅，销魂离情将人误。

为要写封信消解相思离愁，但是雁儿高飞，鱼沉水底，无人可将信件送达。还是借着弹秦筝来表达离情别绪吧，但弹遍筝弦，却尽是令人断肠的悲曲。

名句的故事

晏几道似乎经常做梦，也不知道是不是跟他现实生活的不如意有关。"梦入江南烟水路"，做梦进入江南烟水路，应该是个美梦吧，结果却是"行尽江南，不与离人遇"，就算只是在梦游江南，作者却还是一副凄凄惶惶、心神不宁的样子，无暇欣赏江南的潋滟美景。不为别的，只为他的"心上人"。

现实生活中与恋人分离，思念而不得见面的焦虑必然要渗透到梦境中。可是，事与愿违的是自由驰骋的梦境居然也无法"一圆美梦"，诗人居然就在梦里悲伤了起来，梦里的悲伤惆怅还延伸到梦外头。梦里寻不到人，梦外又冷冷清清，无人诉说相思之苦。

晏几道的生活几乎都是让类似的相思离别愁绪所填塞满，日思夜念，日凄夜苦，不得空闲。好不容易可以暂时安歇，在睡梦中也无法摆脱相思的缠绕。想必只有在恍惚迷离的梦境中，没有了空间距离的隔绝，才可以自由来往于"江南烟水路"，"行尽江南"，寻找恋人的踪迹。

既然思念情人，为什么不在现实中找寻？原来早已写好了的一封封思念情书，堆叠在案前，却"浮雁沉鱼"，寄不出去。或许，词人所爱恋的乃是萍水相逢的青楼妓女，或者是已经流落不知去向的友人家歌妓。他又能将书信寄往何方？又能向谁诉说这梦里梦外的惆怅？看来，只能寄托音乐来抒发伤别的情怀了。

这首词又是"梦境"，又是美丽的"江南"。晏几道还运用堆叠字眼来营造一种前进、绵延甚至曲折的节奏感，如"梦入江南、行尽江南"、"睡里销魂"、"觉来惆怅销魂误"。这种以反跌为递进的句法，更凸显梦境的时空交错。

历久弥新说名句

倘若爱情是诗词的主旋律，那么相思便是爱情的主旋律。从最早且最口语直接的《凤求凰》："有美人兮，见之不忘。一日不见兮，思之如狂。"到可爱迷人的："红豆生南国，春来发几枝？愿君多采撷，此物最相思。"（王维·《长相思》）都让人印象深刻，感同身受。

古人还常用"夕阳"来描写男女相思，柳永的《八声甘州》："渐霜风凄紧，关河冷落，残照当楼。"清朝纳兰性德的《点绛唇》："萧寺怜君，别绪应萧索。西风恶，夕阳吹角，一阵槐花落。"莫不是借助"夕阳"来渲染男女朝思暮想而不得相见的伤感情思。

有情人瘦相思、病相思，没有情人的要如何表达相思？宋朝有一位诗人林逋，隐居杭州西湖孤山达 20 年，终身不娶，以种梅养鹤为乐，有客人来，还赶着鹤去迎接，人们称他是"梅妻鹤子"（"梅妻鹤子"、"梅鹤姻缘"后来被用来比喻为人清高或者隐居的生活）。这位超尘脱俗、在人们心目中清心寡欲、几乎不食人间烟火的"和靖先生"，就刚好有一首写男女恋情的小词《长相思》："吴山青，越山青，两岸青山相对迎，谁知离别情。君泪盈，妾泪盈，罗带同心结未成，江边潮已平。"

吴、越两山，是钱塘江南北岸的山。钱塘江两岸，青山掩映，钱塘江水绿波荡漾，古往今来，它们送走了多少行客，迎来了多少归人。只没想到，除了吴越两山之外与钱塘潮水外，还有一位另眼看人间的诗人，也静静在一旁观看这红尘俗世的悲欢离合。

第三章 落花风雨更伤春

今岁清明逢上巳，相思先到溅裙水

名句的诞生

二月东风吹客袂[1]。苏小门前，杨柳如腰细。蝴蝶识人游冶地，旧曾来处花开未？

几夜湖山生梦寐。评泊[2]寻芳，只怕春寒里。今岁清明逢上巳[3]，相思先到溅裙水。

——史达祖·蝶恋花

完全读懂名句

1. 袂：衣袖。2. 评泊：量度。3. 上巳：旧历三月上旬巳日，自古有修禊的风俗。

二月春风吹着我的衣袖，那名妓门前的杨柳，就像是美人的细腰。当年的蝴蝶还记得我俩游冶的地方，真想问问它，以前游冶的地方花开了没有？

来到这里，连续好几个晚上都梦见西湖的山山水水，思量着出来"寻芳"，又担心春寒花还未开。想到今年清明节上巳之日，我所思念的人一定在湖边溅裙，我对她的思念，早已先随着湖水溅到她裙上了。

词人背景小常识

史达祖（生卒年不详），字邦卿，号梅溪，汴（今河南开封）人。嘉泰、开禧年间，为当时权臣韩侂胄堂吏，专擅用权，公受贿赂，韩侂胄用他专门奉行文书，拟帖拟旨，所以从平时来往的柬礼到上呈皇上的奏章，都出自史达祖之手。后来韩侂胄被杀，史达祖也受到黥刑。

史达祖擅长填词，尤其善于咏物，刻画精工，形神兼备，在当时极负盛名。姜夔曾称赞他的词"奇秀清逸，有李长吉之韵"；李长吉即唐朝的李贺。但因为史达祖人品不好，填词又喜欢用"偷"字，所以清朝的文学评论家周济就这么评说："梅溪好用偷字，品格便不高。"但史词大部分作品则颇有可观之处，尤其是他的咏物词，极尽工丽典雅，我们也不应以人废词。

名句的故事

全词的构思别致，在于它能"避实就虚"。词中的时间定位在清明前夕，史达祖心里思念着昔日的情人，于是回到故地；词中说是"寻芳"，其实就是想来探访怀人。词中写"寻芳"与怀人，不重在实写景物情事，而是通过曲折的心理活动的刻画来表现。首先问当年的蝴蝶花儿开了没，表现史达祖的关心春事，其实就是关心怀人是否仍在，十分婉曲；其次又回顾前几天的想法，先说自己梦寐求之，继而又担心自己来得太早，春寒料峭，花还没开，人还没来；矛盾心理的描写，追切"寻芳"之心跃然纸上。最后想到即将到来的清明节，在举行修禊时，思念就要伴随着湖水先溅到她裙上了。今人周念先评说："由'寻芳'转到'怀人'，意在言外。这样曲折的多层次描写，抒发感情的委婉细腻，加上语言自然明白，读起来就使人感到情味隽永了。"

在古时，每到清明时节，人们会临水洗濯，借以祓除不祥。史词中的名句便是借着这个习俗，将三月的春光和丽人的倩影完美结合，又利用想象力将空间和时间交错在一起，十分鲜活地表达出作者的思念之情。

历久弥新说名句

"相思先到溅裙水"，隐含了史达祖想一亲芳泽的心愿。其实要想接近自己所爱的人，如果不用考虑幻想和现实，最便捷的方法，当然就是变成她身边的物品了。早在东汉，张衡在《同声歌》中就这么写："愿思为莞席，在下蔽匡床；愿为罗衾帱，在上卫风霜。"匡床是指安稳、舒适的床，衾是指大被子，帱是则指蚊帐。后来到了刘宋，中国历代最伟大的田园诗人陶潜在《闲情赋》中把这种情思发扬光大，赋中提出了十愿，愿为佳人的衣领、衣带、发泽、眉黛、莞席、丝履、昼影、夜烛、竹扇、制琴之木桐，无非是想亲近佳人，和佳人朝夕相处；之后又紧接着提出十悲，即十愿各自暂离佳人的悲伤。

陶潜留传下来的作品，若按照前后期区分，前期大多是意气风发，俨然一游侠儿形象，后期则趋于平淡，归于田园躬耕生活。纵观前后期写作风格，皆罕有写男女相思之情的创作，所以这篇赋作十分轰动，后人的评论也很二极。一方是贬，以萧统为代表，认为陶潜"白璧微瑕，在《闲情》一赋"，更严重的，还有直批"轻薄淫亵，最误子弟"；一方是褒，以苏轼为代表，认为"国风好色不好淫"，如果这样都算淫秽，那《诗经·国风》有好几篇都可以烧掉了。

其实文学本来就是抒发情感的管道，以男女相思之情为写作题材的，在诗词中比比皆是，抒发人性，好色而不淫，这是《诗经》留下来的传统。我们不以为陶渊明白璧微瑕，也不因史达祖的行事而以人废词。

第四章 月满西楼凭阑久

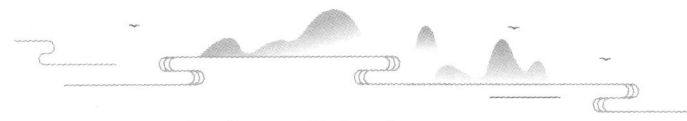

今宵酒醒何处？
杨柳岸、晓风残月

名句的诞生

寒蝉凄切，对长亭晚，骤雨初歇。都门[1]帐饮[2]无绪，留恋处、兰舟催发。执手相看泪眼，竟无语凝噎[3]。念去去、千里烟波，暮霭沉沉楚天[4]阔。

多情自古伤离别，更那堪、冷落清秋节。今宵酒醒何处？杨柳岸、晓风残月。此去经年，应是良辰好景虚设。便纵有千种风情，更与何人说？

——柳永·雨霖铃

完全读懂名句

1. 都门：京城门外。2. 帐饮：道路旁设棚帐、备酒食以饯行。3. 凝噎：声音似断若续。4. 楚天：指楚地。今湖南、湖北一带均属楚地。

大美国学 宋词

深秋的蝉声，对着傍晚的长亭，叫得凄凉急促，急骤的阵雨刚刚才停。在这京城门外设帐饯行，却毫无情绪，想要多留恋一会儿，船已赶着出发。两人的手紧紧握着，满眼泪水相对望，竟一句话都说不出，全部哽咽在喉中。想着这次远去，沿着滔滔千里江水，直到那暮晚云气弥漫的南方。

自古以来，多情的人总是为离别而悲伤，更何况还在如此凄冷的深秋时节。今晚酒醒之后，不知我人到了哪里，也许是种满杨柳的岸边，那里有不停吹来破晓前的冷风，以及即将落下的月亮。如今一别，可能漫长数年，就算遇到良辰美景，对我也形同虚设。纵使我心中再有千种风流情意，又可以向谁诉说？

名句的故事

《雨霖铃》为柳永从京城开封离开，准备前往南方上任新职时，相知女子在京城道外为他搭帐设席饯别。天生多情的词人，有感而发，写下了这阕堪称其词的代表佳作。

全词主写离别不舍。上片依次描述离别当下周围的场面情景，以及两人的动作情态，词人掌握所有细部情节，宛如一出连续剧的文字演出，最末"暮霭沉沉"也意味着未来前途的茫茫。下片则接承上片，词人甫与心上人分别，情思不免澎湃激动，省悟人生最悲伤的，莫过多情人的离别，且想象自己醉酒醒来，兰舟临靠杨柳岸，晓风吹拂，月也即将落下，从今而后，任何良辰美景，对他已毫无意义，因为潜伏内心的款款深情，自今宵一别，再也无人表诉。其中"今宵酒醒何处？杨柳岸、晓风残月"之所以被后人推为千古佳句，在于作者点染出虚实相生、情景交融，仿佛置身一处凄清冷落的意象空间，使人与他一同感受离别的沉重悲苦，以及孑然一身的孤独。

柳永《雨霖铃》刻画人心入微，广受众人喜爱，甚至还蔓延到本应六根清净的佛门子弟，据南宋人释普济编写的一本关于中国佛教禅宗史的《五灯会元》，内容提到，曾在邢州（今河北邢台）开元寺修行的法明上座，平时不但嗜酒，也喜欢吟唱柳永的词，临终之前，摄衣就座，念出一首偈语："平生醉里颠蹶，醉里却有分别。今宵酒醒何处？杨柳岸、晓风残月。"后半段全出自《雨霖铃》，虽不知这位佛门中人修习佛法的高下如何，但可以确定的是，他对柳永的词，不仅只是熟悉与爱好，最后还把它作成自己临终偈语，相伴进入天堂。

☙ 历久弥新说名句 ☙

柳永《雨霖铃》下片"今宵酒醒何处？杨柳岸、晓风残月"之句，也许真是红透半边天，引来代表士大夫雅词的大学士苏轼，想和代表民间鄙俚之词却能传遍大街小巷的柳永，互相较劲一番。南宋文人俞文豹的笔记集《吹剑录》记载了这一则故事，话说苏轼底下有一位善于讴歌的幕僚，苏轼想知道自己与柳永的词，到底谁写得好；这个幕僚回答，柳永的词只适合十七八岁姑娘，拿着红牙板，细声轻唱"杨柳岸、晓风残月"，至于苏轼的词，则须关西大汉，用铜琵琶、铁拍板，大喊着"大江东去"。苏轼听完幕僚的分析，不禁绝倒大笑。两人词风本不相同，柳词婉约，苏词则豪放，相较之下，似乎也并没有占到上风。

柳永虽才华洋溢，却因其词广在歌坊酒肆流传，加上用词遣字趋于狎艳，使得自视正统的文人几乎都瞧不起柳永，甚至不愿与他的名字挂在一起，觉得是一种侮辱。如南宋人曾慥《高斋诗话》记录苏轼与其门下弟子也是苏门四学士之一的秦观，两人别后再见时的一段对话；苏轼问秦观怎么开始学起柳永作词，听得秦观气愤不平，矢口否认说："某虽无学，亦不如是。"意指自己就算不学无术，也绝不屑学柳永。可见当时自视甚高的士大夫层级，对柳永的成见有多么深。

清代文学家王士祯作过一首七言绝句《真州绝句》，末两句为"残月晓风仙掌路，何人为吊柳屯田"，诗中所指"仙掌路"，位于真州（今江苏仪征）之西，地名为仙人掌，相传是安葬柳永所在地，宋人笔记书多记柳永去世后的每年清明，曾受过他关照的妓女们总会聚集来此，祭吊她们毕生怀念的"柳屯田"；王士祯在诗里意指那位写过赫赫有名"杨柳岸，晓风残月"的大词人，如今他的坟前又有谁来凭吊？充满昔盛今衰的感叹。不过，可以确定的是，柳永《雨霖铃》所写"晓风残月"一词，俨然与词人合而为一，划同等号。

月满西楼凭阑久，

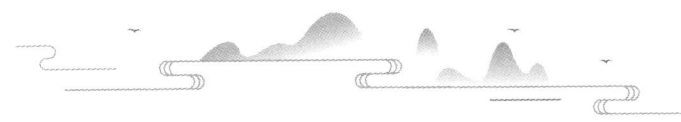

依旧归期未定

名句的诞生

篆缕[1]消金鼎。醉沉沉、庭阴转午，画堂人静。芳草王孙知何处？唯有杨花糁[2]径。渐玉枕、腾腾春醒。帘外残红春已透，镇无聊、殢[3]酒厌厌病。云鬟乱，未忺[4]整。

江南旧事休重省，遍天涯、寻消问息，断鸿[5]难倩[6]。月满西楼凭阑久，依旧归期未定。又只恐、瓶沉金井。嘶骑不来银烛暗，枉教人、立尽梧桐影。谁伴我，对鸾镜。

——李玉·贺新郎

完全读懂名句

1. 篆缕：指香烟缭绕像篆书的环曲。2. 糁：散落。3. 殢：沉迷、困扰。4. 忺：愿。5. 鸿：喻指信使。6. 倩：托。

铜鼎香炉的烟缕像篆书般缭绕升腾。醉意沉沉中，见庭院树荫转了正午，那人在画堂里好寂静。芳草天涯，不知王孙何处留踪影？只有暮春杨花柳絮洒满小径。春光渐去，将我从枕上惊醒。帘外是凋残的落红，春色已熟透，终日百无聊赖，总借酒消愁，弄得倦怠如病。满头如云鬓发乱纷纷，想梳理却无心修整。

不愿再回想过去的江南旧事，只愿走遍天下去寻访消息，只可惜能寄书信的鸿雁却再也不捎来消息。月光洒满西楼，我一直倚栏远望，可是却依旧盼不到他的归期。又怕像银瓶沉落金井。昏暗了银座烛灯，也不见骏马嘶叫着归来，教人怅然伫立在月下梧桐暗影里。还有谁陪伴我，对着鸾镜画眉描容？

词人背景小常识

李玉，生平不详。《全宋词》录其词一首。

名句的故事

李玉的这首《贺新郎》，别题作"春情"，写的是一位多情女子因思念远方情人而百无聊赖、情伤不已的心情。其中"月满西楼"一词虽然不是李玉首创，但却极为脍炙人口。

我们可以发现，在古人的诗词之中经常喜欢使用"西楼"二字，例如李后主的"无言独上西楼"，以及李清照的"雁字回时，月满西楼"。也许有人要问，为什么文人们不爱"东楼"、"南楼"、"北楼"，可却偏偏独爱"西楼"？对此，有人曾试图加以解释，认为在古代，"西楼"乃是人们约定俗成的欢宴之地，也就是人们通常举行相会、别离的宴会所在，因此怀念"西楼"，也就是怀念过去与友人、恋人在一起相聚甚或别离的场景与时光。

无论古人独爱"西楼"的原委是否真是如此，但由于此二字经常在文学作品中出现，因此也就承袭一直以来的用法，继续"独上西楼"，然后在西楼上缅怀已逝去的亲情、爱情与友情。而"凭栏"的用法，其实也与"西楼"如出一辙。

但归根结底，文人们喜爱使用某些词句还有一个很重要的原因，那就是作诗与填词都有一定的规范，也就是相当讲求"句式"与"平仄"，特别是词。人们常说填词，"填"词，这个"填"字极有可能便是造成文人们将旧有词句"移为己用的"一个原因，毕竟独创不是件容易的事，如能巧妙地将已存在且符合平仄的句子用于自己的作品之中，也未尝不是一个省时省力的妙招。

历久弥新说名句

虽然"西楼"的存在由来已久，但相信不少人之所以对"西楼"二字留下深刻的印象，全是由于邓丽君小姐所演唱的那一首《独上西楼》；这首歌不仅让我们体会到演唱者轻柔悠扬的嗓音，也了解到原词作者南唐后主李煜的满腔情思。

而若说及"月满西楼"的普及，当然不能不提到著名女词人李清照的《一剪梅》："云中谁寄锦书来，雁字回时，月满西楼。"其次，又不得不归功于琼瑶女士，毕竟她不仅写作了一本同名小说，并且还自己填词，谱就一曲《月满西楼》，将这四个字的内在意蕴发挥得淋漓尽致："这正是月圆时候/明月照满西楼/惜月且殷勤相守/莫让月儿溜走。"

或许有人会认为，将古代诗词中优美的词句抄下，时时吟哦、回味，不免有些"强说愁"的感觉，但古人说的好，"熟读唐诗三百首，不会作诗也会吟"，只有多看、多读、多写，才能让自己下笔时不至于死咬着笔杆，肠枯思竭了半天依然脑袋空空。学习将古诗词转化为自己笔下文字并不是件容易的事，极有可能会流于"东拼西凑"的窘境。或许我们现在便可以开始尝试，试试看是否能效法"月满西楼凭阑久"的方式，将古诗词中所蕴含的情意内化为自己的文字，然后以新时代的笔法，创造出几个属于自己的句子。

锦瑟年华谁与度？
月桥花院，琐窗朱户

名句的诞生

　　凌波[1]不过横塘[2]路，但目送、芳尘[3]去。锦瑟年华[4]谁与度？月桥花院[5]，琐窗[6]朱户，只有春知处。

　　飞云冉冉蘅皋暮[7]，彩笔新题断肠句。若问闲愁都几许？一川烟草，满城风絮，梅子黄时雨。

——贺铸·青玉案

完全读懂名句

　　1. 凌波：形容女子走路时步态轻盈的姿态。2. 横塘：地名，位于苏州城外。3. 芳尘：带芳香的尘土，借指美人行踪。4. 锦瑟年华：指美好年华，或作"锦瑟华年"。5. 月桥花院：又作"月台花榭"。6. 琐窗：雕刻连琐花纹的窗子。7. 蘅：蘅芜，香草名。皋：水边高地。

由于你怎么也不肯移步来到横塘,所以我只好傻傻地目送你离去。现在的你不知是由谁来相伴,共度这花般的美好年华?在那个修有偃月桥的院子里,朱红色的小门依然映照着美丽的琐窗。但而今,只有春风才能知道你的归处。

飞云缓缓漂浮,芳草丛生的水边已降临夜幕,挥彩笔新题一段相思断肠诗句。若问无端愁情有多深?遍地是青草烟雾凄迷,满城是随风乱舞的柳絮,梅子黄熟时节是漫空的绵绵梅雨。

名句的故事

《青玉案》可说是贺铸著名的篇章,而它的背后也有一个颇为浪漫的故事。

相传在元符三年时,贺铸曾旅居苏州,而当时在苏州城门外十余里处,有一处名为"横塘"之地,是他的最爱,因此他常常一个人到此地游玩。一个春末夏初的早晨,贺铸再度独自乘着小舟到横塘郊游。当时正值梅子盛产的季节,长在树上的黄梅鲜艳欲滴。贺铸四下环顾,只见茫茫雨雾中,突然出现了一抹亮丽的鲜红,就见一个楚楚动人的女子,轻移莲步,娉婷婀娜地由远至近而来。

然而正当好奇的贺铸睁大了双眼,想等待佳人跨过驿亭,一睹芳容之时,却不料那女子突然一转身,蓦地飘然远去,消失在蒙蒙细雨中。此情此景让贺铸不禁怅然若失,而一首清丽婉约的《青玉案》便在这种情况下诞生了。

虽然这则故事美则美矣，众学者对这首词的主旨却颇有争议；有的词评家认为《青玉案》之所以产生绝非由于贺铸在横塘的艳遇，而是他采用了古诗中常用的"比兴"手法，也就是将"美人"比做明君，借此抒发自己郁郁不得志的情怀。

但无论是相思抑或是移情，《青玉案》优美的文句及细腻的情感依然感动了无数文人，无怪黄庭坚会对此首词有如此的赞誉："解作江南断肠句，只今唯有贺方回。"（《寄贺方回》）

历久弥新说名句

"锦瑟"的原意本来是指琴瑟上雕了极美的花纹，如锦一般，但此二字之所以为人所熟知，则是由于唐代著名诗人李商隐所作的《锦瑟》一诗："锦瑟无端五十弦，一弦一柱思华年。"这首诗的诗旨历年来人们皆认为有些晦涩，有的学者认为，李商隐与妻王氏成婚时，二人皆年方25，恰合古瑟弦之数；有的学者则认为，"锦瑟"是当时贵人爱姬之名，或直言"锦瑟"是令狐楚之妾。

但无论"锦瑟"究竟意在何指，由于这首诗实在太脍炙人口，自此后，"锦瑟"二字的出现便几乎经常与"佳人"联系在一起，让人读之带了点旖旎、脂粉的气息。而若当"锦瑟"与"华年"共同组合成"锦瑟华年"或"锦瑟年华"时，则又意指一个美丽的年代；自然，这个美丽的年代通常也与"爱情"脱不了关系。

到了现代，人们使用"锦瑟年华"的地方依然很多，比如说网友们以此为网名，诗集以此为刊名，店铺为求有知性美而以此为店名等，看重的自然都是字面上那诗般的"朦胧美"与"意境美"。对于这种现象，梁启超先生说得极好："义山（李商隐）的《锦瑟》、《碧城》、《圣女祠》等诗，讲的什么事，我理会不着。拆开来一句一句叫我解释，我连文义也解不出来。但我觉得它美，读起来令我精神上得一种新鲜的愉快。须知美是多方面的，美是含有神秘性的。"

月上柳梢头，人约黄昏后

名句的诞生

去年元夜¹时，花市灯如昼。月上柳梢头，人约黄昏后。今年元夜时，月与灯依旧。不见去年人，泪湿春衫袖。

——欧阳修·生查子

完全读懂名句

1. 元夜：指上元节之夜，亦称元宵，即农历元月十五日。

记得去年的元宵灯节，花市灯火通明，光亮有如白昼。月儿悄悄攀上柳树枝头，与心爱的恋人相约黄昏之后。

到了今年的元宵灯节，圆月和花灯一如去年灿烂。只是去年的恋人如今何在，泪水忍不住弄湿了春衫衣袖。

名句的故事

《生查子》主在表达今非昔比、物是人非的感慨。上片回忆去年元宵的华丽灯景，并与心上人有一场赏灯之约；下片换言今年元宵，明月与花灯依旧动人，只是去年同赏花灯的恋人早已不在，眼前赏心悦目的灯景，令人更加触目伤情，不禁掩袖泪流。作者运用前后对比技巧，包括上、下片皆重复"元夜"、"灯"、"月"与"人"，以相同景物作为媒介，交互映衬，借以说明短短一年光景，相同的是元宵佳节、圆月与花灯，唯一骤变的只有人。其中"月上柳梢头，人约黄昏后"，点出两人去年元宵约会的地点时间，当时欢聚点滴还深存脑海，如今蓦然回首已是"不见去年人"，至于作者为何无法再见到心上人，词中全然不做说明，只徒留一份旧情难续的惆怅。

《生查子》的文字风格类似民间歌谣，浅显易懂，又不流于俚俗，此词也收录在南宋词人朱淑真《断肠词》里，历来研究者对于《生查子》作者到底是欧阳修或朱淑真，迄今仍争论不休。南宋曾慥编《乐府雅词》成书于高宗绍兴十六年（公元1146年），是流传至今最早一部宋人辑宋词的总集，曾慥在北、南宋皆任过官职，在《乐府雅词》自序写道"当时小人或作艳曲，谬为公词，今悉删除"，显示他对欧阳修作品的慎选态度，在经过其考证详查，已把非欧阳修之作剔除书外。由于曾慥年代与欧阳修相去不远，又朱淑真的年代为南宋中期，此时《乐府雅词》早已面世，故曾慥将《生查子》收入欧阳修作品之列，是值得后人参考的重要依据。

历久弥新说名句

欧阳修《生查子》的背景为农历正月十五的元宵节，自西汉武帝开始，即有举行元夜张灯仪式，当时目的主要是为了祭祀天地，其后元宵点灯逐渐褪下宗教面纱，演变成众所期待的民间嘉年华会。在中国传统保守社会里，女孩子平日不允许外出见人，但每逢元宵节，女子可以结伴出游，欣赏花树灯火，所以元宵赏灯，已成为数千年来未婚男女与心上人约会的绝佳借口，倘若尚无意中人，亦可在鼎沸人群里趁机寻觅心仪对象，因此，元宵节也被视为七夕之外另一个中国情人节。

历代诗文词作，不乏文人记录元宵的绚烂景貌，或写下与情人赏灯的心情。唐朝武后时期的宰相苏味道，其五言律诗《正月十五夜》首联"火树银花合，星桥铁锁开"，描述元宵节满树结挂灯火，有如夜间绽放的银色花朵，原以铁锁管制的路桥，也开放民众通行，还被点缀成一座仿佛天上繁星搭起的桥梁。此乃诗人抱持游乐赏玩心态，写出大唐元宵夜景的荣华盛貌，其中"火树银花"也成为后人形容灯火通明、烟花灿烂的一句成语。

南宋才女朱淑真，经常被一派人马力保她才是《生查子》的正牌作者，如前所言，除《生查子》收在其词集之外，另被视为重要线索之一，是她曾作过一首与《生查子》主题相近的《元夜诗》，最末四句为"但愿暂成人缱绻，不妨常任月朦胧。赏灯那待工夫醉，未必明年此会同"。大意是说，只愿拥有两人的暂时缱绻，未来或许就像月光般的朦胧也无妨。得以同赏花灯，哪有心思醉倒，只是明年未必能像今年得以相会。朱淑真堪称聪慧才女，婚姻路上遇人不淑，使她迫切渴望拥有相知爱情，就算无法相守一生也无所谓。朱淑真在《元夜诗》中隐然预知明年此时，一切都将走调不同，她只想紧紧抓住当下共赏花灯的幸福感受。

> 小楼西角断虹明,
> 阑干倚处,待得月华生

名句的诞生

柳外轻雷池上雨,雨声滴碎荷声。小楼西角断虹[1]明。阑干倚处,待得月华[2]生。

燕子飞来窥画栋,玉钩垂下帘旌[3]。凉波不动簟[4]纹平。水精[5]双枕,旁有堕钗横。

——欧阳修·临江仙

完全读懂名句

1. 断虹:残虹,即雨后所见的彩虹。2. 月华:指月亮。3. 帘旌:窗帘。4. 簟:竹席。5. 水精:即水晶。

柳荫外传来轻轻雷响,池上渐渐细雨,滴在荷花上,发出细碎声音。小楼西边的一角,映照出一截雨后彩虹,倚着栏杆,等待月亮升起。

燕子飞进屋内，想要窥探屋梁上的美丽彩画，拉起玉钩，将帘子垂放下来。躺在铺平的凉席上，一对水晶枕头并列，枕旁横落一支不小心掉下的金钗。

名句的故事

欧阳修在宋仁宗天圣九年（公元1031年），曾在洛阳留守钱惟演的幕府里担任留守推官，当时许多著名文人，包括梅尧臣、尹洙等人也都在此任职，他们经常在宾筵酒席上请来歌妓弹曲，填词寄兴，以抒发平日严肃的工作情绪。据明人蒋一葵《尧山堂外纪》记载，《临江仙》就是欧阳修担任洛阳留守推官，在其顶头上司钱惟演的自家花园所举办一场宴席下的即兴创作。欧阳修因与一名歌妓幽会，两人同时迟到，欧阳修身为官员，迟到事小，但歌妓迟到却是过失，钱惟演为此责备歌妓，歌妓赶忙解释是天热中暑，所以先到凉堂休息，谁知一觉醒来，发现头上金钗不见，又急于到处寻找，才无法准时赶来赴宴。

钱惟演知道此女与欧阳修感情要好，特要欧阳修当场填出一词，立即补偿歌妓金钗一支，年轻浪漫的欧阳修，即当场吟出《临江仙》，马上获得满堂喝彩；钱惟演身为宴会主人，见到众人如此开怀，心情也跟着畅快起来，遂令歌妓斟满一杯酒，以酬敬欧阳修，并赏予她买金钗的钱，欧阳修与歌妓所惹出的这场迟到风波，就在其新作发表下，圆满落幕。

《临江仙》主写夏日傍晚闺人睡景。上片先由午后细雨轻雷揭开序幕，雨后出现一弯残虹，词人就在这幅晚晴景色里，倚栏等待月亮升起；下片写傍晚归燕，欲一窥华丽屋内的究竟，词人放下帘幕，天气逐渐由热转凉，房内呈现一片静寂，词人透过竹席上的水晶双枕，以及金钗堕落床边，交代了他与歌妓迟到的原因。全篇无一亵语，仅透过外在景物的描写，却已道尽两人共枕而眠、情意缠绵等事，难怪博得众人击掌叫好。

历久弥新说名句

欧阳修《临江仙》上片"小楼西角断虹明，阑干倚处，待得月华生"，写出晚晴雨后倚楼凭阑、等待月出的一幕景象，比欧阳修年代稍晚的文人黄庭坚，不但为"江西诗派"的领袖人物，也是苏门四学士之一，他在写给友人的七言绝句《奉答李和甫代简》云："山色江声相与清，卷帘待得月华生。可怜一曲并船笛，说尽故人离别情。"诗中第二句直接袭用欧阳修《临江仙》之"待得月华生"，此乃三十九岁的黄庭坚在宋神宗元丰六年（公元1083年）担任吉州太和（江西泰和）县令时，回复友人李和甫的书信，信中除描绘静谧山水晚景，也表诉与友人分别后的思念之情。

至于《临江仙》最末两句"水晶双枕，旁有堕钗横"，也是颇耐人寻味之句，欧阳修完全不写人，只提房内一对水晶枕，以及鬓钗横落床头，语意含蓄朦胧。晚唐擅写闺艳的花间词人温庭筠，其《菩萨蛮》有"水晶帘里玻璃枕，暖香惹梦鸳鸯锦"，亦以高雅之笔铺陈闺房的一派华丽堂皇，宛如人间仙境，任谁都甘愿流连在此；又北宋大文豪苏轼《洞仙歌》写道："绣帘开，一点明月窥人，人未寝，欹枕钗横鬓乱。"词中描述晚风吹拂帘幔，月光映照房间，屋内女主人因天热而翻来覆去、无法入睡，头上金钗也就斜插在一头乱发里面。

从温庭筠《菩萨蛮》的"玻璃枕"、"鸳鸯锦"，到苏轼《洞仙歌》的"钗横鬓乱"，再呼应欧阳修《临江仙》所言"水晶双枕，旁有堕钗横"等有关闺中物事的摹绘，都可看出历代文人涉及闺房暧昧书写时，皆可不露俗亵之语，而是运用语言艺术，将其意境唯美表达。

> 月又渐低霜又下，
> 更阑，折得梅花独自看

名句的诞生

生怕倚栏杆，阁下溪声阁外山。惟有旧时山共水，依然，暮雨朝云[1]去不还。

应是蹑[2]飞鸾[3]。月下时时整佩环[4]。月又渐低霜又下，更阑。折得梅花独自看。

——潘牥·南乡子

完全读懂名句

1. 暮雨朝云：宋玉《高唐赋》写楚襄王与巫山神女欢会，神女自称："妾在巫山之阳，高丘之阻。旦为朝云，暮为行雨，朝朝暮暮，阳台之下。" 2. 蹑：踩踏。3. 鸾：传说中的一种神鸟，状似凤凰。4. 佩环：古代妇女佩挂在身上的玉器，走路时会发出声响。

最怕凭倚栏杆，楼阁下溪水潺潺，楼阁外青山连绵。只有旧时山山水水依然未变，朝朝暮暮的云雨欢情却一去不返。

回忆当年，那应该是踩着飞鸾从天上降人间的仙子吧。她体态轻盈美妙，在月光下整理佩环，发出细小而微妙的声音。如今，月亮已经渐渐落下，天上也开始降下白霜，而我仍然倚着栏杆不停地眺望。难遣无聊，也只能折下梅花独自观赏。

词人背景小常识

潘牥（公元1205—1246年）字庭坚，号紫岩，为福州闽南人。潘牥为人十分耿直，端平二年，潘牥考取了进士。在朝廷问答口试时，数百人中，潘牥应答最是莽直。然而也因为他的个性，得罪了御史官蒋岘，后来潘牥便因"性同逆贼，策语不顺"这一理由遭到弹劾；策语即朝廷口试政事典策的应答语。潘牥于是被调官贬职。之后潘牥也当过司法官和兼具管理军事和考察地方官的职务，在四十三岁就去世了。潘牥的词作大多收录在《紫岩集》中，现在存留的仅有五阕。

名句的故事

这是一首怀人的词。下片一开头，词人沉湎在对情人的怀念中。"月下"一句，潘牥化用了杜甫《咏怀古迹》诗其三"环佩空归月夜魂"中"环佩"的意思。杜甫的这首诗是在写王昭君的故事，此句中的"环佩"即用来借指王昭君，而潘牥则以环佩声表现出女子行动的轻盈美妙。在此阕名句中，潘牥连用了两个"又"字，一方面暗示时间的推移，一方面也表明自己倚栏之久，思念之切，但也只能"折得梅花独自看"。清朝的先著在《词洁发凡》中这么评论："折梅自看，太无聊矣。"可说是孤独难耐到极点。

此阕词的基本情调不是哀愁，而是孤独感。题目虽是"忆妓"，却用"蹑飞鸾"、"整佩环"来形容，而不是用"红袖"、"翠黛"等较为香艳的语词来描写。所以清朝著名的词评家黄蓼园评论此词"词致俊雅"，而"不同凡艳"。

对于此词，也有人认为是别有寄托，因为折梅自赏似非忆妓会做的事。而同为南宋的姜夔在他的《暗香》词中，也以梅花的攀折寄托身世之悲和兴衰之感，联结到南宋后期衰败的国势，似有根据，可备一说。

历久弥新说名句

"梅花"傲寒而开，不畏霜冻，越冷越开花，所以自古以来，就给人一种高洁、坚贞的形象。而对于"梅"如此形象的塑造，早在先秦文学《诗经》中，就有一篇《摽有梅》："摽有梅，其实七兮。求我庶士，迨其吉兮！摽有梅，其实三兮。求我庶士，迨其今兮！摽有梅，顷筐墍之。求我庶士，迨其谓兮！"这首诗写的是一位老女求嫁、积极争取婚姻自由的过程。她透过梅的绽放、逐渐凋零，来象征自己年华老去。乍看之下，诗中的女子好像是极为开放,但仔细玩味诗意,就可以看出她的明洁和坚贞。一开始,女子年纪尚轻,虽然期待婚姻,但也希望有意的男子能择吉日求婚。到了第二段,女子年纪渐长,于是明白表露自己冀望男子追求的心意,如有男子中意,择日不如撞日,今天就缔结婚姻了吧。最后一段,女子年华老去,更是极度渴望婚配,如得男子追求,不待准备,马上就跟他走了。在古代,婚姻可说是每个人必经的过程。"男大当婚,女大当嫁",早在先秦时代,就不成文地规定,男子三十未娶,女子二十未嫁,便可以不待备礼,径行婚配,以免耽误了青春时光。从这些资料来看,我们就不难理解为什么诗中的女子如此焦急了。不过她心里虽急,还是希望一切能尽量依照旧有的礼制,按部就班地进行。而她也一直是洁身自爱的,所以在诗中,她以梅的开落喻自己老去,为梅的形象做了完美的诠释。千百年来,梅花坚贞高洁的形象,就永久烙印在每个人的心里了。

于是,后来许多词人骚客,甚至是幽居的隐士,对于梅花总有一份特殊的情感,许多言梅、咏梅之作,就纷纷出现了。像唐朝的杜牧有《梅》诗,李商隐有《忆梅》诗,宋朝的陆游有《卜算子》(题为咏梅),其实都就梅花不畏寒冬、坚忍高洁的形象加以描写,寄托了自身的感慨。

回到名句来看,潘妨在末尾以"折得梅花独自看"来排遣自己的孤寂,梅花在此应当有它的象征意义。而题为"妓馆",看起来和梅花的意象并不相符,无怪乎有学者会对一般的赏析提出质疑,而认为是别有寄托了。

但愿人长久，千里共婵娟

名句的诞生

明月几时有？把酒问青天。不知天上宫阙[1]，今夕是何年。我欲乘风归去，又恐琼楼玉宇[2]，高处不胜寒。起舞弄清影，何似在人间。

转朱阁，低绮户[3]，照无眠。不应有恨，何事长向别时圆？人有悲欢离合，月有阴晴圆缺，此事古难全。但愿人长久，千里共婵娟[4]。

——苏轼·水调歌头

完全读懂名句

1. 宫阙：宫殿。神话传说，天上有仙宫，存在已千万年。
2. 琼楼玉宇：琼，美好的玉石。宇，房屋。美玉砌成的高楼，这里指神仙居住的仙宫。3. 绮户：雕饰精美的门窗。4. 婵娟：美女。此处指月里嫦娥，用以代指月亮。

月亮是从何时开始有的？我举起酒杯，仰问上天。不知仙人住的天宫，今夜是哪一年的中秋了。我也想乘风归去天上的仙府，却又害怕会抵受不住高处的冷寒。我还是就待在原处，随着月光沉醉起舞吧。

月光移照朱红华美的楼阁，低低地照进雕花的门窗里去，照着无法入眠的愁人。月亮对人间不该有什么怨恨吧，为什么总是在人们离别、孤独的时候特别亮、特别圆？人生本来就聚聚散散，月亮从来就是圆圆缺缺，想要永恒的相聚圆满，自古就不可得。虽然相隔分离，但只要人事平安，依旧可以跨过千里青天，共享美丽的月光。

名句的故事

这阕词的场景是中秋明月夜，这里的月是山东密州的月；此时的苏轼已开始他的贬谪之旅。从苏轼三十四岁开始，他总共拜访过十多个外省地方，最远的还曾被贬到广东之南的海南岛。贬谪之旅的第一站是江苏的杭州，山东密州则是第二站。

不过，苏轼的明月夜可是心事重重，第一件心事是苏轼的贬谪之旅是因为不赞成王安石的新法，而不得不离开京城，担心"琼楼玉宇，高处不胜寒"；这可不是苏轼担心宋神宗在皇宫的作息起居，而是对官场的恶斗倾轧，心有余悸、心灰意冷。

第二件心事，则是他想念弟弟苏辙。当时苏轼的父亲和妻子都已离世，苏轼与苏辙兄弟情深，两人各自东奔西跑，已有六七年未能相见。苏轼在杭州任满时，特别提出要求希望能调到山东与弟弟相近（苏辙在济南任官），结果却来到密州，兄弟仍然相隔，晤面艰难。月圆而人未圆。

苏轼这阕词写得奇美，深受其他诗人喜爱。光是"我欲乘风归去，又恐琼楼玉宇，高处不胜寒。起舞弄清影，何似在人间"这一句，就有爱好者模仿他的手法，写道："我欲穿花寻路，直入白云深处，浩气展虹蜺。只恐花深时，红露湿人衣。"又如："我欲骑鲸归去，只恐神仙官府，嫌我醉时真，笑拍群仙手，几度梦中身。"相信众人对苏轼的喜爱，也是如同对明月的喜爱一样，久久远远。

历久弥新说名句

"明月几时有？把酒问青天"，月亮是古代诗人最偏爱的一个意象，如果没有月亮，可能就没有李白，苏轼也就不再是苏轼；如果真没有月亮，甚至连诗都不存在了呢。

古代诗人中最喜欢月亮的非谪仙诗人李白莫属，他一生中创作与月亮有关的诗作多达三百二十余首，称他为"月亮诗人"实不为过。当他还小时，就对月情有独钟："小时不识月，呼作白玉盘，又疑瑶台镜，飞在青云端。"（《古朗月行》）长大一点："床前明月光，疑是地上霜。举头望明月，低头思故乡。"（《静夜思》）或者："花间一壶酒，独酌无相亲。举杯邀明月，对影成三人。"（《月下独酌》）喜欢月的当然不只李白一人，除了床前的月、花园里的月，王维也写过山里的月："明月松间照，清泉石上流。"(《山居秋暝》)"月出惊山鸟，时鸣春涧中。"(《鸟鸣间涧》)

好一句"月出惊山鸟"，如果是海上的月又是何种风情？张若虚写道："春江潮水连海平，海上明月共潮升。""斜月沉沉藏海雾，碣石潇湘无限路。"(《春江花月夜》)人人都爱月，但却人人都得不到月。李白跳入湖中捞月去，嫦娥展袖飞天还是奔月去，月亮对人类而言可能是一个永远无解的谜。

而国外的月，则往往赋有较多的人间气息，像是落入凡间的精灵；波德莱尔这样形容《月之哀愁》："今晚，月亮做梦有更多的懒意，像美女躺在许多垫子的上面，一只手漫不经心地、轻柔地抚弄乳房的轮廓，在入睡之前……"在这里，法国的月亮变成了一位性感的女人，相信若谪仙李白读了，想必迷恋痴狂依然。

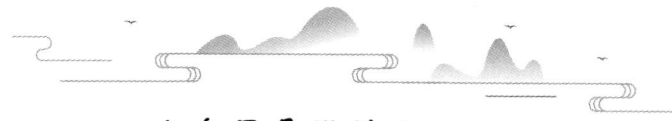

> 与余同是识翁人，
> 惟有西湖波底月

名句的诞生

霜余已失长淮[1]阔，空听潺潺清颖[2]咽。佳人犹唱醉翁[3]词，四十三年[4]如电抹[5]。

草头秋露流珠滑，三五盈盈还二八[6]。与余同是识翁人，惟有西湖波底月。

——苏轼·木兰花令

完全读懂名句

1. 长淮：淮河。霜降之后河水减退，河身显得狭长了。2. 颖：颖水，淮河支流，颖州州城在其下游。3. 醉翁：欧阳修的别号，在滁州时作《醉翁亭记》。4. 四十三年：谓自皇祐元年（公元1049年）至此时。5. 电抹：形容流光快得像电一样抹过去。6. 三五、二八：指十五、十六夜的月亮。月亮由盈而亏损。

进入秋季后，天降寒霜，淮河水量锐减，已失去了往日壮阔的气势，清澈浅淡的颍水潺潺流过，声音幽咽悲切。歌女们仍然在传唱欧阳修当年所作的那些文采隽丽的词章。如今距欧公知颍州已有四十三年了，岁月匆匆，就像电光火石一闪而过，转瞬无影无踪。

草头上的露珠晶莹圆润，流转似珠，转眼即消失；十五的月亮皎洁圆满，而十六的月亮就要缺一分了。时光流逝，人事变迁，同我一样认识欧公的，只有西湖水底的月亮了。

名句的故事

曾经说过"老夫当避路，放他出一头地"的欧阳修，与苏轼的关系可说是伯乐遇上千里马。欧阳修的惜才爱才，也让相距三十岁的二人成为忘年之交；然而这一老一少在官场上的命运却一样坎坷。欧阳修因支持范仲淹的政治革新而被外放十几年，去过颍州（今安徽阜阳）这个地方。非常巧合的，四十三年后的苏轼也被贬到颍州。

被贬到颍州的苏轼已经五十六岁，历经无数风风雨雨，对于人世的冷暖起伏，体会已深。欧阳修也是在晚年告老退居颍州的西湖，两人在颍州任职期间均留下不少的诗词。

本篇名句即是苏轼泛舟颍河时所写下的感怀欧公的词句。所谓"触景生情"自然得先有"景"才能有"情"。什么样的景？深秋的枯木季节，江淮久旱，淮河（颍河的上游）失去盛水季节那种宏阔的气势。水声潺潺像是在鸣咽悲切低吟。颍河所注入的西湖上悠悠传来佳人的美妙歌声,仔细一听,居然是欧阳修的《采桑子》:"春深雨过西湖好,百卉争妍。蝶乱蜂喧,晴日催花暖欲然。兰桡画舸悠悠去,疑是神仙。返照波间,水阔风高扬管弦。"(欧阳修退居颍州期间,共作了十首《采桑子》,每篇首句末三字都有"西湖好"三个字)欧阳修逝世已数十年,歌女们仍在传唱其词,足见颍州人是如何思念欧阳修。这不光是怀念其文采风流,也是感念他的仁政爱民。

听到欧阳修的曲词,往事历历浮上心头:早年知遇之恩、师生之谊、理想之相投、诗酒之欢会。时光过了四十二年(欧阳修于退居颍州的第二年逝世),当年认识欧阳修而还存活的,恐怕所剩无几;只剩下自己还有欧阳修最喜欢的西湖月亮,才有共同的追忆可以慢慢低吟。

历久弥新说名句

中国历代诗人、文人雅士不仅爱酒、爱美人,更爱西湖。白居易曾说:"未能抛得杭州去,一半勾留是此湖。"平实的诗句,明白道出他对西湖的留恋。苏轼的西湖就比较大气:"波光潋滟晴方好,山色空蒙雨亦奇。欲将西湖比西子,淡妆浓抹总相宜。"(《饮湖上初晴后雨》)

欧阳修曾经描绘西湖的十种风情,《采桑子》十首:轻舟短棹西湖好;春深雨过西湖好;画船载酒西湖好;群芳过后西湖好;何人解赏西湖好;清明上巳西湖好;荷花开后西湖好;天容水色西湖好;残霞夕照西湖好;平生为爱西湖好。曾去过西湖的,没有不多多少少留下些可供回忆的浪漫情愫,欧阳修也曾经再访西湖,遍寻旧情人,但伊人已渺,殊感恨然,他于是在撷芳亭上题诗:"柳絮已将春去远,海棠应恨我来迟。"三十年后,欧阳修的门生苏轼也到西湖任职,见亭上题诗,笑言:"此非杜牧之'绿叶成荫'诗句耶?"因为,同样寻访西湖旧爱的故事,也曾发生在风流倜傥的杜牧身上。

西湖的另一个著名风景,就是各式各样的艺妓了,以及随之而来的各种爱情韵事;南齐苏小小就是其中的一个。苏小小是南齐钱塘名歌妓,才貌出众,能书善诗,文才横溢,因长得玲珑娇小,就取名小小。苏小小父母早逝,就搬到西泠桥畔,成为歌妓。也就在西湖畔,她遇上了风度翩翩美少年阮郁,她用言辞大胆的诗歌主动向偶遇的阮郁表达爱情:"妾乘油壁车,郎跨青骢马。何处结同心,西陵松柏下。"(《同心歌》)她与阮郁相爱了半年,阮郁回乡,她又以诗寄托相思,而最终她收到的不过是一纸抛弃她的书信。爱恨分明的苏小小以诗绝情:"妾本钱塘江上住,花开花落,不管流年度;燕子衔春归去,纱窗几阵黄梅雨。斜插梳,云半吐,松板轻敲,唱彻黄金缕;梦断彩云觅出,夜凉明月生南浦。"(《蝶恋花》)

苏小小不到十九岁就香销玉殒,相传临死之前,苏小小曾表示"生于西泠,死于西泠,埋骨于西泠,庶不负小小山水之癖"的遗愿。西湖西泠桥畔的埋香之所,为西湖的迷人风情又增添无限传奇。

初将明月比佳期，
长向月圆时候、望人归

名句的诞生

曲阑干外天如水，昨夜还曾倚。初将明月比佳期，长向月圆时候、望人归。

罗衣着破前香在，旧意谁教改。一春离恨懒调弦，犹有两行闲泪[1]、宝筝[2]前。

——晏几道·虞美人

完全读懂名句

1. 闲泪：多余的泪。2. 宝筝：筝的美称。筝：拨弹乐器，形似瑟。

九曲栏杆外天色如水，昨天夜里我还曾凭靠过。当初将明月比喻为情人相会的佳期，现在每到月圆时候，就总是盼望离人回来。

绫罗衣服已破旧，往日的熏香味仍扑鼻可闻，可是旧时情意却已经改变。这一个春天离恨萦怀，无心去调弄琴弦，甚至还有两行多余的泪，洒在宝筝前。

名句的故事

在千年词史上，有三位专门以小令抒写哀痛感伤之情的圣手，就是南唐的李煜、北宋的晏几道和清初的纳兰性德。而晏几道之所以是描绘感情的圣手，除了其遣词用字不矫揉造作外，他的敏感与细腻，不禁让人觉得真是懂得女人心。

九曲栏杆都依傍过好几遍了，甚至昨天晚上还又依傍了一次。不只依傍着栏杆，我还痴痴望着天上的月亮，每天观察着月亮的阴晴变化。不只观察月亮的大小变化，还每天闻着一件早已穿破的却仍舍不得丢的绫罗衣服的熏香味道。不练琴也就罢了，竟还坐在琴筝前，不争气地掉眼泪。

古代女子的闺房寂寞、哀怨早已是诗人所喜欢描写的对象之一，而本词指出守在闺房里的这位女子日常消遣基本上只有两种：其一，倚楼遥望，望天、望月、望伊人归来。然而，期待总是再一次落空。其二，回到闺中，只有"调弦"解忧，独自泪落，而"罗衣着破"，依然不愿换，显示女子的恋恋情深。

透过晏几道的词，让我们窥探到古代女子的内心世界。在心上人离别之后，竟然只能在倚栏遥望的期盼与宝筝泪落的排遣中打发无聊寂寞的时光。而这样的情思愁苦，若没有晏几道的细腻描写，更是永远没有人会知道。换句话说，晏几道真可说是古代女性的"代言人"。

历久弥新说名句

晏几道不仅是"古之伤心人"，更是"古之有情人"。他对女子的感情，与一般文人迥然不同。陈廷焯曾赞赏说："小山词无人不爱，爱以情胜也。情不深而为词，虽雅不韵，何足感人？"

另一位也以写情闻名的张先，据说曾经与一尼姑交好，老尼姑把小尼姑关在池中的水阁一起睡，三更半夜小尼姑放下梯子，偷偷让张先上阁楼相会。张先事后还写诗记录："双鸳池沼水溶溶，南北小桡通。梯横画阁黄昏后，又还是斜月帘栊，沉恨细思，不如桃杏，犹解嫁东风。"（《一丛花》）梯横画阁就是叙其景，也是自己爬楼梯的韵事，其中"不如桃杏，犹解嫁东风"，是怪自己还不如桃花、杏花，懂得随着春风舞向所思念的人。据说，欧阳修就很喜欢"不如桃杏，犹解嫁东风"这句，有一次张先去拜访欧阳修，欧阳修迎出门来的第一句话就是："这不是'桃杏嫁东风'郎中吗？"

张先不但有情，而且还多情、风流。张先的风流在当时是有名的，即使到了八十岁高龄，他还在家中蓄养歌妓，甚至他还曾经劝告晏几道的父亲晏殊要"人生得意须尽欢"，让晏殊又改变心意把被妻子辞退的歌妓又找了回来，也不知道有没有造成晏殊一场家庭风暴。而豪放诗人苏轼也曾经因为养妓事件，写诗送给张先，写道："诗人老去莺莺在，公子归来燕燕忙。"将张先比喻成《西厢记》里到处拈花惹草的秀才张珙了。张先读了，则忙作另一首诗，为自己辩白："愁似鳏鱼知夜永，懒同蝴蝶为春忙。"后来张先甚至还娶了一位年仅十八岁的小妾，性喜促狭的苏轼自然又无法"视而不见"，又寄去了一首诗："十八新娘八十郎，苍苍白发对红妆。鸳鸯被里成双夜，一树梨花压海棠。"

而苏轼写给张先的这首诗，近来因为中国诺贝尔奖得主杨振宁的一段黄昏之恋，而意外地声名大噪起来；而著名的世界文学《罗莉塔》（Lolita）的另外一个中文译名，就是取自苏轼的诗："一树梨花压海棠"。

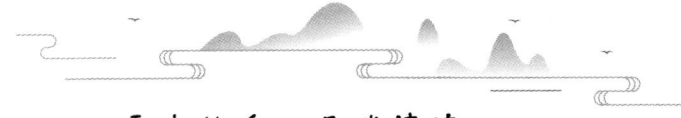

> 雾失楼台，月迷津渡，
> 桃源望断无寻处

名句的诞生

雾失楼台，月迷津渡，桃源[1]望断无寻处。可堪孤馆闭春寒，杜鹃声里斜阳暮。

驿寄梅花[2]，鱼传尺素。砌成此恨无重数。郴江幸自[3]绕郴山，为谁流下潇湘去？

——秦观·踏莎行

完全读懂名句

1. 桃源：晋朝陶渊明作《桃花源记》，原是陶渊明理想中的居住国度。后用以比喻世外乐土或避世隐居的地方。2. 驿寄梅花：语出陆凯寄赠范晔的诗："折梅逢驿使，寄与陇头人。江南无所有，聊赠一枝春。" 3. 幸自：本自，本来是。

楼台在茫茫浓雾中迷失了，渡口也在朦胧月色中隐没难辨。

北望桃源乐土，却也断失了踪影。自己一个人在孤寂的旅舍中消度早春的寒气，几乎无法承受。斜阳下，啼血杜鹃声声"不如归去"的鸣叫。

案头上无数封驿站传来的家书、梅花，仿佛是重重叠叠的乡愁离恨。那迢迢不尽的郴江，原本是绕着郴山而流，为何却偏偏要老远地往北流入潇湘去呢？

词人背景小常识

宋代的每一位诗人几乎都与当时乌烟瘴气的政治斗争有或多或少的纠缠，连温柔纤细的秦观（公元1049—1100年）也不例外。一开始由于新旧党争（秦观勉强属于旧党），秦观被赶出京城，贬为杭州通判；接着又有人告他增损神宗《实录》，再贬监处州酒税（今浙江丽水境内）；过不了几年，他又因为写佛书而被降罪，贬徙郴州（今湖南郴州市）。接二连三的贬谪，让原本就多愁善感的秦观更是伤春悲秋，不过也因此写了不少好词，而和晏几道一起被称为"古之伤心人"。南宋词人范成大就特别喜欢秦观的词，还建了"莺花亭"，并作诗描述其生平，足见秦观在宋朝词坛的地位。

秦观在受世人肯定前，就已经先获得苏轼的赏识，被视为"苏门四学士"之一。有一天苏轼和秦观一起出游之后，过了很长一段时间毫无音讯，苏轼便写信问候秦观，结果却收到一封怪信，苏轼读了好久，才突然敲了一下自己的脑门，高兴得叫道："好诗！好诗！"原来秦观将自己当时和苏轼赏花的心境，用回文诗的方法来告诉苏轼："赏花归去马如飞酒力微醒时已暮"，即："赏花归去马如飞，去马如飞酒力微，酒力微醒时已暮，醒时已暮赏花归。"

名句的故事

秦观应该是属于双鱼座的才子吧，不像大块吃肉、大口喝酒、大步走路的豪放苏轼，同样是被赶出京城，苏轼是想尽办法游山玩水，而秦观则是忧郁到不行。

秦观填这首《踏莎行》时，正是一连三番被踢来踢去，最后被踢到湖南省的郴州，理由却只是因为写佛书。秦观常常倒霉地被卷入政治恶斗，屡屡在"党争"的夹缝中受气。他曾说自己："一朝奇祸作，飘零至于是。"(《自挽词》)一开始，秦观就迷失了，迷失在他的想象世界里，周围雾茫茫的一片、月色昏暗，看也看不清，辨也辨不明。究竟该何去何从？郴州旅馆里冷冷清清，初春的寒气阵阵，黄昏的暮色迟迟，"不如归去"的杜鹃鸟血啼不止。这一切都让秦观忧郁到最高点。就算是远方亲朋友人的安慰问候信，每一封信都只是让他感孤独、情更难以堪。接着，秦观问道："郴江幸自绕郴山，为谁流下潇湘去？"郴江原本是绕着郴山而转的，结果却大老远地流向潇湘，这是多无可奈何啊，我大老远的东跑西跑，又何尝是我愿意的？

据说秦观的老师苏轼特别喜爱最后两句"郴江幸自绕郴山，为谁流下潇湘去"，还特别在扇子上题上："少游已矣！虽万人何赎！"当时的大书法家米芾还将秦观的词和苏轼叹语作跋书写下来，被当时的人称为"三绝"。南宋时，郴州太守邹恭则命令书法工匠将其翻刻在郴州苏仙岭白鹿洞旁的崖壁上，后人称为"三绝碑"。

历久弥新说名句

"雾失楼台，月迷津渡，桃源望断无寻处"，雾与诗词几乎是离不开的。任何词句，只要加上雾，想要不诗意也难。

提到跟雾有关的名句，大家一定会想起白居易的："花非花，雾非雾，夜半来，天明去，来如春梦不多时，去似朝云无觅处。"（《花非花》）然而这"花非花，雾非雾"也将雾的美感提升到一个极致。但是雾也不都是美好的，白居易还曾写过坟墓里的雾："唯有阴怨气，时生坟左右。郁郁如苦雾，不随骨销朽。"（《续古诗十首》）这种阴森森的雾恐怕立刻让人清醒过来、退避三舍吧。

另有一则跟雾有关的逸事，李白在长安科考时曾反对杨国忠利用职权公饱私囊。杨国忠不服，要与李白对联，杨出上联："雾锁群山，看哪个巅峰敢出？"李白想都没想，立刻回对："日穿洞壁，就这根光棍难拿！"

> 夜月一帘幽梦，
> 春风十里柔情

名句的诞生

倚危亭。恨如芳草，萋萋铲尽还生。念柳外青骢[1]别后，水边红袂[2]分时，怆然暗惊。

无端天与娉婷[3]，夜月一帘幽梦，春风十里柔情。怎奈向[4]、欢娱渐随流水，素弦声断，翠绡香减[5]，那堪片片飞花弄晚，蒙蒙残雨笼晴。正销凝，黄鹂又啼数声。

——秦观·八六子

完全读懂名句

1. 青骢：骏马名，代指行人。2. 红袂：红袖，代指女子。3. 娉婷：姿态美好，指美人。4. 怎奈向：即怎奈何。宋人方言，"向"字为语尾助词。5. 香减：香气散了。喻失恋。

倚着危耸高亭。离恨如芳草绵绵，青翠茂密的草铲尽了还会复生。回想起柳树外青骢马离别匆匆，流水边红袖女子分手依依，不禁感到悲怆痛楚、暗自心惊。

老天平白无故地让我与佳人相识结缘。明月映着珠帘的夜晚，我们堕入美妙的梦境，领略春风似的柔意蜜情。有什么办法呢？往日的欢娱早已随着流水匆匆逝去；悦耳的琴声断了弦，天籁不再；翠绡巾帕上的香气也消失殆尽。让人怎禁受得住晚春时片片飞花的舞姿，蒙蒙残雨笼罩住原本的晴空。我正愁绪满怀，恼人的黄莺又在耳边啼叫起来。

名句的故事

宋朝文人似乎非常多情、常常谈恋爱。秦观就是其中的冠亚军，他常常和歌妓们来往，并创作了大量的艳情词，而这也成为政敌攻击他的主要把柄。

某日，秦观又遇见一位娉婷女子，两人共度了许多月夜与春风，时时萦绕在秦观心头，难以消逝。但也不知道因为什么缘故，两人分别了，这时，就是该写词的时候了。

词人不但怪罪老天干嘛送他一个如此短暂的"天上掉下来的礼物"，甚至连明明是很可爱、讨喜的黄莺儿都怪罪牵扯进去了。恋人的话总是非理性的，不过，运用很多外在事物来铺陈自己的情感，是秦观的拿手处。

秦观对景物的观察体验很细腻，语言精致流丽，这首词计算起来大约用了六七个对象，其中共有流水、素弦、翠绡、香减、飞花、残雨，以及黄鹂。

🕮 历久弥新说名句 🕮

如果没有听过原版秦观的"夜月一帘幽梦"，也至少不会不知道爱情小说女王琼瑶女士的《一帘幽梦》。"我有一帘幽梦，不知与谁能共，多少秘密在其中，欲诉无人能懂。""幽梦"配上"一帘"，梦确实变得更荡漾奇幻，真不愧是深情才子秦观所想得出来的词句。

"帘子"一直就是古诗词中重要的抒情意象，而帘子大多指的是佳人闺房里的帘子，不是大丈夫的。例如李白有一首《玉阶怨》："玉阶生白露，夜久侵罗袜。却下水晶帘，玲珑望秋月。"又或者"美人卷珠帘，深坐颦蛾眉"（《怨情》），水晶帘、珠帘，各式各样材质的帘子，总是永远伴随着、保护着、阻隔着中国古代的女性。

而女词人李清照则从稀疏的帘子向外望："花影压重门。疏帘铺淡月，好黄昏。"（《小重山》）由此可见帘子对古代女性有多么重要，帘子几乎是她们想象外在世界的媒介。帘内的人对帘外有想象，帘外的人则是对帘内充满好奇。《红楼梦》里林黛玉有诗云："桃花帘外东风软，桃花帘内晨妆懒。帘外桃花帘内人，人与桃花隔不远。东风有意揭帘栊，花欲窥人帘不卷。"（《桃花行》）借由帘子，描述人与桃花的有趣关系。

后来，人们喜欢用"一帘"来形容各种如梦似幻的事物，例如"一帘秋色"、"一帘月光"、"一帘暮雨"等，或许你也可以创造出自己的一帘诗词。

> 自是休文，
> 多情多感，不干风月

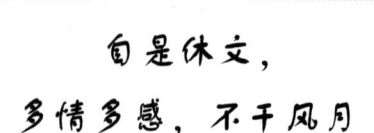

名句的诞生

数声鹈鴂[1]，可怜又是、春归时节。满愿东风，海棠铺绣，梨花飘雪。

丁香露泣残枝，算未比[2]、愁肠寸结。自是休文[3]，多情多感，不干[4]风月[5]。

——蔡伸·柳梢青

完全读懂名句

1. 鹈鴂：杜鹃鸟。2. 未比：比不上。3. 休文：沈约字。沈约，武康人，历仕宋、齐、梁三代，后不得大用，郁郁得病。4. 不干：不相干，无关。5. 风月：清风与明月。

几声杜鹃悲啼，令人怜惜，又到了春光归去的季节。满院东风嬉谑，海棠花铺了一地锦绣，梨花漫空里飘起白雪。

残枝上丁香花缀着哭泣的露水，算来也比不上我寸寸肚肠里的悲愁郁结。本来就像沈休文多愁善感、纤细瘦弱，我的悲愁感伤却不关清风与明月。

词人背景小常识

蔡伸（公元1088—1156元），字伸道，自号友古居士，莆田（今属福建）人，徽宗政和五年进士。其词写来笔致雄爽、清新淡雅，时而夹有悲歌慷慨之风，著有《友古居士词》。

名句的故事

蔡伸生当两宋之交的乱世，虽有志于报国安民，但却壮志难酬，因此最后只得纵情诗酒，写作这一首《柳梢青》来感怀身世与寄托希望。

其实在宋词之中，伤春感春的作品占了极大多数，而文人们之所以每每依恋春色，虽然很大一部分的原因是由于春光确实明媚，但其实更多的是借明媚春光来表达个人对人生、青春流逝的伤怀。"自是休文，多愁多感，不干风月"，表达得便是这样一种自伤之感。

在此句中所谓的"休文"，其实指的是沈休文，也就是南朝的浪漫主义诗人沈约。沈约曾经因怀才不遇，而将一篇名为《与徐勉书》的文章寄给好友徐勉，他在文中自陈"老态"："百日数句,革带常应移孔;以手握臂,率计月小半分。"将自己日渐老迈、瘦弱的形象写得十分鲜明。自此后,"沉约瘦"及"沈郎腰瘦"便成了一个典故,专门用来表达空有文名却不被重用这等多愁善感的情绪。

在唐代的诗人之中,最爱引用这个典故的莫过于"情诗王子"李商隐了,《寄裴衡》中的:"沉约只能瘦,潘仁岂是才。"《自桂林奉使江陵途中感怀寄献尚书》中的:"张衡愁浩浩,沉约瘦愔愔。"《有怀在蒙飞卿》中的:"哀同庾开府,瘦极沈尚书。"等等皆是,只是蔡伸的"自是休文"完全是"不干风月",而多情的李商隐是否也"不干风月",就真的不好说了。

历久弥新说名句

"风月"两个字自古有多重含意,有指"清风明月"者,例如《南史·卷六十·徐勉传》:"今夕止可谈风月,不宜及公事。"也有指"男女恋爱之事"者,例如元代白朴《墙头马上·第二折》:"待月帘微簌,迎风户半开,你看这场风月规划。"更有指"风流"者,例如《警世通言·卷二十四·玉堂春落难逢夫》:"自幼惯走花柳场中,为人风月。"而将"风月"二字用得最凄美、浪漫的,则非欧阳修的《玉楼春》莫属:"人生自是有情痴,此恨不关风与月。"

关于"风月"两个字,历史上还曾有一个有趣的故事,那就是自称"十全老人"的乾隆皇帝,曾在西湖湖中央的湖心岛上,题了两个字"虫二"。而所谓的"虫二"其实指的是"风月无边",目的是在赞美西湖美景的美不胜收。

到了今天,"风月"二字的用法依然与"情感"脱不了关系,导演陈凯歌曾导过一部电影,便是直接以"风月"为名。而直接使用"此恨不关风与月"句式,或改变其中几个字的词句,更成为许多人在写文章时好用的标题,例如"此事不关风与月"、"此情不关风与月"、"此事不关情与法"等。

看了这么多的例子后,下回如果有机会用到"风月"二字时,希望你能将这些例子好好消化、运用,而产生出更好且独属于自己的创意。

第四章　月满西楼凭阑久

> 落絮无声春堕泪，
> 行云有影月含羞

名句的诞生

门隔花深梦旧游。夕阳无语燕[1]归愁。玉纤[2]香动小帘钩。落絮无声春堕泪，行云有影月含羞。东风[3]临夜冷于秋。

——吴文英·浣溪沙

完全读懂名句

1. 燕：这里指怀人。2. 玉纤：这里形容美人的手指。3. 东风：即春风。

门户阻隔，花丛深邃，我梦见了旧日的冶游。在夕阳下，我默默无语，如燕的她轻轻地归来，却是满面愁容。她纤细的玉手搴起小帘钩，发出一丝丝香气。

飘扬的花絮，落地无声，那是春天在流泪。浮动的云彩照映出的影子，使得月亮时明时暗，就如同含羞的少女。本来温暖的春风，到了夜晚，竟然比秋寒还冷。

名句的故事

这是一阕怀人感梦的词，所怀所梦何人，已经无法考证。旧日情人，一度缱绻，而今离隔，无由得见，思念之深，而形之于梦，不写回忆旧游如何，而写所梦如何，已是深入一层了。

下片抒写怀人之情，梦境在傍晚，怀人则在月夜。名句中"落絮"一句，形象丰富，落絮无声，泪堕亦无声。这是以人的感情移入落絮；人堕泪，春亦堕泪。而"行云"一句，今人万云骏在《唐宋词鉴赏辞典》中认为即："以人的悲感扩大到整个宇宙的深广程度。行云遮月，地上便有影子，云遮月似为了含羞，其实也包含妇女送别时的形象，以手遮面，主要还不是为了含羞，而是为了掩泪恐被人知，而增行子的悲伤。"如此心情，如此环境，自然完全感觉不到一丝春意，所以临夜的东风吹来，竟比秋天更萧瑟凄冷。

清末词评家陈洵在《海绡说词》中认为此篇全从唐朝诗人张泌的《寄人》诗"化出"，兹录张诗如下："别梦依依到谢家，小廊回合曲阑斜。多情只有春庭月，犹为离人照落花。酷怜风月为多情，还到春时别恨生。倚柱寻思倍惆怅，一场春梦不分明。"张泌此诗也是一首怀人感梦的作品，如果诗词两相对照比较，诗的首联与词的上片都是写梦到其地，而词中的意境更为恍惚迷离；诗的颔联与词的下片，都是写暮春月夜，而词中的意境更为空灵缥缈。经过这样的比对，也可见得吴词的特色。

历久弥新说名句

在中国文学史上，杨柳本来就极惹遐思的。《诗经》的"昔我往矣，杨柳依依；今我来思，雨雪霏霏"，以柳的柔情和雪的冷酷对比，自然感动三千年的心灵。谢道韫的"未若柳絮因风起"，以柳的轻灵脱俗，对比盐的庸俗咸苦（哥哥胡儿说"撒盐空中差可拟"），给人的感受又岂是对"白雪纷纷何所似"的比拟而已。司马光《客中初夏》："更无柳絮因风起，惟有葵花向日倾。"柳絮和向日光明的葵花对比，又成了轻浮无根的代言人了。

吴词"落絮"二句，生动地运用拟人修辞法，而加入主观的思想，使得词文别有新意，如此更能够生动地表达出自己的思念之情。这样的写作方式，在文学中称为"移情作用"，即是把自己的身世心事融入景中，而达到物我浑然一体的境界。

如唐朝大诗人杜甫的名作《春望》中"感时花溅泪，恨别鸟惊心"二句，便是这么用的。当时唐朝正值安史之乱，乱事虽然慢慢平定下来，但是国家已经残破不堪，首都荒芜，民不聊生。杜甫看到这样的情景，十分难过，面对烂漫春光，他不但无心欣赏，反而更加增添他的伤感，于是便写下了这样的句子。"我感伤时事，连看到鲜美的花儿，也不禁流下泪来，和家人分离，甚至听到鸟叫，也觉得心惊。"这是一般我们对这两句的解释，但深入一层思考，当时或许春寒未了，细雨纷飞，雨点落在花上，又从花上弹开，此情此景，在杜甫眼中，又何尝不是花朵的眼泪；这时鸟儿在空中惊叫，又何尝不是感恨亲人的生死离别？再深一层思考，在这样的乱世中，飞禽走兽又哪里能有好日子过？杜甫写活了自己的感情，也用同样的感情感动周遭所有人事物，成就一首首动人的诗篇。

第四章　月满西楼凭阑久

第五章　斯人独憔悴

叹年华一瞬，

人今千里，梦沉书远

名句的诞生

水浴清蟾[1]，叶喧凉吹，巷陌马声初断。闲依露井，笑扑流萤，惹破画罗轻扇。人静夜久凭阑，愁不归眠，立残更箭[2]。叹年华一瞬，人今千里，梦沉书远。

空见说鬓怯琼梳，容消金镜，渐懒趁时匀染[3]。梅风地溽，虹雨苔滋，一架舞红都变。谁信无聊，为伊才减江淹[4]，情伤荀倩[5]。但明河影下，还看稀星数点。

——周邦彦·过秦楼

完全读懂名句

1. 清蟾：清澈的明月。神话传说月中有蟾蜍，故以蟾蜍指代明月。2. 立残更箭：站立到夜阑更尽之时。更箭，意指漏壶，古代以铜壶盛水，壶中立一箭，上有刻度，滴漏水时箭会往下移动，借

以计算时间。3. 匀染：擦施脂粉，即梳妆打扮。4. 江淹：南朝作家江淹梦人授五色笔，文思敏捷。后梦郭璞索去五色笔，自此诗才退减。故人称江郎才尽。此处指词人情思无聊，无心撰述。5. 荀倩：指三国魏荀奉倩娶妻曹氏，情意专笃。妻亡，叹曰："佳人难再得。"不久奉倩亦神伤而亡。

倒映的明月沐浴在水面，凉风习习，树叶飒飒喧响，街巷里车马嘈杂声已断。闲来倚着露井围栏，看她嬉笑扑打流萤点点，碰破轻罗彩画的小扇。我一个人面对着静夜凭栏凝望，满眼尽是寂寥，但我宁可一直听那滴漏的声响继续回忆，也不愿回房睡去。我不断地感叹光阴似箭、一去不返，更感叹身处故乡之外的千里荒野之处，竟连一封书信都未曾收到，而梦境更是一场空茫。

突然听人传言她相思恹恹，害怕玉梳将发鬓拢得稀散，对铜镜怕看见消瘦了玉颜，渐渐懒得赶时新打扮。黄梅季节的风吹得遍地潮湿，夏日阵雨滋润苔藓，满架翩翩起舞的红花已雕残。谁能言我情思无聊，全是为她才思消减，像荀奉倩为佳人伤痛。只有银河云影之下，还能辨认几颗稀疏的点点星光。

名句的故事

周邦彦的《过秦楼》是一首怀人之词，词人借追忆昔日欢乐，对比今日凄情，利用今昔转换，将对缅怀之人的思念之情表现得丝丝入扣，引人神伤。在其间，"叹年华一瞬，人今千里，梦沉书远"三句，虽用字浅白，但却将"时间"、"空间"与"人情"三者恰如其分地融合在一起，难怪周济会感叹不已地说道："美成思力，独绝千古。"

在这组词句中，"一瞬"又是一个较为特殊的字词，因为虽然"瞬"本为汉字所有，但后来在佛教传入中国后，人们在翻译佛经时便将之融入佛教教义，而与"刹那"、"一念"、"一瞬"、"弹指"、"须臾"一起列入"时之极微者"。"刹那"、"一念"、"一瞬"、"弹指"、"须臾"，在佛经中都有定量；当然，在佛经里，这些所规定的量大多为"虚化"之词，表示极短暂的时间。《不退转法轮经·序品》中曾道："于一瞬顷、刹那中间佛坐已定。"而将"一瞬"与"刹那"连用，则共同表示佛坐狮子座的动作之快。

也许人们在看到"一瞬"这个词句时，总会联想到佛教经典，毕竟"佛云：一瞬便是永恒"之语早为人所知，但其实中国文人在感慨时光飞逝之时，便经常使用这个词语，例如陆机的《文赋》："观古今于须臾，抚四海于一瞬。"以及苏轼的《赤壁赋》："盖将自其变者而观之，则天地曾不能以一瞬。"都是极好的范例。

历久弥新说名句

"一瞬"的原意是指眼睛一开一合，与"弹指"、"刹那"一样,都是用来比喻时间的短暂与快速。而"一瞬"、"弹指"与"刹那"之间又互有关系,如"二十念为一瞬,二十瞬名一弹指","壮士一疾弹指顷,六十五刹那"。

今天,有些人认为在白话文之中使用"一瞬",不免显得有些过于文绉绉,因此便开始用"一瞬间"或"瞬间"来替代"一瞬"。但尽管如此,"一瞬"这个词组所带的独特"诗意"还是极受文人青睐,例如席慕蓉女士的现代诗《盼望》:"如果能在开满了栀子花的山坡上/与你相遇/如果能/深深地爱过一次/再别离/那么/再长久的一生/不也就只是/就只是/回首时/那短短的一瞬。"便将"一瞬"的意思表达得精美绝妙。

正因为"一瞬"所带来的浓厚诗意,因此"一瞬加一瞬等于永远消失的过往"、"一瞬、一逝、一世"等包含着自我情感释放的语句,也还是经常出现在人们眼前。

尽管在今天,像"叹年华一瞬,人今千里,梦沉书远"这类的组合性词组已较为少见,不过取而代之的却有"叹年华一瞬,情事如尘"、"叹年华一瞬,往事如烟"、"叹年华一瞬,岁月如歌"之类的新兴句子在文章中此起彼落。

> 欲说又休,虑乖芳信;
> 未歌先噎,愁近清觞

名句的诞生

新绿小池塘。风帘动、碎影舞斜阳。羡金屋去来[1],旧时巢燕;土花[1]缭绕,前度莓墙[2]。绣阁里、凤帏深几许?听得理丝簧[3]。欲说又休,虑乖[4]芳信[5];未歌先噎[6],愁近清觞[7]。

遥知新妆了,开朱户、应自待月西厢[8]。最苦梦魂,今宵不到伊行。问甚时说与,佳音密耗[9],寄将秦镜[10],偷换韩香[11]?天便教人,霎时厮见何妨。

——周邦彦·风流子

完全读懂名句

1. 土花:指青苔。2. 莓墙:长满青苔的墙壁。3. 理丝簧:演奏乐曲。丝簧:泛指弦乐器及管乐器。4. 乖:乖隔。5. 芳信:好消息,此指爱情的消息。6. 噎:吞声,此处指哽咽之声,又作"咽"。7. 近清觞:意指喝酒。觞:酒杯。8. 待月西厢:用崔莺莺与张生黄昏幽会的故事。唐元稹《会真记》叙莺莺赠张生诗:"待月西厢下,迎风户半开。拂墙花影动,疑是玉人来。" 9. 耗:音信。密耗,密音、密约。10. 秦镜:东汉秦嘉因其妻徐淑生病,赠以明镜、宝钗。11. 韩香:西晋贾充之女贾午倾心韩寿,私窃御赠西域奇香赠与韩寿,后成佳偶。此借指情人间私赠之信物。秦镜、韩香均指儿女定情之物,庾信《燕歌行》:"龙盘明镜饷秦嘉,辟恶生香寄韩寿。"

清新的绿波长满小池塘。风儿吹得挂帘摇晃,细碎的帘影舞动映着斜阳。羡慕那在华丽闺房间飞来飞去的旧日归燕筑巢在屋梁;绿色苔藓又延伸缭绕在前番长过莓苔的高墙。院墙内那个挂着绣有凤鸟帏幕的楼阁,究竟离我有多远?我见不到她,只能听到她演奏乐曲时的美妙乐声。那琴声透露出她所有心事,也透露出她想诉说却又犹豫的心情。她生怕我已不如往日,已对她变心,因此还没有开始吟唱,便先泣不成声,忧愁得只能以酒消愁。

远远知道她梳理新妆,推开红窗,该是期待明月照西厢。最苦的是我咫尺天涯,梦中魂灵今夜也不能到她身旁。问何时才能向她倾诉衷肠,互通款曲,互定密约,寄予她明镜,偷换她的异香。天公啊,与人行个方便,叫人霎时间相见又何妨。

名句的故事

《风流子》最早是出自唐教坊的一首曲子,后来慢慢地成为词牌之一，又名《内家娇》。五代王仁裕《开元天宝遗事》曾如此解释"风流"二字："长安有平康坊，妓女所居之地，京都侠少萃集于此，兼每年新进士以红笺名纸游谒其中，时人谓此坊为风流薮泽。"而刘良在《文选》中对《风流子》所下的定义是："风流，言其风美之声流于天下。子者，男子之通称也。"虽然《风流子》成为词牌之后，不见得内容与"风流"二字一定有所相关，但由此却可见古代对于"风流"的定义。

而此处这阕《风流子》的内容则与"风流"相关，内容主要描写一位男子对所爱女子的渴慕之情，写法十分特殊、别致。而写出这阕情意浓厚作品的作者，便是北宋末年著名词家，以词风浑厚和雅、富艳精工著称的周邦彦。

王明清《挥尘余话》卷二中曾如此记载周邦彦写就《风流子》的另一个故事：当周邦彦在担任江宁府溧水令时，曾看上了主簿才德兼备的妻子，但由于"罗敷有夫"，因此周邦彦最后也只能借文字来表达自己的思慕之情。

姑且不论这些说法的真实与否，但由此至少可看出周邦彦多情、不羁且谐谑的浪子个性，而正是这样才成就了他那样多缠绵悱恻的作品。也难怪沉谦在评此词时，会有"美成真深于情者"这般的感叹。

历久弥新说名句

"欲说又休，虑乖芳信；未歌先噎，愁近清觞"，表达出的其实是一种类似"近乡情怯"的感觉,明明心中有千言万语想诉说,但却只能将万千相思化做一杯清酒,静静地饮入腹中,不复再言。

"欲说又休"在中国诗词之中是一句相当知名的词句,不仅将一种"想说又不知从何说起"的感觉表达得淋漓尽致,极富"含蓄"之美,并且也相当立体化,让人一望之后,眼前霎时会浮现出一组优美的画面。

"欲说又休"、"欲语还休"、"欲说还休"都表达出同样的情怀,至今依然是人们表达心中无奈、矛盾、慨然情感的最佳用语,一代歌后邓丽君更是将辛弃疾《丑奴儿》中的"欲说还休"四字单独提领出来作为歌曲名称,然后将辛词重新谱曲传唱,影响不可谓不大。

到了今天,"欲说又休"虽然依然具备旧时之意,但有时用在不同的场合与地点,也会产生出截然不同的新意。例如一篇讨论时下女性最流行的露背与露肩装的报道,便是以《露背:轻解罗衫,性感欲语还休》为标题,让人在观看之余,对"性感"一词也能如此唯美含蓄会心一笑。此外,"欲说又休"的词语常被人有意改写为"欲说又羞",虽然此"羞"非彼"休",但却又横生出另一番妙趣。

> 君知否？乱鸦啼后，
> 归兴浓如酒

名句的诞生

新月娟娟[1]，夜寒江静山衔斗[2]。起来搔首。梅影横窗瘦。好个霜天，闲却传杯手[3]。君知否？乱鸦啼后，归兴[4]浓如酒。

——汪藻·点绛唇

完全读懂名句

1. 娟娟：明媚的样子。2. 斗：北斗星。3. 闲却传杯手：无人相伴饮酒。传杯：古人在宴席上互传酒杯而饮，以助酒兴叫"传杯"。4. 归兴：乡情。

一轮圆月明媚新秀，秋夜寒，江流静，远山衔着北斗星。夜不成寐，起来徘徊搔首。窗间横斜着梅花疏影，那么清瘦。

好一个秋凉的月夜，但我却无心饮酒，只得闲置了传杯把盏手。你可知道,当听到归巢的乌鸦纷乱的啼叫后,我归家的意兴早浓郁似酒。

词人背景小常识

汪藻(公元 1079—1154 年),字彦章,饶州德兴(今属江西)人,他的诗风初学江西诗派,后学苏轼,是南宋江西诗派著名诗人,文章上无论记事、感时、揭露时弊、赞颂等都极为擅长,而他在"词"的成就上犹为惊人,在当时还被称为"南宋词臣之冠"。

但由于汪藻是个典型的文人,而且还是个"御用文人",再加上不太会做人,经常在不经意间得罪他人而不自知,因此一辈子宦海沉浮,颇为坎坷。相传在永州的贬谪族中,有一位"累赦不宥",也就是无论皇上如何大赦都赦不到他的人,这个人便是汪藻。自他绍兴二年被贬谪至永州后,朝廷多次大赦都轮不着他,因此前后滞留在永州长达十二年。

如此的遭遇,让汪藻不得不用"湘水有飞枭之集合,衡阳无过雁之传书"之语来自我消遣,然后在永州的愚溪畔建了一个"玩鸥亭",日日以诗会友,用以排遣个人愁绪。

而他唯一被人津津乐道之事,则是宋王赵构有一回问他安徽有什么美味时,他引了梅尧臣的一句诗"沙地马蹄鳖,雪天牛尾狸"而名留"美食谱"。但说起来也巧,汪藻一生最敬重的文人便是梅尧臣,而他最后一任职务,便恰是落脚在梅尧臣的老家宣州。

名句的故事

《点绛唇》这首词表面上看来是寻常的写景抒情之作，但其实却寄托了作者厌倦仕宦生涯、渴望回归田园生活的情怀，因为"归兴浓如酒"之句，可说是明确地表示了汪藻对于官场污浊及对政治的厌倦之情，因此才会以这样强烈的句式来表达对故乡及亲人的思念。

而在这首词之中，作者用的一句"君知否"，不仅语音铿锵，更令人有一种强烈的悲凉感。但其实这种用法在中国古代极其常见，最为人所知者自然是出自于李清照的千古绝唱《如梦令》："知否知否，应是绿肥红瘦。"

但无论是汪藻的"君知否"，抑或是李清照的"知否知否"，虽然乍看之下似带了点"询问"的意味，但其实都只是一种加强语气的用法，让人看了之后对"知否"接下来的句子有更深的印象，并也产生一种音节的韵律与美感。不过必须了解的是，这里的"知否"与英语里"you know"以及现代人爱用的口头禅"你知道吗"是不可等同视之的。

至于这首词背后的故事，历来有几种说法。据张宗《词林纪事》中记载，汪藻出守泉南时，因被人谗毁而贬至宣城，被贬后他的心中很是烦闷愤慨，因此便写作此词以为宣泄。但也有人考证这首词是苏东坡的儿子苏过的作品，而事实究竟为何，至今未有分晓。

历久弥新说名句

中国文人自古爱酒,无论是在高兴、难过、悲伤抑或愤怒之时,都不能缺少酒的相伴。好友相聚,自然是"酒逢知己千杯少";心中明明愁肠满绪,虽然也许会"借酒消愁愁更愁",但依然放不下手中的酒盏;空有满腔相思却无处诉说,最后却也只能"酒入愁肠化做相思泪"。凡此总总,当真是"人生如酒"的最佳写照。

爱酒、好酒的文人之中,当属"斗酒诗百篇,天子唤来不上朝"的李白为翘楚,而著名女词人李清照也不遑多让:"故乡何处是,忘了除非醉;沉水卧时烧,香消酒未消。"(《菩萨蛮》)但无论是借酒"明志"抑或是托酒"寄情",都恰恰说明了"酒"在文人心目中不可替代的重要性。"君知否?乱鸦啼后,归兴浓如酒"可说是极好地融合了"明志"与"寄情"的双重意涵。

到了今天,以酒寄情的功效大过以酒明志,像著名的歌曲《爱情酿的酒》中,便以一句"有人告诉我/爱情像杯酒",让天下多少痴情男女醉心不已,而"xx浓于酒"、"xx像杯酒"、"xx融于酒"的形容词更是数不胜数,特别是许多酒类广告,更是不厌其烦地告诉阅听者"友情/爱情/亲情融于酒"的真谛,然后在广告的最后出现众人共同对月饮酒的温馨画面。

"把酒言欢"虽是件好事,但中国自古也讲究"中庸"之道,因此过与不及之间的分寸,终究还是得靠个人的把握了。

天涯梦短，
想忘了、绮疏雕槛

名句的诞生

泛孤艇、东皋[1]过遍，尚记当日，绿阴门掩。屐齿莓阶，酒痕罗袖事何限？欲寻前迹，空惆怅、成秋苑。自约赏花人，别后总、风流云散。

水远。怎知流水外，却是乱山尤远。天涯梦短[2]，想忘了、绮疏[3]雕槛[4]。望不尽，冉冉斜阳，抚乔木、年将晚。但数点红英，犹识西园[5]凄婉。

——王沂孙·长亭怨慢

完全读懂名句

1. 东皋：泛指东边的水边高地。2. 天涯梦短：此处以路远与梦短相对比，比喻欲归不能的痛苦。3. 绮疏：雕饰花的窗户。4. 雕槛：雕画的栏杆。5. 西园：代指中庵故园。

飘荡的孤舟游遍东面水边，还记得当时，绿荫将园门遮掩。长着青苔的台阶踩着木屐齿印，和美人的赏心乐事无限，畅饮狂欢，溅洒得罗袖酒痕斑斑。想追寻往日踪迹，空自惆怅，已变成梨花零落的秋苑。自从相约赏花的故人离别后，全都风一样流逝，云一样消散。

流水悠远。怎知流水之外，乱山还要更远。天边遥远的人儿慨然美梦的短暂，想要忘记那记忆深处的亭台楼榭，却忘不了。眺望远方，冉冉西下的夕阳余晖，手里抚摸着高耸的乔木，感叹自己也即将老去。只有这些残存红花，似尚能记得西园今昔盛衰变化。

名句的故事

王沂孙《长亭怨慢》是首感怀旧地重游的作品，萧瑟的秋天泛着孤舟独自来到中庵故园，流连徘徊之际也忆想起过去空前盛况，赏花赋诗歌酒等事迹已不堪回首，如今人去楼空，仅留下这些华丽的雕栏画栋随着岁月荒芜、衰败，令人空惆怅。《长亭怨慢》由景入情、今昔交错，括尽了世间沧桑，寓不尽之意于言外，是王沂孙作词风格的一个例外，在这阕词当中他没有堆砌太多典故，用语简淡清疏，不再工于咏物，而重情感的曲折跌宕，令人读之备感伤怀。本篇名句"天涯梦短，想忘了、绮疏雕槛"正是整阕词承上起下处，由怀景转入怀人之情，且其写法相当新颖，王沂孙不直接写怀念故人之思，而是揣想故人欲归不得，路遥梦短，仅希望忘却那脑海深处郁郁累累的乡愁。

"望不尽，冉冉斜阳；抚乔木，年华将晚"，词人以迟暮黄昏引人绵邈怅然，映衬人生年华逝去，使情景交融之悲怆达至最高潮。东晋大将桓温继祖逖之后积极想北伐、复兴洛阳故土，但此举并不得朝廷支持，反而引起朝野猜忌，因此两次北伐都因孤军击敌、毫无后援失败。北伐时桓温经过故乡金城，看到先前自己亲手植种的柳树已十围，抚之慨然道："木犹如此，人何以堪！"于是攀枝折条，泫然流泪（《世说新语·言语》）。桓温实际上确有鸿鹄之志，想借由北伐增加声望，再代晋帝而起。北伐失败后，他也策动政变，唯此时大臣谢安极力撑持，始得无事，后来桓温也染病不起，称帝理想徒付流水。东晋政府之所以不支持北伐，固有其忧患苦衷，却也使复兴大业就此断送。

历久弥新说名句

王沂孙《长亭怨慢》叙述的是一个历经沧桑后旧地重游的感慨，不仅光阴无情、年华老去，更是物是人非的伤愁，因为这时社会动荡、国破家亡，当再次游历，词人的心境已大不同于过去，沉重的包袱压着他无法拾回过去那灿然胸怀。

法国作家普鲁斯特的《追忆似水年华》被喻为二十世纪最重要的小说之一，作者出身富裕，但由于身带痼疾，因此几乎只能待在家里休养，接触的尽是上流阶层人士，累积了丰富的社交经验与文学艺术涵养。《追忆似水年华》宛若普鲁斯特个人回忆录，从童年点滴一直写到晚年心情，普鲁斯特于中年以后，由于身体状况不佳，他过着仿佛隔绝人世、囚禁的生活，努力刻写着自己的生命讴歌，他总共费了十五六年才完成这本巨著。书中最大的特色在于作者认为，真正的生命是回忆中的生活，也就是人其实生活在种种回忆里，由这些回忆构成真实的生活，所以这些过去记忆比现实生活更为真实，此种想法构成整本书的精粹。

《追忆似水年华》第三部写主人翁回到盖尔芒特家那边，他反驳过去"诗人们总说，当我们回到童年时代生活过的一幢房子，一座花园，刹那间就会找回从前的我们"，但实则不然，作者认为"像这样的旧地重游全凭运气，失望和成功的可能各占一半。固定的地方经历过不同的岁月，最好还是到我们自己身上去寻找那些岁月"。也就是说这些回忆基本上是深藏在我们内心深处，不一定要故地重游，操劳自己的肉体，因为"有时候偶然的瞬间的印象，比这种身体的疲劳更容易使我们回忆起往事，使往事好像长了翅膀在我们眼前轻轻掠过，形象更加逼真，更加令人心旷神怡，令人耳晕目眩，令人终生难忘"。的确，"望不尽，冉冉斜阳；抚乔木，年华将晚"固然重要，但"天涯梦短"才是现实，回忆是人类最厚实的宝库，如何征服与记取才是最重要的，一味耽溺于过去记忆的是弱者，如何转化这些记忆向前走才是人生最大的课题。

> 临晚镜,伤流景,
> 往事后期空记省

名句的诞生

水调数声持酒听,午醉醒来愁未醒。送春春去几时回?临晚镜,伤流景[1],往事后期空记省。

沙上并禽[2]池上暝,云破月来花弄影。重重帘幕密遮灯,风不定,人初静,明日落红应满径。

——张先·天仙子

完全读懂名句

1. 流景：流年,即似水年华。2. 并禽：成对的鸟。

手持酒杯,静听《水调》之曲,午间醉意已醒来,但心中的忧愁仍然存在。送走了春天,春天何时会再回来?傍晚时揽镜自照,感叹光阴飞逝,想起错过的往事,如今也只能从追忆中寻求,令人徒然神伤。

池水渐暗，沙滩上并排一双鸟儿，月亮从云中穿破，花朵也在月下摆弄身影。层层帘幕将灯光紧紧遮住，此时风大，而人声刚刚静止，明日醒来落花应已堆满路径。

词人背景小常识

张先（公元990—1078年），字子野，乌程（今浙江吴兴）人。

张先工小令，也擅长慢调，语言工巧，内容多反映士大夫的诗酒生活、男女之情，以及都市社会景况，晚年退居乡里，词作与柳永齐名。据南宋人胡仔所编《苕溪渔隐丛话》引《古今诗话》所记，张先在《行香子》写下"心中事，眼中景，意中人"名句，从此被人封为"张三中"，张先本人并不赞同，认为应叫其"张三影"更贴切，自认生平最得意力作，即《天仙子》之"云破月来花弄影"、《归朝欢》之"娇柔懒起，帘压卷花影"，以及《剪牡丹》之"柳径无人，坠风絮无影"，因为以上三阕都有出现"影"字，消息传开，其后众人改称他为"张三影"。

张先一生风流多情，到了八十五岁高龄还在纳妾，苏轼作《张子野年八十五尚闻买妾述古令作诗》，其中有"诗人老去莺莺在，公子归来燕燕忙"之句，将年老的张先仍喜流连于莺莺燕燕、脂粉花丛的形象描绘尽出。宋神宗宰相王安石也曾作过一首《寄张先郎中》，赠予这位高龄老者，起始两句为"留连山水住多时，年比冯唐未觉衰"。冯唐是汉朝历经文、景盛世的长寿官员，等到武帝即位，征求贤良知士，冯唐已九十多岁高龄还被他人荐举，《史记》有为其作传。王安石在此将张先比做冯唐，可见年事已高的张先，身体还是相当健朗。

名句的故事

《天仙子》词题为"时为嘉禾小倅，以病眠，不赴府会"，张先在宋仁宗庆历元年（公元1041年）担任过嘉禾（今浙江嘉兴）判官，当时他已五十二岁；从词题可知张先写《天仙子》的当晚，本有一场聚会，他假托生病为由，不愿前往，在家追忆似水年华的往事，此词正是描写张先步入晚年，内心产生的彷徨不安。

《天仙子》下片中"云破月来花弄影"，亦是人们耳熟能详之句，王国维《人间词话》评说："着一'弄'字而境界全出矣。"据南宋人胡仔《苕溪渔隐丛话》引《遁斋闲览》所记，当七十多岁的张先来到京城，当时的工部尚书宋祁，顾不得自己官阶比张先的都官郎中来得高，即先去登门拜访张先，命仆人在外喊道："尚书欲见'云破月来花弄影'郎中。"张先从屏后听见，立刻回应："得非'红杏枝头春意闹'尚书耶。"出来相见后，邀请宋祁进入屋内，置上酒菜，两人相谈甚欢。原来这位工部尚书宋祁，在《玉楼春》也写过一名句"红杏枝头春意闹"，他与张先这段问候的相识经过，也被传为一时美谈。

历久弥新说名句

张先《天仙子》中"往事后期空记省",写出回忆往事的怅然无奈。唐人诗仙李白,在其乐府诗《前有一樽酒行》写下:"春风东来忽相过,金樽渌酒生微波。落花纷纷稍觉多,美人欲醉朱颜酡。青轩桃李能几何,流光欺人忽蹉跎。君起舞,日西夕。当年意气不肯平,白发如丝叹何益。"诗人描写春天欢饮的当下,从暮春纷飞的落花,体会到生命如同花开花谢,不禁涌上岁月催人老的兴叹,回想过去意气风发的年少,发出多少不平之鸣,转眼间已是白发斑斑的老人,如今再感叹也毫无益处了。这首诗与张先《天仙子》都蕴涵一层"临老伤春"的意味。

现代诗人兼画家席慕蓉,在她的诗作《疑问》写道:"我用一生/来思索一个问题/年轻时 如羞涩的蓓蕾/无法启口/等花满枝桠/却又别离/而今夜的相见/却又碍着你我的白发/可笑啊不幸的我/终于要用一生/来思索一个问题"。年轻时的诗人,个性含蓄害羞,不敢对心上人表达心意,总在暗自思索该如何开口,等到分离后的再次见面,两人都已年老,此时,诗人更不知她还能多说什么。蹉跎了一生岁月,她终究还是"不幸"地要继续思索着那个从年轻到老的相同疑问,诗人为此感到无比的悲哀。古今文人,面对年少来不及表意的情感,等到往事都已成烟,无法重新来过时,也只能在心中徒留"空记省"的感伤。

扣舷独啸，不知今夕何夕

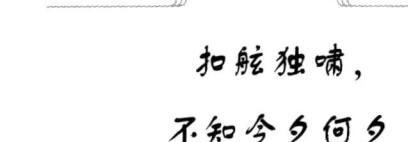

名句的诞生

洞庭青草，近中秋、更无一点风色。玉鉴琼田[1]三万顷，着我扁舟一叶。素月分辉，银河共影，表里俱澄澈。怡然心会，妙处难与君说。

应念岭海经年，孤光自照，肝胆皆冰雪。短发萧骚襟袖冷，稳泛沧浪空阔。尽挹西江[2]，细斟北斗[3]，万象为宾客。扣舷[4]独啸，不知今夕何夕。

——张孝祥·念奴娇

完全读懂名句

1. 玉鉴：玉镜。琼田：玉田。2. 尽挹西江：汲尽西江之水以为酒。此借禅宗语写自己的豪迈胸襟。西江，西来的大江，即长江。挹，一作"吸"。3. 细斟北斗：把北斗星当酒勺来舀酒喝饮。细斟：浅斟缓酌。4. 扣舷：敲打船沿。

洞庭湖和青草湖，邻近中秋时节，湖面上没有一点风浪。三万顷湖面像玉镜、玉田一样晶莹，我驾着一叶小舟飘荡。银河与河面光影相望，水天一色，澄澈清旷。悠然安闲地心领神会，难以向你说明这美妙景象。

想到在岭南任职的一年中，应有寒月孤光照我心，肝胆都冰雪般晶莹。满头稀疏短发，两袖清冷，在空阔沧浪里稳坐孤舟，顺流漂移。我要将西江水当作美酒，以北斗当勺为自己干杯，邀请世间万物都来做我的宾客。我要尽兴狂饮，一边拍打着船一边引吭高歌，欢乐得忘记了今夕是何年。

词人背景小常识

张孝祥（公元1132—1169年），字安国，号于湖居士，简州（今属四川）人，卜居历阳乌江（今安徽和县）。他是南宋著名词人，词风在早期偏向清丽婉约，但南渡后便转为慷慨悲凉，并且作品也尽去风花雪月，而多抒发其自身的爱国思想，激昂奔放，风格略近于苏轼。他的作品经常与辛弃疾、张元干等爱国词人的作品相提并论，极大程度上影响了后世的"辛派"词人。

张孝祥自小聪明过人，绍兴二十四年时，张孝祥二十三岁，经由地方官的推荐，参加了在临安城中举行的进士廷试。不巧在这一年，秦桧的孙子秦埙也参加廷试，秦桧为了能让孙子取得头名,预先买通内定的主考官汤思退,就这样,秦埙顺利地考取第一名,而张孝祥便硬生生地被挤出榜首。

张孝祥在知道秦桧的孙子也参加考试并且主考官又是秦桧的亲信时,以为这次的状元必与自己无缘,便饮酒去了。不料一天早上,高宗突然下旨要他去金殿面试,宿醉未醒的他只得赶忙前去,到了金銮殿后,宋高宗就出题考试了。虽然张孝祥依然有些醉眼蒙眬,但他从容挥毫,不仅下笔如行云流水,字体也极具颜真卿的豪迈之风,而且还第一个交卷。高宗一看之后大加赞赏,立即钦点他为状元。

张孝祥中状元后,一心要为受秦桧迫害而死的岳飞平反。秦桧见状便诬陷张孝祥的父亲想造反,把张祁下了大狱。但好在当年十月秦桧死去,张孝祥就连忙上书为父平反。自此后,张孝祥被授予秘书省正字,专门为皇帝起草诏书、批阅档。因为张孝祥是宁波第一个中状元的人,后人便称他为"甬上第一状元"。

名句的故事

此首《念奴娇》别本题作《过洞庭》,内容讲述张孝祥在月夜泛舟洞庭湖时,面对着美丽的湖光山色所写的抒情之作。有人说本词的意境与苏轼的《前赤壁赋》相类似,都是在政途上遭受挫折之后放情山水的释心之作。王闿运曾极力推崇此词说:"飘飘有凌云之气,觉东坡《水调》犹有尘心。"

但不能不提的是,张孝祥此首《念奴娇》中的词句,特别是

"扣舷独啸，不知今夕何夕"二句都是前有所鉴。就像"扣舷独啸"句最早是出自唐王勃《采莲赋》："扣舷击榜。"而后苏轼《前赤壁赋》也承其意："于是，饮酒乐甚，扣舷而歌之。"但由这首词的意旨与意境来看，这句应是从苏词中幻化而出。

而"不知今夕何夕"之句则最早见于《诗经·唐风·绸缪》："今夕何夕，见此良人。"杜甫《赠卫八处士》也曾提及："今夕复何夕。"而到了苏轼《念奴娇·中秋》一词中更见悠扬："起舞徘徊风露下，今夕不知何夕。"到此，真可说是"英雄所见略同"。

黄蓼园曾评此词："写景不能绘情，必少佳致。此题咏洞庭，若只就洞庭落想，纵写得壮观，亦觉寡味。"直是切中其要、一针见血。

历久弥新说名句

"扣舷独啸"表达的是一种自得其乐的个人抒怀，其中有情、有景，与"抚琴长啸"、"扣剑长歌"等词句有异曲同工之妙，因此无论古今，只要是文人墨客，都不免想效法古人，在独自一人时对酒当歌，享受一下与古人同样的自得感，顺便也一吐胸中郁闷。

"今夕何夕"一词虽然带了些"伤逝"的美感，但在今天却极受大家推崇，不仅成为时下文学青年的流行用语，例如"今夕何夕，回首红颜老"，甚至连歌手曾庆瑜都曾唱过一首名为《今夕是何夕》的歌曲，一时风靡。

除此之外，这些年极为风行的电脑游戏《仙剑奇侠传》也曾以"既不回头，何必不忘；既然无缘，何需誓言；今日种种，似水无痕；今夕何夕，君已陌路"来作为女主角灵儿的台词，让多少玩家沉浸在游戏特有的刺激与冒险性时，也不禁为女主角的悲情经历慨然泪下。

第五章 斯人独憔悴

了却君王天下事，赢得生前身后名

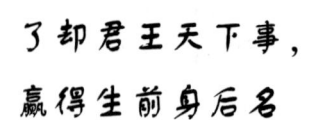

名句的诞生

醉里挑灯看剑，梦回吹角连营。八百里[1]分麾下炙，五十弦翻[2]塞外声。

马作的卢[3]飞快，弓如霹雳弦惊[4]。了却君王天下事，赢得生前身后名。可怜白发生。

——辛弃疾·破阵子

完全读懂名句

1. 八百里：指牛。麾下：部下。2. 翻：演奏。3. 的卢：骏马名。《相马经》说，马白额而一直延伸到口齿的，叫做榆雁，又叫的卢。相传三国刘备所乘的马就是的卢马。4. 弓如霹雳弦惊：形容箭弦声快速如打雷。

在万籁俱寂的深夜里，思潮翻涌，无法入睡，便独自喝酒，挑灯看剑。又睡着后，不久听见军营号角声接连响起，兵士们饱餐将军赠送的牛肉，奏响边塞壮阔的乐曲，秋冬马壮时，在沙场上点阅雄壮军队。

驾驭着跑得飞快如的卢的战马，迅速拉响弓弦，发出大如打雷的声响。待替皇上完成了恢复中原的大业，为生前身后争得不朽的美名，那是何等风光！但等得到那天的来临吗？如今我已是个白发苍苍的老人了。

名句的故事

在辛弃疾四十四岁那年，接到了友人托人捎来的一封信。原来是辛弃疾的挚友陈亮（字同甫）要来拜访辛弃疾，信中约定在秋后见面。辛弃疾高兴极了。但是日子一天天过去，却一直没有得到陈亮的消息。到了第二年春天，从首都临安传来一个惊人的消息：陈亮入狱了，而且是遭人陷害的。陈亮原先家境不怎么富裕，自从娶了一个富商的女儿后，经济状况慢慢好转，加上他在朝野的声望和人脉，使他成为地方上举足轻重的人物。而陈亮身为布衣，又不肯安分守己，凭着自己在朝野的地位，指陈时弊，大倡抗金主张，必然招致投降派官吏的痛恨，于是就在一次醉后妄言，惨遭陷害。

如此又经过了五个年头，辛弃疾的带湖居处一向罕有访客，没想到来的竟然是许久不见的陈亮。两人把酒叙旧、促膝长谈，一谈到对国家前途的担忧、抗金的策略，辛弃疾拿起手边的地图不停地指画，滔滔不绝；陈亮也口若悬河地谈起自己的《中兴五论》，大词人满腹的理想和抱负，只有在此时才能得到的伸张。

陈亮在带湖停留了十天，于是要离开了，两人心里都充满了无限的不舍。辛弃疾挽留不成，心潮难平，在二次来回和词后又作了这阕词。词的末尾写着自己有朝一日将为朝廷完成恢复中原的大业，并在最后一句点出自己年事渐高的悲哀，梁启超曾评此词说道："无限感慨，哀同甫，亦自哀也。"其实就是表达自己复杂的感情和无法如愿的忧伤。

历久弥新说名句

宋代大文豪苏轼曾写过《僧圆泽传》，里头记载着唐僧圆泽的一些故事：唐朝时发生安史之乱，有一位叫做李憕的大将坚守洛阳，但是不久后就被杀害了。他的儿子李源在父亲死后悲愤不已，不但发誓不再当官，甚至不娶妻、不吃肉，居住在寺庙中长达五十多年之久。寺庙里有位叫圆泽的和尚，十分富有且通晓音律，李源和他交情很好。

一天，两人相约到巴蜀青城的峨眉山游玩，李源想从荆州取道三峡，但是圆泽却坚持要走长安斜谷。李源说："我已经断绝红尘，怎么可以再到像京师这样繁华复杂的地方去？"圆泽听完，沉默了很久，最后说："选择哪条路是命中注定的，由不得人。"于是便决定走荆州水路。

两人的船行走了一段时间，便在南浦这个地方停下来，此时在不远的河边有一位穿着华丽的妇人，背着水罐正要取水。圆泽见了，长叹一声说："我不想走这条路，就是不想遇到她。"李源觉得惊讶，问他发生了什么事。圆泽说："这个妇人姓王，我就是他的孩子。王氏妇人已经怀孕三年了，却一直无法生产，便是因为我还没死亡投胎。如今遇到了，无法再逃避。希望你用符咒助我早日投胎出生。等我出生三天之后，还希望你来看我，到时我会对你笑，表示我认识你。十三年后的中秋月夜，我会到杭州天竺寺外和你相会。"李源既后悔又悲伤，只好赶紧帮圆泽准备丧葬换洗的衣物。到了傍晚，圆泽便圆寂了，而在同时，妇人的孩子也出生了。三天之后，李源前往探望王氏妇人的孩子，那孩子果然对着李源笑。后来李源把事情原原本本地告诉那妇人，两人于是合力出资埋葬了圆泽。

十三年过去，李源从洛水赶来赴约。到了约定的地方，远远听到河畔一个牧童正坐在牛背上唱歌："三生石上旧精魂，赏月吟风不要论。惭愧情人远相访，此身虽异性长存。"李源很高兴地过去问道："你一直都好吧？"那牧童回说："你真守信用，但是你俗缘未尽，我们就别太靠近吧。希望你今后能好好修行，我们一定能再见面的。"说完又唱道："生前身后事茫茫，欲话因缘恐断肠。吴越山川寻已遍，却回烟棹上瞿唐。"之后牧童就不见人影。

两年后，朝中大臣李德裕上奏李源为忠孝子孙，李源于是得到了一个谏议大夫的官职，但他没有接受，最后老死在寺庙中，享年八十一岁；这就是有名的"三生石"的故事。

爱上层楼，为赋新词强说愁

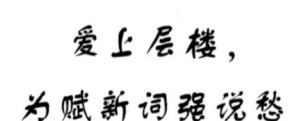

名句的诞生

少年不识愁滋味，爱上层楼。爱上层楼，为赋¹新词强²说愁。

而今识尽愁滋味，欲说还休³。欲说还休，却道天凉好个秋。

——辛弃疾·丑奴儿

完全读懂名句

1. 赋：吟咏、写作。2. 强：勉力、勉强。3. 休：停歇、终止。

年轻的时候涉世未深，无法体会人生的艰难，不知什么叫做愁，所以总喜欢跑上高楼，是为了能刻意找点悲秋愁绪写进诗词中，勉强自己说："那愁呀！那恨啊！"

而如今饱受忧患，遍尝人世苦痛，那些不如意的事不提也罢。不提也罢,假如真要说,就说:"好一个凉爽肃飒的秋天啊!"

名句的故事

在辛弃疾四十三岁那年,因再度遭到弹劾,全家搬到带湖新居,再续闲居生活。辛弃疾有一个小孩叫辛赣,小名铁柱,又叫做玉雪儿。小铁柱长得洁白可爱,又十分聪明伶俐,辛弃疾有九个孩子,其中最疼爱的就是铁柱。但是铁柱从小多病,容易受惊,辛弃疾夫妇一直小心抚养,细心照料,希望他无灾无难,健康成长。小铁柱活泼好动,在居住带湖期间,一有空闲就会拉着父亲的手,央求父亲陪他到湖边玩。但湖边风大,一次不小心,小铁柱感冒了。连续几天高烧不退,当地的土法也失灵,后来在辛弃疾多方求助下,小铁柱总算痊愈。然而多灾多难的小铁柱又走过三年的人生旅程,终于一病不起。

辛弃疾不惜重金,四处求医问卜,最后还是换不回爱子的性命。官场的失意、抱负的无处施展,已经让辛弃疾不堪忍受,现在又加上丧子之痛,辛弃疾的内心顿时涌起千愁万恨,于是便写下了这阕词。

历久弥新说名句

登高楼、高台,倚危栏,自古以来在文学作品中,就象征着悲愁。魏晋南北朝的文学家沈约曾写过一首诗《临高台》，里头有这样的句子："高台不可望，望远使人愁。"唐朝的陈子昂在登幽州台后也写下："前不见古人，后不见来者，念天地之悠悠，独怆然而涕下。"（《登幽州台歌》）长久以来生活不如意，于是登上高楼散心；或是想到离别已久的怀人，于是登上高楼，看看能不能瞧见他的身影。没想到映入眼帘的，却是草木凋败、一片枯寂，迎面又吹来萧瑟的西风。这样的景象，让人觉得心情更加沉重了；努力地凭栏眺望，却又望不到怀人，于是兴起身世之感：想到这些年来，都是自己独自一人，身边没有半个了解自己的人，自己受到委曲，也没有人可以诉苦，可以说是极其悲凉，难怪要说"高台不可望"了。

唐朝大诗人白居易曾写过一首诗《寄湘灵》，"湘灵"据说是白居易在结识妻子杨氏前的恋人，两人相恋八年，已经到了论及婚嫁的地步，但是因为唐朝门第观念森严，而且白居易当时家境贫寒，女方的家境较好，两人受到各种现实情况的逼迫，后来就中断交往。在交往期间，白居易曾写过许多首诗记录两人的爱情，分手以后，白居易也以诗歌写下自己对湘灵的思念之情，其中一首便是《寄湘灵》，有这样的句子："遥知别后西楼上，应凭栏杆独自愁。"看得出白居易的内心还是深爱着湘灵，如今湘灵已经不在身边，只好独自一人登上西楼，但也只能依凭着栏杆，独自发愁。独上高楼，身旁再无他人的陪伴，不只显出自己的孤单，更是单独面对自己的伤痛，所以辛词中写自己年少时为了体验悲伤的感受，于是"爱上层楼"，其实是倒果为因，这样当然不能真的体会"愁",故也只能勉强说"愁"了。

辛词中也表现了对"愁"的体悟的经过:刚开始不了解什么是愁,以为登上高楼就是愁,"高台不可望,望远使人愁"。自古以来的大诗人不都是这么说的吗?这便是"见山是山"的境界;后来,辛弃疾遍尝了人生各种苦痛乱离、爱恨情愁,对"愁"的体会痛彻心扉,他不愿也无力再说"愁"了,"却道天凉好个秋"。凄凉的景象结合着凄凉的身世,不直说愁,反而道出深刻而绵绵不绝的哀愁。

第五章 斯人独憔悴

啼鸟还知如许恨，料不啼清泪常啼血

名句的诞生

绿树听鹈鴂，更那堪、鹧鸪声住，杜鹃声切。啼到春归无寻处，苦恨芳菲[1]都歇。算未抵、人间离别。马上琵琶关塞黑[2]，更长门[3]翠辇辞金阙。看燕燕[4]，送归妾。

将军百战身名裂。向河梁、回头万里，故人长绝[5]。易水萧萧西风冷，满座衣冠似雪。正壮士、悲歌未彻。啼鸟还知如许恨，料不啼清泪长啼血。谁共我，醉明月？

——辛弃疾·贺新郎

完全读懂名句

1. 芳菲：芬芳的百花。2. 马上句：用汉王昭君出塞远嫁匈奴的故事。3. 长门句：用汉武帝陈皇后阿娇失宠贬居长门宫的故事。4. 燕燕：春秋时卫庄公妻庄姜无子，收其妾戴妫之子完为己子。卫庄公死，完即位，不久被州吁所杀。戴妫被迫遣返归家，庄姜痛哭送别。《诗经·邶风》存《燕燕》一诗咏其事。5. 向河梁句：指李陵送别苏武归汉。

听着绿树荫里伯劳鸟叫得凄恶，更如何忍受鹧鸪鸟"行不得也哥哥"的啼叫刚住，杜鹃又发出"不如归去"的悲切呼号。一直啼到春天归去，再无寻觅处，芬芳百花都枯萎了，实在令人愁苦。算起来这都抵不上人间生离死别的痛楚。王昭君骑在马上弹琵琶，走向黑沉沉关塞荒野。陈皇后退居长门别馆，坐着翠碧宫辇辞别皇宫金阙。卫国庄姜望着燕燕双飞，远送休弃而去国的归妾。

汉代名将李陵身经百战，兵败归降匈奴而身败名裂。到河边桥头送别苏武，回头遥望故国远隔万里，与故友永远诀别。易水上寒风萧萧，送行的人都穿戴着雪白色的衣冠。听荆轲引吭高歌，诉说着一去不回的慷慨，歌声未完，就如同悲壮慷慨的情感永无止息。如果那些鸟儿能理解这样的人间离别恨事，料想它们啼出的不仅仅是泪水，而是殷红的鲜血。今后又有谁来陪伴我，在这象征团圆的明月下，痛快欢饮？

名句的故事

这阕词是辛弃疾族弟辛茂嘉因故贬至桂林，辛弃疾心有所感而写下的。辛弃疾对于族弟遭到贬谪，感慨很深，更对自己长期不受重用怀着强烈的悲愤。

当时辛弃疾因下了重罚不合理卖米粮者的命令，又扩充军额，训练"飞虎军"，而招来谏官黄艾的弹劾，加上一个"残酷贪饕"的罪名，在绍熙五年八月，辛弃疾便被罢了官职；于是，辛弃疾又继续他的瓢泉隐居生活。当权者的消极与昏昧，让他悲痛不已，接二连三的遭谗及贬谪，让辛弃疾无意为官。然而即便如此，他的内心永远是向着朝廷的，永远抱持着一颗耿耿忠心。却在这时，辛弃疾得知族弟被贬的消息，想着一向陪伴自己饮酒作乐，一同为国事忧心愤慨的族弟，这时也因为受潜遭迁而必须离开了，内心自是有无比的悲痛，于是便写下了这阕词。

在词中，辛弃疾用了很多典故和比喻来形容生死离别的痛苦，其中之一便是荆轲的故事。当时景物萧瑟，满座凄然，燕太子丹就在易水旁送别即将前去行刺秦王的荆轲，而在座的人都知道，荆轲这一趟离去，是永远不会再回来了。于是辛弃疾想到啼叫的鹈鴂，想着如果鹈鴂也能体会到人们这种生死离别的痛苦，它们必定会啼哭出血来。辛弃疾在名句中道出了人间普遍而深刻的悲痛，而悲痛之深，甚至是禽鸟也能感受到这种痛楚，可以说把这种悲痛呈现得淋漓尽致了。

对于此词，王国维在《人间词话》中曾评说："章法绝妙，且词语有境界，此能品而几于神者。然非有意为之，故后人不能学也。"赞许为比"能品"高一点，几近于"神品"，其感人之深，可以想见。

历久弥新说名句

以"啼血"来描写哀凄之极,最早在《易经·屯卦·上六》就有这样的描述:"乘马班如,泣血涟如。"写一位女子被抢亲,在抢亲的马队回去途中,被抢的女子哭得血泪交流。其中即以"泣血"描写女子悲伤之深。

北宋大文豪苏轼曾写过一首诗《狱中示子由》,后四句:"是处青山可埋骨,他年夜雨独伤神,与君世世为兄弟,愿结来生未了因。"当时苏轼因为才气过高,又常有意无意地调侃那些因支持新政而窜升的小人,所以在神宗元丰二年,支持新政的李定、舒亶等人就拿着苏轼的诗,断章取义、任意附会,诬蔑他恶意攻击、中伤朝政,甚至侮辱皇帝。这便是著名的"乌台诗案"。于是苏轼被捕入狱。苏轼自觉死罪难逃,便在狱中写了二首诀别诗给弟弟子由,其中一首就是《狱中示子由》。诗作末二句,写出苏氏兄弟二人感情之深厚,两人从小一起读书、和诗,一起考取进士,苏轼知道他弟弟个性温和,话不太多,有时也会写诗开弟弟的玩笑,但两人的心是紧靠在一起的。如今就要诀别了,苏轼只希望生生世世能再结为兄弟,再续前缘。后来这二首诗到了神宗手上,神宗看了感动不已。苏轼最后被释放,这二首诗是重要原因之一。

手足之情,生离死别,感人的原来就是这种人间至情。

> 年华空自感飘零，
> 拥春酲，对谁醒

名句的诞生

画楼帘幕卷新晴，掩银屏，晓寒轻。坠粉飘香，日日唤愁生。暗数十年湖上路¹，能几度，着娉婷²。

年华空自感飘零，拥春酲³，对谁醒？天阔云间，无处觅箫声。载酒买花年少事，浑不似，旧心情。

——卢祖皋·江城子

完全读懂名句

1. 湖上：指西湖。词人一直在京城临安（杭州）做官。2. 娉婷：美女。3. 酲：音chéng，指饮酒后身体不舒服，或酒后神志不清的样子。

彩楼卷起帘幕，敞开一片新晴，掩蔽起银白屏风，清晨透出微寒。坠落的花瓣飘着香气，呼唤与日滋生忧愁。暗暗地计算十年间西湖上往返行程,人生能有几度,能遇着美丽姑娘的钟情。

年华老去,徒然地感到自己飘零的身世,喝酒喝得烂醉,又为了谁而醒酒?这天地如此辽阔,却无处能觅得昔日箫声、昔日佳人踪迹。我已经垂垂年老了,以往那些买花载酒的年少情怀,对我来说,也已经完全不合适了。

词人背景小常识

卢祖皋(生卒年不详),字申之,又字次夔,号蒲江,为永嘉(今浙江温州市)人。卢祖皋在庆元五年时中了进士,后来也担任过不少官职。曾经和"永嘉四灵"(即徐照、徐玑、翁卷、赵灵秀四位诗人。他们都是永嘉郡人,字号中又都有一个"灵"字,而且对当时诗风的改革有相同的理念,因此得名)交往密切,互为诗友。

南宋张端义在《贵耳集》中就说他"貌宇修整,作小词纤雅",意思是说卢祖皋相貌端整,作起小令来十分纤细柔美。清朝的词评家周济也说他的小令"时有佳趣"。卢祖皋享年五十一岁,留下来的词作不多,都收录在《蒲江词稿》中。

名句的故事

这是一阕伤春惜往,自伤寂寥、冷落的词。词中的女主角,显然是作者旧日的情侣,身份大概是一位歌妓。词中从头到尾都

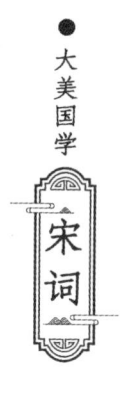

充满了愁绪。词的下半,开头"年华"一句,可以说承上启下,贯穿全词。作者叹日日愁生,韶光不再,又伤身世之飘零,紧接着"拥春醒"句,在风光无限的春天,万物苏醒,一派生机盎然,那是多么赏心悦目的事,但作者竟郁卒得很,还需要喝得烂醉才能纾解内心的痛楚,底下"对谁醒"一句,便鲜明地点出他对女子的思念。天地如此辽阔,却寻不到她的踪迹,此情此景,是多么令人感伤。作者在这里以箫声借指怀人,其实是用了杜牧《寄扬州韩绰判官》诗句"二十四桥明月夜,玉人何处教吹箫"里词语的意境。这是一首寄赠的诗,杜牧寄给在扬州任判官的韩绰,诗中的玉人就是指韩绰;卢祖皋则借用了诗里的意思和词语。

在诗的末尾,作者说道,那些买花载酒的风流事,已经不适合他现在的心情了,于是对年华的感叹、对怀人的思念,和对人生不如意事的痛惜,都在最后汇聚成作者莫大的哀愁。

历久弥新说名句

酒精能刺激人们的感官,随着高浓度的酒精在口中发散、穿入喉咙,直达脾胃,那种激昂的感觉,对某些人来说,除了强烈的快感,甚至有几分难受。所以当人们失意、难过时,有些人会选择以喝酒来激动、麻醉感官,以为这样便能暂时排遣悲愁。也因为如此,在文学作品中,"酒"就常伴随着"愁"而出现。如此阕名句中的"拥春醒",就是一个典型的例子。

五代词家也是当时宰相的冯延巳有词《蝶恋花》，里头则有这样的句子："日日花前常病酒，不辞镜里朱颜瘦。"面对鲜美丛花，不是报以佳赏，却是喝得烂醉如泥，可知他心里有多么难过了。北宋词人张先在《天仙子》中也有"午醉醒来愁未醒"一句。以"病酒"和愁相喻，其实早在《诗经·小雅·节南山》中就这么用了："忧心如酲，谁秉国成？"国政败坏，权臣乱权，当时的贤人家父忧心忡忡，内心郁结忧愤，那种痛苦的感觉，就好像强烈的酒精在身体里作用，难过得受不了。

　　唐朝大文学家李白的名作《宣州谢朓楼饯别校书叔云》，里头这么写着："抽刀断水水更流，举杯消愁愁更愁。人生在世不称意，明朝散发弄扁舟。"抽刀想砍断水流，但水流哪里能砍断，依旧流个不停；举起酒杯，想借着喝酒平复愁绪，但酒精也只能暂时麻痹生理感官，心里反而越来越"愁"了。当时李白的好友叔云——就是李华，即将要离开，李白在谢朓楼为他饯别（谢朓是南朝著名的诗人，曾担任宣城太守，他的辖区内有一高楼，后来因此称为谢朓楼），于是便作了这首诗；诗文语辞慷慨，意气骏发，除了赞美叔云的文思，也抒发了自己怀才不遇的苦闷。其中"抽刀断水"、"举杯消愁"几句，至今仍脍炙人口，而为后人不断引用。

第五章　斯人独憔悴

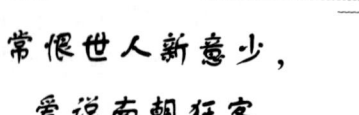

常恨世人新意少，爱说南朝狂客

名句的诞生

　　湛湛[1]长空黑，更那堪、斜风细雨，乱愁如织。老眼平生空四海。赖有高楼百尺。看浩荡、千崖秋色。白发书生神州泪，尽凄凉、不向牛山滴。追往事，去无迹。

　　少年自负凌云笔[2]，到而今、春华落尽，满怀萧瑟。常恨世人新意少，爱说南朝狂客[3]，把破帽年年拈出。若对黄花孤负酒[4]，怕黄花、也笑人岑寂。鸿北去，日西匿。

　　——刘克庄·贺新郎

完全读懂名句

　　1. 湛湛：深厚、浓重的样子。2. 凌云笔：指作者作文的大手笔。3. 南朝狂客：指孟嘉。4. 孤负酒：不喝酒。

　　暗沉沉的天空一片昏黑，更如何忍受那斜风细雨，像交织着缭乱愁绪。一双老眼生平看尽了五湖四海，幸赖有百尺高楼供我凭倚。远看辽阔原野，千山万岭秋色无际。我这白发书生将热泪洒向沉沦的神州大地，尽管内心凄凉，也不能像齐景公为个人生死而朝牛山落泪。追思往事，早已逝去无踪迹。在年少时曾自负有像庾信一样的凌云笔力，如今年华渐老，内心满怀着家国的悲凉。常常不满一般人常举些老掉牙的例子，没什么新意，每到重阳，总喜欢提起南朝的孟嘉，年复一年都把他落帽的故事拿出来说。重阳节本应呼酒就菊，如果对着黄花不喝酒，恐怕黄花也会笑人寂寞呢。其实萧瑟寂寞的感觉哪里能免除？也只有像鸿鸟一样，飞向辽远的高空，暂离悲凉的感伤。此时的太阳，也慢慢落下了。

词人背景小常识

刘克庄（公元1187—1269年），初名灼，字潜夫，号后村。莆田县城厢（今属福建）人。刘克庄因为出身世家，而得以补官。他在仕途上遭遇到许多挫折；在做建阳令时，刘克庄写了《落梅》一诗，里头有"东风谬掌花权柄，却忌孤高不主张"的句子，而被当时的谏官李知孝、梁成大抄录向当权者告密，认为是讪谤朝廷，因此遭免官十年。之后复官，因为直言敢谏，又被罢官。

后来宋理宗赏识他"文名久著，史学尤精"，特赐同进士出身，因此接任不少官职。而后又任中书舍人，做些掌管文书、起草文诏的工作。任职期间，因弹劾权相史嵩之十一大罪状，刘克庄再度被罢官；然而晚年巴结贾似道，官至工部尚书兼侍读、龙图阁学士，可说是晚节不保。虽然如此，他对国家人民的热爱和忠诚，从他的行事和作品中可见一斑。

名句的故事

"常恨世人新意少"一句，除了明说世人少有新意，每次到了重阳，总是讲起南朝孟嘉落帽的故事，也可以看出作者的自负。刘克庄在文学创作方面，一直是很有信心，"常恨世人"一句更是从这种恨世之少有新意的本身显出了一点难得的新意。名句中的狂客即是孟嘉，故事发生在晋朝时候。一次重阳佳节，大将军桓温大宴宾客，很多官员幕僚都来赴宴，当时他们都穿着官服。忽然刮起一阵风，把一位名叫孟嘉的官员的帽子吹掉了，可是孟嘉并没有察觉。官帽对于为官之人来说非常重要，丢了官帽寓含着丢掉官职的意思。后来孟嘉去厕所，桓温就暗自叫人写文章嘲谑孟嘉，并在孟嘉回来之前把文章放到他的座位上。过没多久，孟嘉回来了，大家都等着看他的笑话。没想到他看完文章，马上很潇洒豁达地应答，于是这件事就流传下来，而为人津津乐道。

刘克庄从"重阳"主题写到了"南朝狂客"，后来又讲到黄花、岑寂，最后写到"鸿北去"，历代以重阳为题材的文学作品多如牛毛，但逢节之作往往容易流于一般化，然而刘词却能不落俗套，另出新意，从"常恨世人"一句开始，令人眼睛为之一亮。词末则暗喻宋末国势江河日下，和希望能恢复中原的渺茫无望，令人不胜欷歔。

历久弥新说名句

刘克庄认为世人往往少有新意，确实在大部分时候，世人往往如此。

明代因为较缺乏能以自己在文学上的独特风格和造诣号召一时的大家，所以往往按照文学观念或活动地域形成各种流派或社团，以致文学流派复杂，主张拟古的前七子便属其中一派。他们大多恃才傲物，自吹自捧，甚至把持文坛，其中的领袖人物王世贞更主张"文必西汉，诗必盛唐，大历以后书勿读"；其中所说的大历约是中唐时期。

在前七子之后，又出现后七子，他们对于拟古，更是遵循前七子的脚步，恪守着相同的原则。虽然王世贞在晚年时也曾对相互牴排的归有光感到惭愧，他这么说："千载有公，继韩、欧阳，余岂异趋，久而自伤。"这里的"千载有公"指的是归有光。然而前后七子以共同的摹拟倾向与狭隘的文学观，而为人所诟病，则无可推托。

相反的，再看看清代的学者赵翼。他曾写过《论诗》数首，其中一首这么写着："李杜诗篇万口传，至今已觉不新鲜。江山代有才人出，各领风骚数百年。"这首诗十分有名，是说李白和杜甫的诗篇虽然写得很好，但是历代人们不停地传颂，到了现在（清代）已经一点都不新鲜了。一代本有一代的人才，他们各为文坛的领袖，也能创作出顶好的诗歌来。

物是人非事事休，欲语泪先流

名句的诞生

风住尘香花已尽，日晚倦梳头。物是人非事事休，欲语泪先流。

闻说双溪[1]春尚好，也拟泛轻舟。只恐双溪舴艋[2]舟，载不动许多愁。

——李清照·武陵春

完全读懂名句

1. 双溪：溪名，位于浙江金华县。2. 舴艋：小船。舴，音 zé。

风停了，春花落尽，尘土沾染上片片香气。太阳已高挂，却懒于梳妆打扮。景物依旧、人事已非、万事已蹉跎，才想要说已忍不住眼泪滴流。

听说双溪的春景还不错，也想去泛轻舟。只恐怕双溪的舴艋小舟，载不动这些沉重浓愁。

名句的故事

这首词写于南宋绍兴五年，此时丧夫的李清照为了逃避金兵，由北方南迁至浙江金华，依居于弟弟居所。吴衡照《莲子居词话》认为李清照此词应作于她祭吊亡夫之后，因此"悲深婉笃，犹令人感伉俪之重"。李清照于丈夫赵明诚过世之后，不久即又遭逢国破家亡，几经波折、流离迁所，再也拾不回过去安定、祥和的生活步调，只能随着大量流民四处迁转，因此词风一转，多离不开困愁、悲凄之情，也使其词作更添人生感触与深意。一般而言，李清照词可大略分为两个时期，研究者多以宋朝南渡作为分隔点，前期词多写离情别绪，以闺情取胜，兼杂未婚时的少女情怀；后期则因为人生经历许多打击、磨难，词风转为沉郁、凄苦与思亡国之基调。

在《武陵春》中当属"物是人非事事休，欲语泪先流"最感人肺腑，闻之不禁心弦一动，勾引出脑海深处的种种回忆。李清照"物是人非事事休"之语，援用自曹魏曹丕还是太子的时候，写给好友吴质书信的其中一篇。这篇书信主要是缅怀过去三两好友一起畅游、喝酒下棋、高声谈论文学时的情况，如今大伙各散一方，甚至有人已经亡故，因此曹丕慨叹道："节同时异，物是人非，我劳如何？"（《与朝歌令吴质书》）虽然他挑选同样的季节故地重游，但时间永远不可能回到过去相同的那一刻，物是人非，即便是身为太子的他也无可奈何。这种无奈、悲叹为李清照所援引，增色为"物是人非事事休，欲语泪先流"，不仅有着景物依旧、人事已非的叹息，且有一股无以排遣的悲怆、怨愤。

历久弥新说名句

李清照于一开头言"风住尘香花已尽，日晚倦梳头"，先叙述描景，后写人，以"倦梳头"呈现女主人慵懒、提不起劲的模样。倦梳头不仅描绘女词人的身态，其在诗词典故上也有因袭的传统，早在南朝时期的民间乐府，就曾流传着"自从别欢来，奁器了不开。头乱不敢理，粉拂生黄衣"的《子夜歌》，述说与丈夫离别后，不曾打开镜奁，怕看见自己憔悴的身影，与眼中丝丝的寂寥，放着一头乱发也不梳理，连粉扑也罩上了一层灰尘。这是在过去思良人、闺怨的基调上加入新题材，以无心绪梳妆打扮来呈现空闺独守，不仅思念丈夫，"为伊消得人憔悴"，也因没有夫婿的观赏，懒得"女为悦己者容"。

现代作家吴淡如在一篇《懒没什么不可以》的小品中提到，过去老一辈的女人认为所谓的好女人是"一切为男人或孩子着想，永远把自己的需要摆在微不足道的位置"。然而这样的女人真的幸福吗？有些甚至遭到男人狠心的背叛，只能将半辈子心血付诸泪海。现实生活中"不怕懒女人，只怕笨女人"，"懒没什么不可以，但要懂得管理，以简驭繁"，比方打扮，"美丽未必是为了悦己者容,但邋遢与跟不上时代的感觉,确实让人痛苦。善待自己的女人脸上有光彩,生活愉快的人才能给人好脸色看"。绕了一大圈,吴淡如要告诉我们的仍然是就算不"为悦己者容",也必不能"日晚倦梳头"。现代的新新女性其实也不时兴那套"女为悦己者容",这是说她们不追求漂亮了吗?若你这样认为可就大错特错了,这群新女性其实是"女为己悦者容"。主词换了,意思可就差有十万八千里了,这个时代女性要的是装扮自己的那份快乐,而不是在争取别人的认同、赞美,女性主体地位大大提升了。

本词末两句"只恐双溪舴艋舟,载不动许多愁",也是传颂千古的名句,与李后主的"问君能有几多愁,恰似一江春水向东流"、贺铸的"试问闲愁都几许,一川烟草、满城风絮、梅子黄时雨",同样高挂愁苦排行榜的前三名。

第五章 斯人独憔悴

凝眸处，
从今又添，一段新愁

名句的诞生

香冷金猊，被翻红浪，起来慵自梳头。任宝奁尘满，日上帘钩。生怕离怀别苦，多少事、欲说还休。新来瘦，非干病酒，不是悲秋。

休休，这回去也，千万遍阳关，也则难留。念武陵[1]人远，烟锁秦楼[2]。惟有楼前流水，应念我终日凝眸[3]。凝眸处，从今又添，一段新愁。

——李清照·凤凰台上忆吹箫

完全读懂名句

1. 武陵：地名，今湖南常德。2. 秦楼：为萧史弄玉的故事，其所居住地即为秦楼，此处亦指词人自己所在的地方。3. 凝眸：聚精会神地看。

狮子造型的铜炉里，熏香已经冷透，床上锦被翻卷起红浪，清晨起身，浑身慵懒，尚未梳头。任随华贵的镜匣蒙满尘埃，红日悬上门窗的帘钩。生怕离别时感伤痛苦，多少心事想要诉说，却没敢开口。近来身体日渐消瘦，倒并非饮酒过量伤身，也不是因为触景悲秋。

罢了罢了，你这番离去，我唱尽千万遍《阳关》曲子，也难将你留下。思念着好像传说中去到武陵远方的你，而我仿佛就是当初那个独自留在烟雾弥漫的秦楼中的女子。只有楼前流水知道我每日注视着远方，而眼眸深处，如今又漫上了一段新的愁绪。

名句的故事

李清照词素来以清新朴素的风格取胜，用婉约、细腻的辞藻来刻画其对周围事物的感触与心情，因此咏物、雕琢典故的词并不多。《凤凰台上忆吹箫》则是其中的例外，是李清照词中典故堆砌最多的一阕词，虽如此李清照仍不流于精雕宫丽，善以典故巧妙结合曲折心绪，反而更能见李清照对于词句、典故掌握的高超功力。在本篇名句撷取的部分，短短数字已有好些个典故交错互映，塑造出主人翁惆怅、郁闷的情怀。

本篇名句主要书写李清照于别离夫婿之后的思念心情，上片写词人慵懒、憔悴的神态，下片则以典故来衬托其愁思。典故的运用上，李清照从一开始词牌《凤凰台上忆吹箫》的选择,即刻意采用秦穆公女弄玉和萧史的故事。传说秦穆公的女儿弄玉善于吹箫,于是喜欢上也善于吹箫的萧史,两人结为夫妻后恩爱逾恒,萧史每日教她吹箫,作凤鸣之声,能将凤凰引到秦穆公为他们建造的"秦楼"凤台上,几年之后,两人吹箫技能出神入化,遂一起随凤凰羽化登仙。另一方面,"萧史弄玉"的故事,经由李白《忆秦娥》的"箫声咽,秦娥梦断秦楼月。秦楼月,年年柳色,灞陵伤别",更赋予了一层离别的悲苦情思。李清照在词中融合了原本的"萧史弄玉"的故事,以"秦楼"暗寓夫妻俩宛如萧史、弄玉般恩爱,也加入李白"秦娥梦断秦楼月"之说法,有鹣鲽情深与伤别的双重涵义。

历久弥新说名句

本篇名句中"千万遍阳关",清晰点出离别思念之苦。所谓"阳关",位于今日甘肃敦煌西南方,是古代西出丝路的交通要冲,西出阳关也意味着离开了中原故土,因此引申有送别之意。唐代王维《渭城曲》诗言:"渭城朝雨浥轻尘,客舍青青柳色新。劝君更尽一杯酒,西出阳关无故人。"后来翻唱入乐曲,为唐人所盛唱,又称《阳关三叠》,多于送别的时候唱奏,因此李清照词也取其涵义,诉说自己心中的离伤。

李清照在这篇词句中使用的典故尚有"武陵人远"、"楼前流水",她以武陵人来暗寓夫婿远去;以流水来代称思念之不息。武陵人,取本于晋人陶渊明《桃花源记》云:"晋太元中武陵人，捕鱼为业，缘溪行，忘路之远近。忽逢桃花林……"武陵人一去不复返，再回首已百年身，故李清照以此比喻爱人身在远方。"流水"，则是援用魏人徐干《室思》言："自君之出矣，明镜暗不治。思君如流水，何有穷已时？"述说自己自从丈夫离家后梳妆无心情，思念丈夫仿佛流水般永无止境。

早些年代随着电影事业的发展，古典巨著《红楼梦》也曾好几次被翻拍成电影，其中一部《金玉良缘红楼梦》由导演李翰祥操刀，林青霞、张艾嘉分别饰演贾宝玉、林黛玉。电影配乐也谨遵原著，以曹雪芹所写之词来谱曲，让《红豆词》得以流行成歌，原词："滴不尽相思血泪抛红豆，开不完春柳春花满画楼。睡不稳纱窗风雨黄昏后，忘不了新愁与旧愁。咽不下玉粒金莼噎满喉，照不见菱花镜里形容瘦。展不开的眉头，捱不明的更漏。啊，恰便似遮不住的青山隐隐，流不断的绿水悠悠。"这首词中所使用的意象与善写女性闺怨忧愁的李清照词有许多重影，唯一较不同的在于曹雪芹多用了以素有相思代表的红豆，来述说女子相思苦。李清照以含蓄委婉之情说道"凝眸处，从今又添，一段新愁"，曹雪芹则是明明白白用"忘不了新愁与旧愁"来形容内心跌宕曲折的情愁，虽各有千秋，但李清照词似又更耐人寻味。

第五章 斯人独憔悴

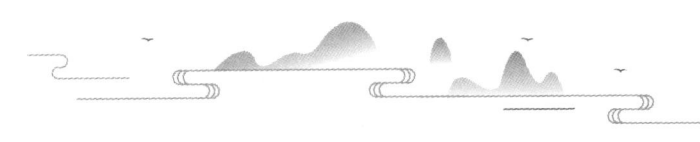

这次第,怎一个愁字了得

名句的诞生

寻寻觅觅,冷冷清清,凄凄惨惨戚戚。乍暖还寒时候,最难将息[1]。三杯两盏淡酒,怎敌他、晚来风急。雁过也,正伤心,却是旧时相识。

满地黄花堆积,憔悴损、如今有谁堪摘?守着窗儿,独自怎生得黑?梧桐更兼细雨,到黄昏点点滴滴。这次第[2],怎一个愁字了得[3]。

——李清照·声声慢

完全读懂名句

1. 将息:调养、休息。2. 次第:情景、景况。3. 了得:概括得了。

茫然失落,寻寻觅觅,时时处处,冷冷清清,情怀悲苦,凄凄惨惨。正是乍暖还寒的秋季,最难调养休息。饮三杯两盏淡酒，怎能抵御，晚来的秋风吹得紧急。正伤心时，大雁飞过，却原来是旧日相识。

满地菊花零落堆积，憔悴受损，如今还有谁将它采撷？守在窗前，一个人独守此景，如何能挨到天黑？梧桐叶落和着细雨，点滴声响直到黄昏。面对这种情景，又岂是一个"愁"字能够涵括得了？

名句的故事

这首词是李清照晚年的作品，是首长篇慢词，在词的世界中，慢词具有"赋"善铺陈之特色，堪称为"赋之余"，李清照所作之《声声慢》更是其中翘楚、脍炙人口。全篇《声声慢》以悲秋为基调，将风、酒、飞雁、黄花、梧桐等秋天景物入词，衬托其寂寥、萧瑟之貌，再夹以词人当下情感，其凄情哀怜一气呵成，抒发了词人饱受忧患、家破人亡后的悲痛。夫婿赵明诚过世，对李清照而言是一大打击，让她尝尽了人生最大的苦痛；为了躲避兵马倥偬，漂泊于江浙一带，而她与夫婿多年苦心经营的金石古物、古籍皆散逸，让她连聊以慰藉的对象也失去。她的亡国之恨、丧夫之悲、孀居之苦，在在都让她几近崩溃，这份巨大的苦痛也造成她心灵上无法愈合的创伤，让她无以宣泄，只能借由文字尽情抒发。

原本《声声慢》的曲调徐缓，然李清照从一开头"寻寻觅觅，冷冷清清，凄凄惨惨戚戚"，连用了十四个叠字，宛似

"大珠小珠落玉盘",使得曲调转为急促、悲怆,更显凄凉。李清照词一般被归于婉约派,此首《声声慢》是其中特例,哀凄中不失纵恣、激动,是婉约派中豪放之作,足见其驾驭文字之造诣。《声声慢》另一个特色是,李清照将口语通俗词汇纳入其中,如"守着窗儿,独自怎生得黑"、"这次第,怎一个愁字了得",都是新创、奇特的写法,古来评论家都认为此处"黑字妙绝"(《词菁》卷二)、"不许第二人押"(《白雨斋词话》)。同样类似的场景也被元人白朴所采用,他于《秋夜梧桐雨》言:"梧桐上,雨萧萧,一声声满残叶,一点点滴寒稍。"然而相较于李清照词,稍显气势不足,未能敲中内心深处。

历久弥新说名句

本篇名句"这次第,怎一个愁字了得",撷取于下半阕词,短短几字,不特别强调,仅说一个"愁"字如何包括得尽,却已将词人的悲愁推至最高潮;欲语还休正是《声声慢》淋漓尽致之处,也是历来人们所激赏之所在。古来写愁的诗词不可胜数,最为现代人常引用的除了李清照词"这次第,怎一个愁字了得"外,即是李白所言"抽刀断水水更流,举杯消愁愁更愁"。李白不愧是诗仙,短短几句话,就能写到人们心坎里最难以言喻的愁绪。

另一个善于说愁的是李后主于《虞美人》中言:"问君能有几多愁,恰似一江春水向东流。"他以翻腾汹涌、滔滔不绝的江水来比喻自己的愁思。此时的李后主已是个亡国君,被宋太宗拘禁着,过着悲哀且不自由的日子,据传宋太宗即是因为看到这阕词,才起意毒死李后主。李白"举杯消愁愁更愁",说的愁是离愁,也是壮志未酬的愁;李后主"问君能有几多愁,恰似一江春水向东流",说的是亡国主的没落、哀愁;李清照"怎一个愁字了得",愁的是亡国之恨、丧夫之痛,三个人各有不同的愁痛,却都紧紧牵扯住读者的心。

还有一种愁也是愁煞人,那就是"乡愁"。汉代民歌《古歌》云:"秋风萧萧愁煞人,出亦愁,入亦愁……离家日趋远,衣带日趋缓。"在萧瑟秋风的吹袭下,易唤起天涯游子思乡的情愁,随着离家日远,人也日渐消瘦、衣带日缓,真的是"秋风萧萧愁煞人"。余光中也写有一首《乡愁》:"小时候/乡愁是一枚小小的邮票/我在这头/母亲在那头/长大后/乡愁是一张窄窄的船票/我在这头/新娘在那头/后来啊/乡愁是一方矮矮的坟墓/我在外头/母亲在里头/而现在/乡愁是一湾浅浅的海峡/我在这头/大陆在那头。"经由余光中的诠释才惊觉原来乡愁也会随着时间有所变化,变的是那思念的对象,不变的则是那份郁郁累累难以割舍的眷念、愁思。

寂寞深闺，柔肠一寸愁千缕

名句的诞生

寂寞深闺，柔肠一寸愁千缕。惜春春去，几点催花雨[1]。倚遍栏杆，只是无情绪。人何处？连天衰草，望断[2]归来路。

——李清照·点绛唇

完全读懂名句

1. 催花雨：摧残花卉凋谢的春雨。2. 望断：眺望远方尽头。

良人远离，闺中寂寞，寸寸柔肠怀着千缕愁思。想要惜春，春却已去，只留下点点春雨摧残花蕊。

一再登楼倚栏，却是心意阑珊。良人究竟在哪里？我痴痴眺望远方来路，只见枯草连天。

名句的故事

《点绛唇》是一首闺怨词，写于李清照与丈夫赵明诚分离之后。李清照于新婚隔年即因为政治上的党争问题受到冲击，李父与公公赵挺之敌对，且因此遭免职，为此李清照对公公极为不满。过了五年，公公过世，又因为政治诬陷使得夫婿赵明诚株连入狱，幸而不久因证据不足而释放，但也因此，夫妻俩离开了繁华的京城，退居青州，展开收集金石书画的研究。一直到结婚二十年左右，赵明诚才又接受官宦任职，但此时已是北宋末年徽宗在位，距离金兵南下的时间不远了。《点绛唇》约略作于这个时期，是李清照尚未南渡前所写的。

《点绛唇》述说李清照每天等候着良人归来，既怀抱期望，也品饮许多等不着的辛酸，失落与渴望团团相缠，让整篇词充满怨言与伤心。作者于首句破题，明了点出深闺寂寞之浓愁，且以惜春、春雨之摧残来影射自己独处深闺、年华渐渐逝去之样态。从"惜春春去"、"倚遍栏杆"到"连天衰草，望断归来路"整个意象，似借镜于韦庄《木兰花》："独上小楼春欲暮，愁望玉关芳草路。"韦庄写的也是暮春时节，眺望远方芳草路等候归人。而李清照添入"柔肠一寸愁千缕"，意象更为丰富、强烈，不仅柔肠已寸寸断裂，且一寸之中又有愁思千缕，可见词人内心是多么阑珊、抑郁，故而成为后世形容闺怨之经典名句。

历久弥新说名句

"寂寞深闺，柔肠一寸愁千缕"，以"肠"来比拟绵绵不绝的相思，类似的方式相当多，如李白《春思》："当君怀归日，是妾断肠时。"李白以肝肠寸断的方式来形容殷殷切切等候丈夫归来的妇女。温庭筠《梦江南》："过尽千帆皆不是，斜晖脉脉水悠悠，肠断白蘋洲。"也说等候人归的心声，望着眼前来往的众多船帆，却没有一艘载着我等待的人，看着夕阳西下，沙洲上的白蘋花随风摇曳，令人断肠。元曲作家庾吉甫："大都来一种相思，柔肠万缕。"用以说明相思之浓稠、绵延。

以"肠"为成语的句子也不少，如"柔肠百结"、"柔肠百转"形容情思缠绵、无法排解；"柔肠寸断"、"肝肠寸断"都是形容悲伤到极点。在徐志摩《我所知道的康桥》文中，曾经言："我以为：一条河的走姿并不重要，重要的是你的百转柔肠；船撑得好坏并不重要，重要的是那一叶扁舟，去留由己的小情小趣；住惯都市不解季节变迁，还是远离尘嚣不食人间烟火也不重要，重要的是是否还保有一颗对自然的敏感之心。"徐志摩此处所用的百转柔肠是双关义，一方面来形容河流蜿蜒不绝之姿，一方面他也是以河喻人，认为外物并不重要，重要的是持有一颗多感、柔情的心。

> 愁肠已断无由醉,
> 酒未到,先成泪

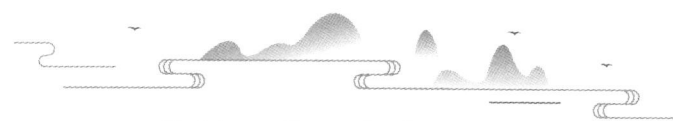

名句的诞生

纷纷坠叶飘香砌[1],夜寂静,寒声碎。真珠帘卷玉楼空,天淡银河[2]垂地。年年今夜,月华如练[3],长是人千里。

愁肠已断无由醉,酒未到,先成泪。残灯明灭枕头欹,谙尽孤眠滋味。都来[4]此事,眉间心上,无计相回避。

——范仲淹·御街行

完全读懂名句

1. 香砌:有盆花的阶梯。2. 银河:澄净的夜空,见有灰白之带,微闪如河;亦名云汉、天河。3. 练:素绸。4. 都来:算来。

纷乱坠下的叶子,洒落满庭的阶梯,夜里一片寂静,只听见带着寒意的细碎坠叶秋声。在空寂的高楼上,卷起真珠帘子,观看夜色，秋夜空旷的天宇，银河泻满一地。每年到了这个夜晚，月光明亮，最长的距离是与思念之人相隔千里。

愁肠寸断，是无法再喝醉了。酒还未喝，已先化成泪水。油灯上的火闪烁将灭，枕头倾斜侧卧，早习惯独眠的寂寞滋味。算来眉间心头萦绕的思念，自是无以回避。

名句的故事

自古借酒解愁的题材，经常出现在文学作品中。范仲淹长年镇守边关，他虽时刻怀抱忧国忧民之心，但人非草木，岂无私情，每当念及远在家乡的亲人，承受那份两地相隔的痛楚，"酒"成为他最知心的陪伴，从其词作《渔家傲》的"浊酒一杯家万里"，《苏幕遮》的"酒入愁肠，化作相思泪"，以及这阕《御街行》的"愁肠已断无由醉，酒未到，先成泪"等句，皆是作者想借由饮酒以冲淡对家人的想念，不过，结果在酒的催化下，他的愁苦从不曾稍有递减，反而更加深他的思念情殇；其中尤以《御街行》中"愁肠已断无由醉，酒未到，先成泪"，词意更别出心裁，作者既言肠已被愁剪断，酒自是无法入肠使人醉，但却还能在人的眼中化做一泓清泪，此与《苏幕遮》的"酒入愁肠，化作相思泪"相比，将人心难以承受的愁苦，表现得更为凄切。

范仲淹《御街行》主写秋夜怀人。上片描绘秋夜寒飒之景，作者抓住秋声秋色，引出秋思；下片抒写独眠垂泪的愁意，以及攒眉揪心、不可摆脱的愁思。明人李于鳞《草堂诗余隽》评论此词"月光如昼，泪深于酒，情景两到"，指出"泪"与"酒"的重要关联；又清人陈廷焯《白雨斋词话》亦是一部探讨诗词理论的专著，则以"淋漓沉着"四字，点出范仲淹作品的特质，并言"此北宋所以为高"，认为范仲淹的词作在北宋众多词人里，绝对堪称一等佳作。

历久弥新说名句

范仲淹《御街行》中"愁肠已断无由醉，酒未到，先成泪"，以"酒"和"泪"点出作者怀乡思人的苦闷愁绪。唐代诗人白居易，在其五言律诗《晓别》的颔联写下"请君断肠歌，送我和泪酒"，其另有一首五言律诗《客中守岁（在柳家庄）》，首联云"守岁尊无酒，思乡泪满巾"，前者写友人破晓为诗人饯行，一边饮酒当下，泪水也止不住地一边流下，酒泪相和在两人脸上，显见此番离别的沉重痛苦；后者写诗人无法返家过年，只能留在一处柳家庄守岁，本该是洋溢过节的欢乐畅饮，却见杯中无酒，更加深游子在外的孤独感受，因而流下思乡之泪。

清代词人纳兰性德，其《菩萨蛮》上片有"催花未歇花奴鼓，酒醒已见残红舞。不忍覆余觞，临风泪数行"。词人耳边本来总是听到催促花开的鼓声，谁知等到酒醒时，却已见落花飞舞，他不忍倒掉杯中剩酒，只能对着风流下伤心泪水。此乃词人感叹美好事物的稍纵即逝，其中"酒"和"泪"也成为感时伤春的最佳代言。

现代诗人余光中,在《乡愁四韵》的第一韵写着:"给我一瓢长江水啊长江水/酒一样的长江水/醉酒的滋味/是乡愁的滋味/给我一瓢长江水啊长江水。"诗人的乡愁,如长江之水绵延流长,也如酒一样浓郁醇厚,每当他思念起遥远的故乡,唯有醉酒,才得以让他贴近家乡,抒解那恼人的思乡之愁。

> 谁见幽人独往来，
> 飘渺孤鸿影

名句的诞生

缺月挂疏桐[1]，漏断[2]人初静。谁见幽人[3]独往来？缥渺孤鸿影。

惊起却回头，有恨无人省[4]。拣尽寒枝[5]不肯栖，寂寞沙洲冷。

——苏轼·卜算子

完全读懂名句

1. 疏桐：叶子稀疏的梧桐树。2. 漏断：指夜深。漏，古代计时器。3. 幽人：幽居之人，这里是苏轼自指。4. 省：了解，知觉。5. 寒枝：隐喻朝廷高位。

残月高挂在疏落的梧桐树上，更鼓刚歇，四周一片寂静。有谁见到幽居人独自往来徘徊？唯有那缥缈高飞的孤雁的影子。

鸿鸟吃惊地回了神，转过头来，像是有多少怨恨都没有人了解似的。寻遍了枯枝，却始终不肯随意停留休息。它孤独寂寞的景况，恰如沙洲上的空旷冷清。

名句的故事

这一年，苏轼四十四岁，初到黄州的他，才刚刚死里逃生，惊魂未定。也就是在黄州，他写下了这首凄清孤寂的《卜算子》。

北宋神宗元丰三年，苏轼因"乌台诗案"被贬至黄州，一直到元丰七年才离去。在黄州四年又四个月的日子当中，总计苏轼创作了诗二百二十首，词六十六首，赋三篇，文一百六十九篇，书信二百八十八封，让黄州这个长江边上的穷苦小镇闻名四方。

"乌台诗案"株连甚广，凡是与苏轼有过交往、受过他诗文馈赠的文武百官如曾巩、李清臣、张方平、黄庭坚、司马光等，都受到贬谪和罚铜；更不用提苏轼的弟弟苏辙，被踢到老远的江西瑞州。面对这样豺狼当道、无力回天的残酷打击，再怎么豪放豁达的苏轼，都不得不陷入误入丛林的小白兔的惶恐孤寂与哀愤。

不过苏轼用的不是小白兔而是孤雁来自喻，更显露脆弱但不屈服的性格。他首先描述幽人形单影只只有孤雁相陪的景象，在众人都睡去的深夜，唯有词人还醒着，残月、疏桐，无人看见"幽人"寂寞地独自徘徊，只有远方缥缈的孤雁可能看见吧。这个"幽人"自然指的就是词人，苏轼初到黄州时，多次自称"幽人",如"幽人无事不出门,偶爱东风转良夜"(《定惠院寓居月夜偶出》),此"幽人"带有一种幽闭、孤独清高的味道。

接着,"幽人"变成"孤雁",孤雁"惊起却回头,有恨无人省",描述孤雁受惊、心有余悸的凄惨景况,诗人禁不住流露出自己在强权欺凌下的脆弱与惶恐。但接着又马上转为不愿屈服于恶势力的傲骨,"即使孤雁再怎么飘零失所,惊魂未定,却仍坚持寻觅良枝,在寒夜里不断地飞着,不愿意就此同流合污、出卖自己的灵魂"。如此,就只能继续忍受沙洲的寂寞与冷凄。

由本词可以想见,当时的苏轼有多受伤了,甚至还常常做噩梦、夜半惊醒:"醉里狂言醒可怕"、"忧患已空犹梦怕"、"世事一场大梦,人生几度秋凉"(《西江月》),文豪的遭遇,让人不禁掬一把同情之泪。

历久弥新说名句

在古诗词中,常常可看到古代读书人因政治上的遭贬或挫折有感而发,而创作力特别旺盛。还好因为皇帝不重用他们,否则我们就看不到这些精彩的诗句了。如屈原的"安能以身之察察,受物之汶汶者乎?宁赴湘流,葬于鱼腹中。又安能以皓皓之白,而蒙世俗之尘埃乎"。(《楚辞·渔父》)

而从皇帝的角度,又是怎么看待自己对这些贤士的态度?《汉书·楚元王传》中曾记载:汉高祖刘邦有一个同父异母的弟

弟，名叫刘交。刘交少年时，曾经向一个名字叫浮丘伯的人学习《诗经》，与他一起学习的还有穆生、白生、申公等人，大家感情非常好。刘邦当了皇帝以后，刘交被封为楚王。到楚地以后，刘交把自己当年的同班同学穆生、白生、申公请来，封为"中大夫"，给予很高的礼遇。

穆生酒量小，每逢酒宴之时，刘交都让人特地给他准备一份醴酒（"醴"是甜酒，味道甘美而不易醉人，适宜于酒量小的人饮用）。后来王位传到了刘交的孙子刘戊身上；这位新的楚王对穆生等中大夫的态度远远不如他的祖父。穆生不久就发现，酒宴之时，自己面前不再有专门准备的醴酒了；在这种情况下，他就对白生和申公说："可以逝矣！醴酒不设，王之意怠，不去，楚人将钳我于市。"意思是："可以离开这里了。不再为我准备甜酒，说明大王已有怠慢的意思，再不离开，楚国人将要对我像犯人一样以铁具钳颈于市了。"就这样，穆生离开了刘戊（"醴酒不设"成为一成语，用来形容对人的礼敬不够或礼数有减）。

后来，刘戊在权力斗争中失去了王位，当他落难逃命的时候，两个不认识的人冒死救了他。刘戊非常感激地向他们致谢，这两个人则回答说，当年他们落魄之时，曾经喝过刘戊的赈粥，因此予以回报。这位落难楚王刘戊万分感慨，后悔地说："仅仅因为两碗粥，就得到两位救命恩人；仅仅因为一杯酒，就失去一位贤德之士。"可见皇帝也是会犯错的。

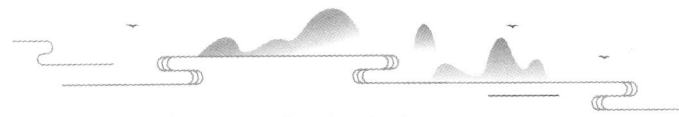

帘外谁来推绣户？
枉教人、梦断瑶台曲

名句的诞生

乳燕飞华屋，悄无人、桐阴转午，晚凉新浴。手弄生绡[1]白团扇[2]，扇手一时似玉。渐困倚、孤眠清熟。帘外谁来推绣户[3]，枉教人、梦断瑶台曲，又却是，风敲竹。

石榴半吐红巾蹙[4]。待浮花、浪蕊都尽，伴君幽独。秾艳一枝细看取，芳意千重似束。又恐被、西风惊绿，若待得君来向此，花前对酒不忍触。共粉泪，两簌簌。

——苏轼·贺新郎

完全读懂名句

1. 生绡：生丝织成的绢。2. 白团扇：由白绢做成，古代仕女常执之。3. 绣户：女子的居室。4. 蹙：皱叠的样子。

雏燕穿飞在华丽的房屋。悄然无人，梧桐树荫转向正午，晚间凉爽，美人刚刚沐浴完毕，清新舒畅。手摇着白绢扇子，团扇与素手似白玉一样透白光滑。睡意袭上心头，孤单的午睡，独自一人，却又不得真正的安宁。才正半梦半醒、沉醉于昆仑山之瑶台会，却又被恼人、不解风情的竹子给敲醒。

半开的石榴花像红巾叠簇。等浮浪的花朵落尽，就来陪伴美人的孤独。取一枝浓艳花细看，千重花瓣正如美人的芳心深情自束。又怕那西风骤起，惊得只剩下一树空绿，若等美人来对比，残花枝前对酒，竟不忍触目。只有残花与粉泪，零落两簌簌。

名句的故事

由苏轼的诗词文章，可以了解他是一位性情中人。悼念亡妻深情时，他写道："十年生死两茫茫，不思量，自难忘。"（《江城子》）而"高情已逐晓云空，不与梨花同梦"（《西江月》）则是感念亡妾之柔意；苏东坡的真情真性自然流露，叫人不动容也难。有人说苏轼风流，常喜欢与歌妓一起狎玩，也有人说："坡翁的诗词，如果不叫歌妓献唱，便难以品显出它的韵味。"本篇名句背后据说就有一个小典故是与歌妓有关。

据杨湜《古今词话》记载，苏轼任职杭州时，有一天在西湖中宴会，众人都到齐，只有官妓秀兰迟到。当场一位担任通判的官员质问她为什么迟到，她答称："夏天热了，冲个澡凉快，很舒服便睡着了，等到有人来叫，还要化个妆，所以便来迟了。"

席间还是有人不谅解,秀兰就随手摘了一朵石榴花,献花告罪,对方气还是不消,苏轼于是出来打圆场,即席作了本曲让秀兰当场演唱,替她解围。

这段故事在词的文学史上相当有名,当然也有人认为苏轼虽然是"风流太守",但仍不至于因为官妓新浴而作词,因此形成公案。或许苏轼这《贺新郎》究竟是不是为官妓秀兰而作,并不是最重要的,这故事主要透露了宋词与歌妓之间的密切关系,以及宋代因为经济富裕而带来的精致成熟歌舞文化。宋词里的女子不再只是幽怨地关在屋子里,等待外出的丈夫归来之类的闺怨词(如唐诗女子)。宋词女子的"玩乐"多了些,"幽怨"少了点;爱情这东西是宋代女子可以把玩的东西。轻舞团扇的佳人,美妙的身躯刚洗完澡,在桐荫转午间入梦,梦中自己与君王共赴瑶台。这美丽的旖梦却被午后的风打断,多么恼人啊。

历久弥新说名句

要了解宋词,不得不了解宋朝的歌妓曲女;要了解写宋词的人,则不得不了解宋朝的"娱乐业"。北宋富强一百六十多年,京都汴梁(今河南开封)"比汉唐京邑,民庶十倍";宋词里没有"路有冻死骨"的贫穷与"国破山河在,城春草木深"的悲观绝望,只有"西湖歌舞几时休"等醉生梦死的及时行乐与繁华。新兴的都市与富庶安逸的生活使宋人消费活动蓬勃,刺激了茶坊酒市等娱乐业的繁荣发展。

当时最闻遐迩的官妓非李师师莫属了。李师师,北宋汴京人,一个洗染工之女。按当时社会的习俗,父母亲喜爱的儿女从小就要送到佛寺去挂个出家的名,叫做"舍身",师师小时也舍了身。当时的佛门弟子都习惯称师,所以大家就叫她李师师。师师四岁时不幸父母双亡,于是跟随一位姥姥过活。这姥姥年轻时当过妓女,琴棋书画都很精通,她悉心调教师师,果然,师师长大后,色艺双绝,成了京城第一名妓,别说公卿、文人雅士,就连宋徽宗都倾倒在她的石榴裙下。

张端义《贵耳集》就记载了一个关于宋代名妓李师师与宋徽宗还有周邦彦的八卦。当时,君臣二人都为李师师的色艺所着迷,常常往师师家里跑,怎能不"撞人"?果然,有一天,宋徽宗到李师师家中,刚好周邦彦先到,听到皇帝驾临的消息,马上躲到李师师的床底下,还将宋徽宗与李师师的调情密语写成了《少年游》:"并刀如水,吴盐胜雪,纤指破新橙。锦幄初温,兽香不断,相对坐调筝。低声问:向谁行宿?城上已三更。马滑霜浓,不如休去,直是少人行。"

后来《少年游》终于传到宋徽宗耳里,徽宗自然十分震怒,借了个故就将周邦彦赶出京城。李师师为周邦彦送别,归来后见皇帝时仍脸有哀色,就不禁唱了周邦彦临别时的词《兰陵王》。宋徽宗也是爱词之人,听完就又赦免了周邦彦的罪。真可说是生死都只为"宋词"。

> 欲将沉醉换悲凉,
> 清歌莫断肠

名句的诞生

天边金掌[1]露成霜,云随雁字长。绿杯红袖[2]趁重阳,人情似故乡。

兰佩紫[3],菊簪黄[4],殷勤[5]理[6]旧狂[7]。欲将沉醉换悲凉,清歌莫断肠。

——晏几道·阮郎归

完全读懂名句

1. 金掌:铜铸的仙人手掌。汉武帝曾在建章宫造神明台,上铸金铜仙人,手托承露盘,承接云中甘露。2. 绿杯红袖:美酒佳人的代称。3. 兰佩紫:即佩紫兰,身佩紫茎秋兰。4. 菊簪黄:即簪黄菊,指头簪黄菊。5. 殷勤:急。6. 理:温习,重提。7. 旧狂:旧日狂癫之态。

天边金铜仙人金掌托盘里，玉露凝成了白霜。雁行一字排开是那么遥远，唯见云阔天长。趁着九九重阳，举绿杯，舞红袖，人情温厚似故乡。

身佩紫兰，头插黄菊，竭力再做出旧日癫狂疯放的模样。我想借用沉醉来换取失意悲凉，美丽的声音千万莫再唱会让我柔肠寸断的凄歌悲曲。

名句的故事

这首词作于重阳节。"天边金掌"的"金掌"，是缘自汉武帝在长安建章宫建高二十丈的铜柱，高耸入云，上有铜人，掌托承露盘，以蓄接可以长生的天上玉露。玉露变成霜，可见已经是入秋时节。

"人情似故乡"则透露了词人此刻身处异乡，但身边并不寂寞，有佳人美酒、热情待客的亲朋好友，可在欢庆的节日，词人却是强颜欢笑。虽然配合节庆，身佩"紫兰"，头插"黄菊"，男士以花为饰，古虽有之，但仍被目为狂诞任性。然而诗人却告诉我们，他不过是在"殷勤理旧狂"，现在的疏狂不过是旧日的残余，还要费心费力调节一番才能表现出来。

如果词人现在实际上已不狂，那么真实心境是如何？"欲将沉醉换悲凉"。但词人也不愿在如此欢乐的时刻拥抱"悲凉"，因此，他说他愿意用"沉醉"来换取"悲凉"。但是这样的替换或压抑却是非常脆弱的，只要歌女的一声清歌，词人便又崩溃、断肠。

认为"作文害道"的理学家程颐,曾说晏几道词:"只有'鬼'才写得出!"然"欲将沉醉换悲凉,清歌莫断肠"这样的词句,则恐怕是连鬼都写不出吧。

历久弥新说名句

"兰佩紫,菊簪黄",重阳佳节,也是菊花盛开的时候。赏菊、登高(山)是重要的重阳习俗,爱搞笑的杜牧就有诗描写插菊花和登山的重阳节:"尘世难逢开口笑,菊花须插满头归。但将酩酊酬佳节,不用登临恨落晖。"(《九日齐山登高》)而苏东坡则回应道:"人老簪花不自羞,花应羞上老人头。"(《吉祥寺赏牡丹》)来故作调侃。

南北朝时的重阳习俗,除了登高以外,还增加野宴之会。唐代皇帝则会在重阳这一天大宴群臣于曲江池,并命群臣作诗以进。从南北朝到隋唐,新兴的重阳习俗不只是饮宴赋诗,还包括动态的骑射围猎。唐太宗的时候,有一年重阳赐射,宋国公萧瑀连发了好几箭都没射中,名书法家欧阳询便作了一首诗来嘲笑他:"急风吹缓箭,弱手驭强弓。欲高反复下,应西还更东。十回俱着地,两手并擎空。借问谁为此,乃应是宋公。"(《嘲萧瑀箭》)因为这首诗更引得众人哈哈大笑,结果,从此萧瑀和欧阳询之间也就有了嫌隙。

重阳节的另一个重头戏便是吟诗作对。唐朝诗人王维在年仅十七岁时重阳登高，就写下："独在异乡为异客，每逢佳节倍思亲。遥知兄弟登高处，遍插茱萸少一人。"(《九月九日忆山东兄弟》)成了流传千古的名句诗篇。而布衣诗人孟浩然不知何故，似乎特别喜欢重阳节："故人具鸡黍，邀我至田家。绿树村边合，青山郭外斜。开轩面场圃，把酒话桑麻。待到重阳日，还来就菊花。"(《过故人庄》)"北山白云里，隐者自怡悦。相望试登高，心随雁飞灭。……何当载酒来，共醉重阳节。"(《秋登兰山寄张玉》)诗仙李白自然也有他的重阳节，既然有重阳节自然也就有诗："昨日登高罢，今朝更举觞。菊花何太苦，遭此两重阳。"(《九月十日记事》)

在《红楼梦》里，贾宝玉一干人，在重阳节这一天还特别以菊花为题，进行诗歌大赛，题目有：忆菊、访菊、种菊、咏菊、菊梦、画菊、菊影、残菊等，让各人以题为诗。结果夺魁的是多愁善感的林黛玉，她的《咏菊诗》是这么写的："无赖诗魔昏晓侵，绕篱欹石自沉音。毫端蕴秀临霜写，口齿噙香对月吟。满纸自怜题素怨，片言谁解诉秋心。一从陶令平章后，千古高风说到今。"吟诗作对庆重阳，不知你是否也觉得古人的休闲活动真有气质呢。

豆蔻梢头旧恨，
十年梦、屈指堪惊

名句的诞生

晓色云开，春随人意，骤雨才过还晴。古台芳榭[1]，飞燕蹴红英。舞困榆钱[2]自落，秋千外，绿水桥平。东风里，朱门映柳，低按小秦筝。

多情，行乐处，珠钿翠盖，玉辔红缨。渐酒空金榼[3]，花困蓬瀛[4]。豆蔻[5]梢头旧恨，十年梦、屈指堪惊。凭阑久，疏烟淡日，寂寞下芜城。

——秦观·满庭芳

完全读懂名句

1. 榭：建于高台上的木屋，多做游观之所。2. 榆钱：春天时榆树初生的榆荚，形状似铜钱大小，甜嫩可食，俗呼榆钱。3. 金榼：音ké，一种金属制的酒器。4. 蓬瀛：蓬莱、瀛洲皆传说中的仙山。借指歌妓居处。5. 豆蔻：植物名，豆蔻花未开时就显得非常丰满，因此成为少女的象征。用以形容美貌少女。

拂晓曙色中，云雾散净，好春光随人意兴，骤雨才过，天色转晴。古老亭台，芳美水榭，飞燕穿飞踩落了片片红英。榆钱像是舞得困乏，自然地缓缓飘零，秋千摇荡的院墙外，漫涨绿水与桥平。融融春风里，杨柳垂荫，朱门掩映，传出低低弹奏小秦筝的乐声。

谁不多情。在那行乐的去处，香车缀着珠宝金花，上面张着翠羽车篷；骏马佩着玉勒雕鞍，颈下系着大红缨饰。金杯里的美酒渐渐见底，如花美人厌倦了蓬瀛仙境。往昔那个豆蔻年华的青春少女所带给我的别恨离情，仿佛是一场十年扬州梦，屈指算起岁月来，真教人吃惊。凭着栏杆久久眺望，烟雾袅袅、落日昏朦，寂寞地沉入了扬州城。

名句的故事

秦观和晏几道一起并称为古今二"伤心人"，这一次他又伤心难过了。不过秦观的伤心难过总是迂回间接的。

他先仔细描述了扬州的冶游盛况，当时的文人常常和歌妓们交往，秦观年轻时就不时流连汴京、扬州、越州等处，他的细腻多情与文采，自然很容易受到歌妓们的欢迎，而度过不少风流艳丽的时光。词中佳人出游扬州城乘的马车，有珠子的嵌金装饰，车盖上还缀有翠羽；而男主角（也就是秦观）骑的马是用玉装饰马缰绳，还垂缀着红色的穗子。可以想象当时扬州城"冠盖纵横至，车骑四方来"的繁华景象。

渐渐盛酒的金盏杯空了，仙境里的豆蔻佳人也困萎了。酒空人倦，这一切都是旧时的欢乐，而今一切都不存在了。乐事难久，盛宴易散，真是"昔时乐事今日泪"了。

算一算，这个昔日乐事、前尘旧梦已经是十年前。善感的秦观，年纪已经不小，政治创伤满身。虽然没有像杜牧一样"十年一觉扬州梦，赢得青楼薄幸名"，但站在城楼上凭栏久立，唯见傍晚时分薄薄雾气和淡淡斜阳向城墙落下。对比前文的明媚春光，欢娱冶游，一种人事全非的怅惘油然而生。这种心情使作者再也待不住，于是他只好怀着万分寂寞的惆怅心情离开扬州。

秦观词的"伤心"可不只是消极难过而已，他的词引起许多怀才不遇之士的共鸣，对后来词家，从周邦彦、李清照一直到清代的纳兰容若等，都有显著的影响。

历久弥新说名句

秦观真不愧是古之伤心人，别人觉得乐不思蜀的扬州，他却是"疏烟淡日，寂寞下芜城（扬州）"。多少文人显贵为扬州流连忘返，据传连隋炀帝杨广都念念不忘想要改以繁华的扬州取代无聊的长安为都城。后来虽然无法如愿，但还是动摇国本修了好几条大运河，让他可以常常下扬州去游玩。

扬州的魅力无人能挡，就连不可一世的诗仙李白都忍不住对前去扬州的人羡慕不已："故人西辞黄鹤楼，烟花三月下扬州。"（《送孟浩然之广陵》）不过若要论排名，扬州第一风流才子，非唐朝诗人杜牧莫属，他的"落拓江湖载酒行，楚腰纤细掌中轻；十年一觉扬州梦，留得青楼薄幸名"（《遣怀》），还有"娉娉袅袅十三余，豆蔻梢头二月初。春风十里扬州路，卷上珠帘总不如"（《赠别》），以及"青山隐隐水迢迢，秋尽江南草木凋；二十四桥明月夜，玉人何处教吹箫"（《寄扬州韩绰判官》），可说是与扬州的名声几乎画上等号。谣传有一天杜牧的上司牛僧孺递给他厚厚的一本日志，上面居然详细记录着所有杜牧夜宿妓馆的时间地点。牛僧孺还笑着对杜牧说："你夜宿在外我不放心，每次都暗中派人保护呢。"

扬州从唐代开始就已经发达繁荣，娼楼酒馆之盛据记载，每到傍晚那些酒馆娼楼就在楼上燃起绛纱灯，竟达万数，像繁星般遍布城内各处，"珠翠填咽，邈若仙境"，"十里锦绣、十里歌"。这样一个富贵温柔之乡，诗酒繁华之地，难怪无数文人骚客、帝王将相流连忘返。

扬州似乎已经变成了一个梦，一个人间不可能的存在。有一个笑话可以为这个梦做注脚，古时候有几个人在纵谈人生梦想：第一位说，我要发财，得钱十贯；第二位说，我想成仙，骑鹤上天；第三位说，我想去扬州游玩；最后一位慨然道，我想要"腰缠十万贯，骑鹤下扬州"。

多少梨园声在,总不堪华发

> **名句的诞生**
>
> 凝碧旧池[1]头,一听管弦凄切。多少梨园[2]声在,总不堪华发。
>
> 杏花无处避春愁,也傍野烟发。唯有御沟[3]声断,似知人呜咽。
>
> ——韩元吉·好事近

完全读懂名句

1. 凝碧池:位于河南洛阳禁苑内。2. 梨园:传习戏曲的地方,这里借指北宋皇家音乐。3. 御沟:流经皇宫内苑的沟渠。

想起往日宫廷中的池苑,听到过去宫中的音乐,我立即感到无限凄凉。有多少当年梨园的曲调在跟前,一声声、一句句,着实令我这白发老人不忍聆听。

京城的杏花无处躲避国破的春愁,也靠着野外的烽烟开放。

只有宫苑的御沟水止声断，仿佛知道我的呜咽、悲怆。

词人背景小常识

韩元吉（公元1118—1187年），字无咎，号南涧翁，南宋词人。平生交游广阔，与陆游、朱熹、辛弃疾、陈亮等当代文人及爱国志士相交至深，常以诗词往来并相互唱和，在南宋时期是相当有名望的人物。

韩元吉的个性颇为高风亮节，虽然当其时南宋已偏安于临安，但他依然很眷恋北方，曾多次在词中写道"梦绕神州归路"（《水调歌头·寄陆务观》）；"中原何在，极目千里暮云重"（《水调歌头·雨花台》）之类的词句，并且也从未忘却"北伐抗金"之事，因此"鸡鸣起舞"和"勒功燕然"也常出现于他的笔尖，成为他鼓舞自己及他人的座右铭。

但尽管如此，由于南宋长期的积弱不振与自身的年华老去，韩元吉不免也会产生英雄迟暮、功业无成的感叹，因此他晚年的词风归于雄浑、豪放，与辛弃疾极为类似，无怪陆游曾称赞他的作品"落笔天成，不事雕镂。如先秦书，气充力全"。

由于个性的问题，韩元吉在行笔为文之时，确实不喜欢"纤艳"的诗以及杂有"鄙俚"的歌词，也因此，他曾认为自己所作的歌词"未免于俗者取而焚之"（《焦尾集序》），然后在将自己的作品集结之时，以《焦尾集》名之。他的词作现存80首，黄蓼园在《蓼园诗话》中对他的综合评价是：往往流露出"神州陆沉之慨"。

名句的故事

韩元吉的这首《好事近》别本题作"汴京赐宴闻教坊乐有感"。根据历史记载，韩元吉在公元1173年曾代表南宋出使金国祝贺"万寿节"，其实便是给金世宗完颜雍过生日，而这首词便是在他到金国后，看见当地人民已日益被同化，俨然忘却自己原是大宋子民，感慨之余，不仅将自己的所见所闻记下，更写了一阕词寄给陆游，以表达自己的慨然之情。

此词中所叙及的"凝碧池"，其实是唐代洛阳禁苑中的旧池名。当年安禄山造反之后，曾大会天下于凝碧池，并逼使梨园弟子为他奏乐。而乐伶们由于思念玄宗，各个欷歔不已、潸然泪下，其中有个名叫雷海清的人，更在愤怒之余抛掷乐器，面向西方放声痛哭。而安禄山见状后勃然大怒并立即下令，将雷海清在试马殿上肢解。当其时，王维正被安禄山拘禁于菩提寺，听到这个消息后，便作了一首诗："万户伤心生野烟，百僚何日更朝天？秋槐落叶深宫里，凝碧池头奏管弦。"由此可见，韩元吉笔下的"凝碧池"并不是天外飞来一笔，而是以古讽今、借彼言此，一方面哀悼北宋王朝的覆亡，一方面伤感南宋王朝的日益弱小，忠贞之情深切感人。

而当陆游收到韩元吉的信后，也感同身受地写了《得韩无咎书寄使虏时宴东都驿中所作小阕》一诗，以为唱和，在当时更是传为佳话。

历久弥新说名句

"多少梨园声在，总不堪华发"，表达的是一种既有眷恋却又不忍回首当初的矛盾情怀。

"梨园"一词最早出现在唐代，而其实，"梨园"最早是唐玄宗训练培养乐工的地方，而后慢慢演变成为"戏班"的统称，并且沿用至今。《新唐书·王维传》中便曾提及："禄山大宴凝碧池，悉召梨园诸工合乐。"清洪升《长生殿》第二十四出也说："那些梨园旧曲，都不耐烦听他。"

由于戏曲界俗称"梨园行"，因此演员们也多自称"梨园子弟"，并且戏班供奉的祖师爷便是"唐明皇"，也就是唐玄宗李隆基。史载："玄宗既知音律，又酷爱法曲，选坐部伎子弟三百人，教于梨园。声有误者，帝必觉而正之，号皇帝梨园弟子。"说起来"梨园"真可称得上是中国第一座"国立"的"戏曲学校"，而人们也常称嗓子好的演员是"祖师爷赏饭吃"。

至于"华发"，则通常意指花白的头发或指老人，有时也做"花发"，在古代诗词中也是经常使用的字眼，像唐元稹《遣病诗》十首之五："华发不再青，劳生竟何补？"以及北宋苏轼《念奴娇》："多情应笑我，早生华发。"都曾使用过。而到了现在，用"早生华发"作为标题的文章，则多是论述某某人因为工作多方辛劳，以至于"未老先衰"；但有趣的是，有人更研究了现代人"未老先衰"的现象，而写出像"六例经典食疗方消除四十岁男人早生华发苦恼"之类的标题，让"华发"二字的沧桑感顿减，趣味感锐生。

第五章　斯人独憔悴

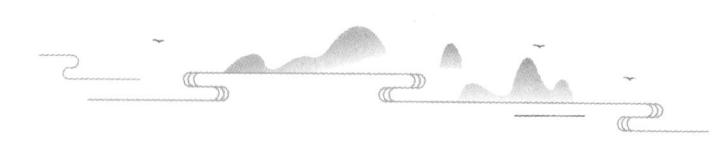

人愁春老，愁只是、人间有

名句的诞生

问春何苦匆匆，带风伴雨如驰骤[1]。幽葩[2]细萼，小园低槛，壅培[3]未就。吹尽繁红，占春长久，不如垂柳。算春常不老，人愁春老，愁只是、人间有。

春恨十常八九。忍轻孤、芳醪经口。那知自是，桃花结子，不因春瘦。世上功名，老来风味[4]，春归时候。纵樽前痛饮，狂歌似旧，情难依旧。

——晁补之·水龙吟

完全读懂名句

1. 驰骤：骑马疾奔。2. 幽葩：清幽的花朵。3. 壅培：把土或肥料培在植物根部。4. 风味：风度、风采。

我问春天，你何苦这样匆匆忙忙？带着风，伴着雨，如同快马奔驰一般。幽雅的花朵，纤细的花萼，开在小园低矮的栏杆旁，泥土还没有培封好。风雨一来就把繁茂的红花全都吹跑打落；它所占得的春光还不如杨柳长久。料想春天是永远不会老的，可人们在愁春天老去，而这种愁绪，也只是人世间才有。

世间失意的春恨十常八九，每见风雨催花，怎忍轻易辜负，入口的芳醇美酒。哪知原来是，桃花由于结子才零落，并非为了春去而消瘦。世上功名无成，老来风操未就，已到春归时候。纵然痛饮美酒，依旧像昔日狂歌，那豪情却难依旧。

词人背景小常识

据说晁补之（公元1053—1110年）在十七岁的时候，就拿着自己写的文章《七述》去拜见苏轼，苏轼看完，叹气说道："吾可以阁笔！"（搁笔不作之意），自此晁补之就成为苏门弟子。

一般认为晁补之的诗词风格是最能承继苏轼磊落豪放的词风，而晁补之也天资聪颖、学习力强。晁补之既然身为苏门四学士的一员，但很悲哀也很讽刺的，他也常常四处流浪、颠沛流离（即被贬谪）；被贬之后，他开始大量创作，进入一个高峰期，他许多优秀的作品都是在这个时期产生的。例如，第一次被贬遇赦北归，有词曰："饮罢一帆东，去入楚江寒雨。无绪，无绪。今夜秦淮泊处。"（《宴桃源》）而一贬再贬时："不会使君匆匆至，又作匆匆去计。"（《惜分飞》）最后一次被贬时，他已经彻底对官场死心，立志要过陶渊明的田园生活："东里催锄，西邻助饷，相戒清晨去。"（《永遇乐》）在这段期间，他拼命写词，写在东皋的隐居之乐、写耕作之乐、写人事之乐、写消夏之乐、写宴饮之乐等，已经如同他的老师一样，抛弃悲情，寄情于洁身自好的生活，悠然忘机。心胸之豁达坦荡，直逼东坡。

名句的故事

一般认为晁补之颇得苏东坡真传，他的词比较大气，不作"艳语"。究竟大气的惜春词是长什么样子？且让我们仔细看来。

首先，诗人对着春天说话："春啊，春啊，你为什么总是来匆匆、去匆匆？"然而花园里的矮栏杆中，"壅培未就"的嫩朵小花，也是来匆匆、去匆匆；春花易谢，春柳不凋，春总是有事情发生的季节。

但是春怎么会老呢？春怎么会有愁呢？原来是"人愁春老，愁只是，人间有"；意思是说春本不老，春不知愁，真正有愁的是人，只有人才会动不动就伤春惜春、伤春悲秋，会因为担心春老而发愁。"愁只是、人间有"算是词人对于人类之多愁善感的自嘲自解吧，即所谓"天下本无事，庸人自扰之"。

一般词人，尤其宋词，在描写伤春题材时多是抒情重于说理。很少人会回过头来探讨伤春的主观因素。因此，一般评论认为晁补之的春叹，抒情融以说理，理性多于感情，在惜春词中算是独具一格。而晁补之写这词时，应该已经处于被贬官之后，因此也有对人生春天之反省的弦外之音在内。

历久弥新说名句

"吹尽繁红,占春长久,不如垂柳"。岁月如流,年华易老,不老的还是那陌头杨柳,它时时惹动诗人们的万般思绪。杨柳走进诗词,为诗词增色;诗词装扮杨柳,使杨柳传情。

人生不如意事十常八九,而诗人又是一种情感的动物,因此常常把满腔的幽怨发泄到杨柳身上。如唐代诗人韦庄的"无情最是台城柳,依旧烟笼十里堤"(《台城》)。

不过杨柳最常替诗人们传递的情,是什么情呢?答案是离情。"长安陌上无穷树,唯有垂杨管别离"(刘禹锡·《杨柳枝》),"游丝有意苦相萦,垂柳无端争赠别"(欧阳修·《玉楼春》),"西城杨柳弄春柔,动离忧,泪难收"(秦观·《江城子》),这个例子恐怕可以一直举下去,不过天下千树万树究竟为什么诗人独钟杨柳?据说"折柳送别"的习俗,自汉朝以来就有了。南朝乐府民歌有"上马不促鞭,反折杨柳枝,碟座吹长笛,愁杀行客儿"。古人赠柳,寓意有二:一是柳树易生速长,意味着无论漂泊何方都能枝繁叶茂,而纤柔细软的柳丝则象征着情意绵绵;二是柳与"留"谐音,折柳相赠有"挽留"之意。

最后以一首近代抒情诗人徐志摩描写英国康桥柳树的诗作结:"那河畔的金柳,是夕阳中的新娘;波光里的艳影,在我的心头荡漾。"看完那么多有关柳树的优美词句,现在的你是否也爱上柳树了呢?

大美国学 宋词

览景想前欢，
指神京，非烟非雾深处

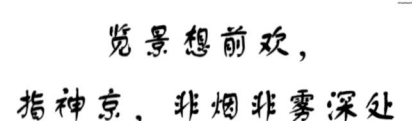

名句的诞生

登孤垒荒凉，危亭旷望，静临烟渚。对雌霓[1]挂雨，雄风[2]拂槛，微收烦暑。渐觉一叶惊秋，残蝉噪晚，素商[3]时序。览景想前欢，指神京，非雾非烟深处。

向此成追感，新愁易积，故人难聚。凭高尽日凝伫，赢得销魂无语。极目霁霭[4]霏微，暝鸦零乱，萧索江城暮。南楼画角[5]，又送残阳去。

——柳永·竹马子

完全读懂名句

1. 雌霓：双虹出时，色彩鲜盛为雄，又称虹；色彩暗淡为雌，又称霓。雌霓即是暗淡的虹霓。2. 雄风：清凉劲健之风。3. 素商：孟秋之月。秋季的第一个月，即农历七月。4. 霁霭：晴烟。5. 画角：古军乐。此指号角吹奏声。

登上旧时战争留下的荒凉废垒，站在高亭远望，一片宁静烟色弥漫水边。面对着暗淡虹霓，上头还挂着几点雨滴，清凉劲风吹到栏杆，才稍稍收敛原本烦热的暑气。渐渐感觉到叶子落下，搭配几声蝉鸣，唱出秋天已经接近了。览遍眼前景物，回想过去的欢乐，遥遥指向京城，不在雾里、不在烟里，是在深邃看不见的远方。

对着当前景色，再度追忆过往的快乐，新愁容易累积，故人难以再聚。站在高处，终日凝思伫立，心中难过到无话可说。目光看尽最远的晴烟朦胧，黄昏时，乌鸦在空中零乱飞舞，傍晚的江城更显寂寥萧索。南楼有人正吹着画角，刚好送走西下的夕阳。

名句的故事

《竹马子》是柳永晚年游宦江南所作，主写登高怀人，借景抒发离情愁绪。上片以古代战垒残壁的苍凉荒芜，与夏秋时序交替的自然景象联结，词人触景伤情之余，不禁涌上悲秋情绪，回忆过去京城的欢乐岁月，想要指出京城所在，但眺望远方，却只见层层烟雾。下片仍接应上片"想前欢"的心情，描述离开京城之后，新愁已入心扉，又长期与思念之人无法聚首，新愁于是不断累积，终到了人心无法承载的地步，无处宣泄的他，只能暗自强忍,无语凝望,眼下零乱萧索的暮晚景色,正衬托他极度思念的销魂悲伤。

年轻时的柳永,一直居住在繁华京城,由于出身书香门第,参加科举考试成为他人生唯一的选择,即使一再落第,还是必须不停地尝试,直到考取为止;而陪伴他度过落榜的精神寄托,即是来自秦楼榭阁的女子。柳永用其真心与她们相搏感情,只是未料考取进士之后,到处的游宦生涯,竟是如此空虚乏味,这使他更怀念起京城的绮靡欢乐,其中"览景想前欢,指神京,非雾非烟深处",就是羁旅在外的柳永,表达对以往京城岁月的想念。此三句虽不见一字悲语,但从一"指"字,已将潜伏内心的新愁旧绪,指向远比烟雾更深的京城,也象征能抚慰他寂寞心灵的,唯有远在京城的知心女子。

历久弥新说名句

柳永《竹马子》中"指神京"以及"非雾非烟"两语,其表现形式堪称新颖,作者先直指地名"神京",接着要道出神京所在时,他又只语出否定答案"非烟非雾",先引人深思,才恍然明白其意指:"神京"还在那烟雾迷蒙的更远处。此乃运用数学的"穷举法",即是先举出不是的答案,再找出正确的答案。

唐代诗人李白写过一首五言律诗《登敬亭北二小山,余时送客,逢崔侍御,并登此地》,其后四句为"回鞭指长安,西日落秦关,帝乡三千里,杳在碧云间"。这是李白与友人崔成甫同登敬亭山（今安徽宣城市郊）时，在下山途中，诗人举起马鞭，指向长安的方向。此时夕阳正映照旧朝秦时边塞，至于皇帝所住的长安，离他们还有三千里之远，缥缈在一片碧色云海之间。

晚唐诗人温庭筠，以杨贵妃的史事为题材，写下一首五言古诗《过华清宫二十二韵》，其中云道"重瞳分渭曲，纤手指神州"，作者援引唐玄宗天宝二年（公元743年），皇帝（古来称帝王相为重瞳，此借指唐玄宗）命令京兆尹韩朝宗引渭水，修筑一条漕渠，分入长安置潭的工程大事，再对照区一杨贵妃，只须纤纤玉手一指，整座神州江山尽在她的手中，借以突显唐玄宗对杨贵妃的溺爱纵容。从李白的"指长安"、温庭筠的"指神州"，可见年代较晚的柳永，其《竹马子》中的"指神京"也应源出前人的巧思，只是人人翻新笔法不同，表现也各有意趣。

清代词人纳兰性德，其《江城子》写有"非雾非烟，神女欲来时。若问生涯原是梦，除梦里，没人知"，词人借巫山神女的典故，写出神女降临前，正是非雾非烟的迷蒙遍布，若有人想问神女生活，那不过是一场梦，除非进入梦里，否则是不会了解的。所言"神女"可能暗指其恋人，两人情感或许有难言之隐，故只能迂回代之；其中"非雾非烟"即袭柳永《竹马子》，只是纳兰性德指的是"神女"现身人间的景象，柳永则是指"神京"不能望及的遥远距离。

第六章　两情若是久长时

衣带渐宽终不悔,
为伊消得人憔悴

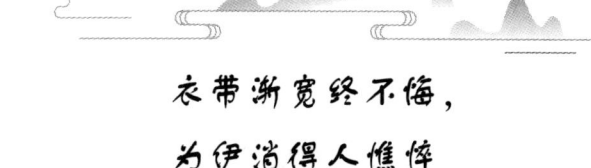

名句的诞生

伫倚危楼风细细,望极春愁,黯黯[1]生天际。草色烟光残照里,无言谁会凭栏意。

拟把疏狂[2]图一醉,对酒当歌,强乐还无味。衣带渐宽终不悔,为伊消得[3]人憔悴。

——柳永·蝶恋花

完全读懂名句

1. 黯黯:迷茫沉重的样子。2. 疏狂:形容放浪、不受拘束之意。3. 消得:值得。

长久伫立在高楼,微风细细吹过来,远眺春日无际天边,兴生一股迷茫沉重的愁绪。一片绿草被暮晚烟色映照,谁能体会我在此倚栏的心情。

打算以疏狂放浪来图求一醉，对酒高歌，勉强作乐，却已觉得毫无兴味。看着自己衣带逐渐宽松，我也不会后悔，为了你，纵使憔悴消瘦也值得。

名句的故事

《蝶恋花》为柳永晚年之作，主写登高思人。上片言词人高楼倚栏远望，看着春日绿草，笼罩在暮沉天黑的烟气，兴起一种莫名、无人能解的情绪。下片写词人放荡狂饮，醉酒唱歌，想要借以解愁忘忧，谁知勉强寻欢，竟是如此索然无味，最末写下"衣带渐宽终不悔，为伊消得人憔悴"，作者终于说出其愁思之所在，正是那位远在天际一方、令他逐渐消瘦的伊人。

年轻时的柳永，经常流连在京城的酒楼妓院，乐工们知其才情，每有新腔曲子，必先请他填词。妓女们也喜爱柳永，因为一经他的品题，妓女的身价名气马上水涨船高；这也造成柳永在文人圈中留下鄙俗之名。经历科举考试的连续失利，柳永转将生命重心寄托在浪漫爱情，但其后考取进士，展开的却是官宦之路的羁旅漂泊，这也注定他的爱情终将难全。《蝶恋花》所言"衣带渐宽终不悔，为伊消得人憔悴"，即是晚年的柳永，想要回到年少高歌、狂饮图醉的日子，只是面对眼前莺莺燕燕，却都无法填补他心灵的那块缺口，因为他心之所系是那独一无二的女子，纵使为了思念她而瘦骨嶙峋，也是心甘情愿。

近人王国维《人间词话》认为"衣带渐宽终不悔，为伊消得人憔悴"之句,代表读书人"治学三境界"之第二境,在第一境(晏殊《蝶恋花》:"昨夜西风凋碧树,独上高楼,望尽天涯路")中,先体会求学路的寂寞孤独后,接着就会确定这是终生不悔的抉择,值得为其付出任何代价,又说"此等词求之古今人词中,曾不多见",显见王国维对这两句的激赏好评。

历久弥新说名句

《蝶恋花》中"衣带渐宽终不悔,为伊消得人憔悴",柳永以身上衣带逐日宽松,视做自己为情消瘦的有力证据。东汉的乐府诗、古诗十九首之一《行行重行行》里,先民女子早已写下了"相去日已远,衣带日已缓",在与丈夫分开之后,日复一日的思念,使其衣带日渐松缓,她也同柳永《蝶恋花》描述的一样,都是为了情思憔悴神伤,不知不觉间,才发现自己早已形同枯槁,这也寓意着思念的折磨,足以造成人身的毁损。

唐代文学家柳宗元,在其七言律诗《柳州寄丈人周韶州》末联写道:"丈人本自忘机事,为想年来憔悴容。"这是柳宗元担心那位叫做周韶州的老人家,是否忘记了政治的机巧权变,还天真地任由个性行事,要对方多想想他自己这些年的憔悴凄苦,引为借镜,别再步入他的悲惨后尘。柳宗元为唐宋八大家之一,虽怀抱政治理想,却被政治斗争拖累一生,长期贬谪穷乡僻壤的艰苦生活,使他的身体健康严重出现问题,死时才四十七岁;此诗为唐宪宗元和十一年(公元816年),柳宗元在柳州(今广西柳州)

所作，诗的内容主要反映柳宗元在柳州的寂寞心境，面对仕途的失意挫败，身体饱受疾病所苦，形貌自然呈现凄然憔悴，可见柳宗元也是"为伊消得人憔悴"，只是他的"伊"，并非指心上人，而是他满腔的政治理念与抱负。

两情若是久长时，
又岂在朝朝暮暮

名句的诞生

纤云弄巧[1]，飞星传恨[2]，银汉[3]迢迢暗度。金风玉露[4]一相逢，便胜却人间无数。

柔情似水，佳期如梦，忍顾[5]鹊桥归路。两情若是久长时，又岂在朝朝暮暮[6]。

——秦观·鹊桥仙

完全读懂名句

1. 纤云弄巧：片片纤薄的彩云，作弄出许多巧妙的形态。2. 飞星传恨：飞星，这里指牵牛、织女两星。传恨，流露出终年不见面的离恨。3. 银汉：天河。4. 金风玉露：形容秋天的景物。金风：秋风。秋天在五行中属金，故称秋风为金风。玉露：白露。5. 忍顾：怎么忍心回顾。6. 朝朝暮暮：从早到晚，日复一日。

那散布于天际轻盈的彩云,作弄出许多迷人的姿态。牛郎织女双星流露出不能见面的离恨,希望能立即飞越过广阔辽远的银河。虽然一年只有一次秋风玉露的会面,其情意却更胜过人间无数的爱恋。

两人的恋情似银河水波一样温顺柔致,美好的相会又像梦境一样迷离。让人不忍回头望向鹊桥归路。只要两人的爱情是永恒坚贞,又哪需要日日夜夜形影不离呢。

名句的故事

自古至今,人人都喜欢爱情、歌颂爱情,对爱情充满如梦似幻的想象。本篇名句就是一则关于爱情神话的美丽语言。与宋代其他词人不同,其他词人的爱情,如柳永或晏殊,他们词里表现的主要是封建士大夫对官妓或家妓的狎弄与欢情。而秦观却描述了一个不食人间烟火的神话爱情。

那散布于天际的轻盈多姿的彩云,映着落日的余晖,仿佛是织女用灵巧的双手编织出来的优美的图案。相传织女织造云锦,是纺织能手。民间风俗,七夕之夜,女孩子们陈设瓜果向织女乞巧。将初秋的彩云与织女的巧手联系起来,马上进入一种特定的情景,这也为牛郎、织女的七夕相会布置了一个美丽的背景。

"飞星传恨"则是写牛郎。牵牛星在夏末秋初之际光彩特别明亮,与织女星的距离也最近,因而有渡河相会的说法。"飞"字表现出牛郎赴约的迫切心情。"银汉迢迢暗渡"则是形容银河之广袤和双星间隔之遥远。有趣的是，对于牛郎与织女这两颗星的距离究竟是远或近，却有不同的意见。古诗里曾说："河汉清且浅，相去复几许。"认为那阻隔了牵牛和织女的银河既清且浅，牵牛与织女相去并不远，虽只一水之隔却相视而不得对语。

除了双星的距离究竟是远是近外，人们对牛郎与织女两人究竟是高兴还是难过，也有不同的意见。秦观就是属于高兴一派的，他不想要继续同情及描绘双星会少离多的可怜与可恨，也不想要制造牛郎与织女间缠绵肉麻的相思。他话锋一转，创造出了"金风玉露一相逢，便胜却人间无数"，"两情若是久长时，又岂在朝朝暮暮"的爱情真谛，甚至因为有了银河的相隔，才更凸显这牛郎织女一年一聚的美好。

而宋朝女词人李清照则是属于伤感一派的，她担心的是牛郎织女的"离情别恨难穷"。李清照不断想象两人如何难分难离、难解难舍，"牵牛织女，莫是离中。甚霎儿晴，霎儿雨，霎儿风"。(《行香子》) 一般认为秦观不同于前人，提出一个新的爱情观点，强调爱情的伟大与永恒，认为真正的爱情贵在情深而不在相聚时间的多寡。若是虚情假意的"朝朝暮暮"，这样的爱情还不如不要。换言之，中国的爱情似乎是从秦观提出"两情若是久长时，又岂在朝朝暮暮"才开始变得伟大与永恒。

历久弥新说名句

爱情让人伟大，也常让人渺小、疯癫与莫名其妙。倘若爱情是恶,那也是"必要之恶"。曾写出无人不爱的《少年维特的烦恼》一书的德国浪漫主义大文豪歌德,就曾经说过:"我的一生完全沉浸在爱情里,也就是说,我的作品全是为了爱情。如果没有了爱,没有了情,我是写不出什么东西的。"

歌德是很有资格说出这些话的,他甚至在七十三岁时还再度情窦大开,疯狂地爱恋上邻家一位十七岁的妙龄少女。这段爱情虽然没有开花结果,但却有了爱情的结晶,即是歌德另一著名的抒情杰作爱情长诗《马伦巴悲歌》。他这样写道:"书本之中最奇妙的书,乃是爱情之书,我曾加以细读;只有几页是欢愉,全篇却都是痛苦,其中还有一节别离的叙述。"

伟大的爱情故事永远不嫌少,而伟大的爱情故事也永远少不了美丽的诗句。汉代的风流才子司马相如写了一首《凤求凰》:"凤兮凤兮归故乡,遨游四海求其凰。有一艳女在此堂,室迩人遐毒我肠。何由交接为鸳鸯。"打动了新寡的卓文君随他奔走天涯。后来,卓文君也写了一首《白头吟》:"凄凄复凄凄,嫁娶不须啼。愿得一心人,白头不相离。"挽回了变心的风流夫婿司马相如。即使是在像中国这样封建的父权社会体制下,卓文君的例子还是展现了"如为爱情故,一切皆可抛"。这种因爱情而产生的勇气,莎士比亚形容的最贴切:"爱情可以让懦夫变得大胆,却也可以让勇士变成懦夫。"

天涯地角有穷时，
只有相思无尽处

名句的诞生

绿杨芳草长亭路，年少抛人¹容易去。楼头残梦五更钟，花底离愁三月雨。

无情不似多情苦，一寸还成千万缕。天涯地角有穷时，只有相思无尽处。

——晏殊·玉楼春

完全读懂名句

1. 抛人：此指年少者抛弃情人。

当年分手的长亭路上，沿途一片翠绿杨柳与芳草，年少时的情感容易轻言别离。卧躺高楼却无法沉沉入睡，还做着残破不全的梦，直到五更钟声敲起，花荫底下暗藏离别愁绪，就像三月时分的点点落雨。

无情的人没有多情的人痛苦，短短寸心能衍生出千丝万缕的情思。天和地如此辽阔，都有它们穷尽的终点，唯有绵延不绝的相思没有尽头。

名句的故事

《玉楼春》主写相思之情。上片借长亭春景，回忆年少轻狂的恋人，抛下情感竟是这般容易，如今独卧高阁，想起与旧情人相聚点滴，辗转难以睡去；下片改以白描，直抒胸臆，表明无情人无法体会多情的苦楚，也尝不到思念的苦涩。词中主人翁被昔日情人抛弃，事隔多年，身心虽已饱受相思煎熬，却仍是情不自禁怀念着薄幸情人。

其中"无情不似多情苦，一寸还成千万缕"颇耐人寻味，晏殊故用反语，将"无情"与"多情"做一对照，借"无情"强调"有情"，正因深情带给人巨大神伤与痛苦，这个中滋味，岂是无情之人所能理解？"一寸"乃指人心，意谓短短寸心，足以衍生不计其数的情意，词人在此采取夸饰笔法，表明思念情感的无远弗届，能够回绕在浩瀚天地之间。

明代文学家李攀龙在《草堂诗余隽》里，评论《玉楼春》"春景春情，句句逼真"，这也说明晏殊借景写情的深厚功力，词意真切动人。清代词评家黄蓼园《蓼园词选》则言："末二句总见多情之苦耳。妙在意思忠厚，无怨怼口角。"直指《玉楼春》最末"天涯地角有穷时，只有相思无尽处"，是词人承受"多情苦"的总结，曾经遭遇情人负心离去，却仍然深深思念对方，字里行间不见半点怨恨责怪，故给予相当好评。

历久弥新说名句

历来评论者多认为《玉楼春》描写女子闺怨，是晏殊反映思妇心理之作，但晏殊之子晏几道却极力为父辩解，强调此词绝非妇人之语。据北宋范温《潜溪诗眼》书中所记，当时有一文人蒲传正指出，从晏殊《玉楼春》"绿杨芳草长亭路，年少抛人容易去"，即可看出这是作者仿拟妇人口吻，回想年少恋人将自己抛弃；晏几道相当不以为然，举唐代白居易四十七岁所写乐府诗《浩歌行》中"欲留年少待富贵，富贵不来年少去"予以反驳，这两句诗的大意是：想要趁着年少努力，期待将来富贵来临，谁知富贵一直没来，年少岁月却已经过去。

晏几道本想借白居易《浩歌行》所言"年少"，说明与其父《玉楼春》之"年少"，两人同是意指青春难以停留，只是晏几道这番辩解根本难以说服众人，因为不论《玉楼春》的主人翁到底是妇人或男子，全篇弥漫深情相思情怀，实与感叹青春流逝一事无法互作联结。

至于最末"天涯地角有穷时，只有相思无尽处"，也是千古佳句。晏殊先说天地有穷尽，是为了突显相思之无尽。自古对宇宙一直存有天圆地方的概念，认为地表是有其尽头，南朝梁陈时期，擅写"宫体诗"的徐陵，也是陈武帝发表国家重要文章的起草人,他在《武皇帝作相时与岭南酋豪书》写有"天涯藐藐,地角悠悠"之句,是陈武帝任南朝梁相时,请徐陵写给南方少数民族首领的书信,也是"天涯地角"一语的最早出处。文中并未明指何地,只是泛指一处飘忽渺茫、无由到达之境。其后文人也常以"天涯地角"形容相隔极远、难以到达的地方,如唐代诗人张仲素七言绝句《燕子楼》之"相思一夜情多少?地角天涯不是长",意指若要算计一夜情思有多长?就是将地角天涯的距离来比拟,都不足以丈量相思的真正长度。

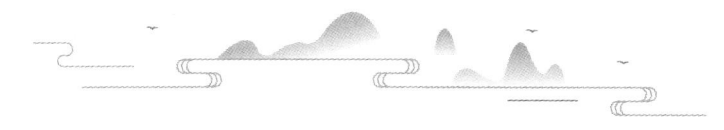

心似双丝网,中有千千结

名句的诞生

数声鶗鴂,又报芳菲歇。惜春更选残红折,雨轻风色暴,梅子青时节。永丰[1]柳,无人尽日花飞雪。

莫把幺弦[2]拨,怨极弦能说。天不老,情难绝,心似双丝网,中有千千结。夜过也,东窗未白孤灯灭。

——张先·千秋岁

完全读懂名句

1. 永丰:即永丰坊,位于河南洛阳。2. 幺弦:楚人以小为幺,五音之中羽弦最小,故声之繁急者谓之。

杜鹃声声啼叫,又到芳草衰竭的时节。为了珍惜春光,选折下一朵残落红花,雨来风大,正是梅子转青的时节。永丰坊内终日无人往来,只有柳絮在飞扬飘舞。

不要拨弄那急促的弦音了,内心的极致幽怨,弦音也能诉说出来。天不会老去,情难以绝灭,心似有成双的丝网,中间缠绕数千个结头。夜已快过去,东面窗户还未露出曙光,眼前一盏孤灯早已熄灭。

名句的故事

张先的时代,正好躬逢北宋王朝政治安定、歌舞升平的岁月,加上他天生多情种子,抒写男女情爱,或与歌妓的风流韵事,自然成为他词作的创作主题,一旦碰上感情不尽如人意,即将满怀伤春悲秋的情感投注到作品中,作为宣泄抒发的管道。

张先《千秋岁》就是一阕典型的伤春之作,主在描写爱情与相思。上片表达与心上人分别的幽怨,杜鹃鸟的哀鸣,说明时令由春转夏,世事由盛转衰,作者基于惜春,折下一残红落叶,却换来无情风雨,示意他的爱情已遭到外力摧残;下片通过琴声思念情人,并点出全篇要旨所在,即"天不老,情难绝",天不会老去,正如他的爱情不会灭绝,词人在此疾呼对爱情的坚定信念,绝不因时间或环境而有所改变;接着运用"思"与"丝"同音,写下"心似双丝网,中有千千结",象征彼此思念之心,如同两张丝网,早被千万个结给牢牢系住,任何人都无法将其分开。作者因耽溺在难全的情思里,不觉一夜已过,东方天空虽尚未明,但伴随他一夜的油灯早已燃尽。

张先与柳永齐名,主要是两人都擅写风花雪月,当时柳永几乎家喻户晓,深受市井小民喜爱,张先的名气相对就被比下去;

南宋人吴曾编《能改斋漫录》，引北宋文人晁无咎的话说"然子野韵高，是耆卿所乏处"，意指张先作品的韵味格调，比起柳永尽写老少能讴的词曲来得好。若从《千秋岁》中"天不老，情难绝，心似双丝网，中有千千结"去看，本在表达情感的挫折失意，但张先字里行间，依然流露着他一贯的优雅况味。

❀ 历久弥新说名句 ❀

张先《千秋岁》开头为"数声鶗鴂，又报芳菲歇"，以杜鹃的啼声，芳草已快要停歇，表示春天快要过去，其创作灵感源于战国时期楚国大夫屈原《离骚》，其中有"恐鹈鴂之先鸣兮，使夫百草为之不芳"，意指唯恐听到杜鹃的鸣叫，使百草消失了它的芬芳。

唐人李贺，人称诗鬼，其七言古诗《金铜仙人辞汉歌》写道："衰兰送客咸阳道，天若有情天亦老。"由于汉武帝曾铸造金铜仙人，以求长生不老，到了魏明帝，命其手下到汉都咸阳（今陕西西安）搬回这座铜人，准备置放在魏国宫殿前。李贺即是描写铜人被载出汉宫时，在咸阳道上为"他"送行的只有凋萎兰花，本应是无血无肉的铜人，不禁也要沉痛呐喊，天若是有情，目睹世代生老兴亡之变，必也会不堪承受地老去。李贺《金铜仙人辞汉歌》和张先《千秋岁》中，同样运用"天"、"情"、"老"三字，但张先写"天不老"，是为了证明"情难绝"，李贺的"天若有情天亦老"则是发出不平之鸣，正因天的无情，对世事的无动于衷，根本不懂人世生老兴衰的苦痛；可说是一句悲切沉痛之语。

年代稍晚于张先的词人李之仪，在其《谢池春慢》最末写道："天不老，人未偶。且将此恨，分付庭前柳。"意谓天不会老，两人也无法一起，且将难成佳偶的怨恨，托予无言杨柳。面对难全的情爱，李之仪与张先虽认同"天不老"定律，但李之仪态度显然消沉许多，张先则是表现对情爱的强烈信心，任谁都无法把他击退。两人虽都写下"天不老"，但承接笔法迥异，两者意境也就相去远矣。

现代小说家琼瑶，其文艺爱情小说《心有千千结》，即是把《千秋岁》"心似双丝网，中有千千结"合为其书名，还将词句改写成这部电影主题曲的歌词，写道："问天何时老，问地何时绝。我心深深处，中有千千结。"几乎可说是从张先《千秋岁》脱化而来。

美人不用敛蛾眉，
我亦多情，无奈酒阑时

名句的诞生

落花已作风前舞，又送黄昏雨。晓来庭院半残红，惟有游丝[1]，千丈罥[2]晴空。

殷勤花下同携手，更尽杯中酒。美人不用敛蛾眉[3]，我亦多情，无奈酒阑[4]时。

——叶梦得·虞美人

完全读懂名句

1. 游丝：蜘蛛、树虫所吐的细丝及柳絮飘散的细丝。2. 罥：缭绕、缠绕。3. 蛾眉：指眉毛细如蛾须，故谓之蛾眉。更有以眉代指美人者。4. 阑：残，尽，晚。

凋落的花片已在空中飘舞，又送走黄昏时细雨萧疏。拂晓时，半个庭院落满残红，只有千丈游丝，在晴空里缭绕、悬浮。

我们以前曾在花前携手同游,满怀情意地举杯痛饮。佳人不要因这离别的时刻到了而伤心愁苦,我其实依旧情意深厚,怎奈已到了酒尽时分。

词人背景小常识

叶梦得(公元1077—1148年),字少蕴,号石林居士,吴县人。他擅长写议论文章,并且也能诗能文,词风早年趋于婉丽,中年效法苏东坡,但到了晚年则归于简洁、雄浑。而现今保存下来的词,多是他的晚年之作。

叶梦得一生的著述颇为丰富,而他曾引用欧阳修的诗句:"一生勤苦书千卷,万事消磨酒十分。"来概括自己的一生。在其著作之中,最为人所称道的则是他的《石林诗话》,因为叶梦得不仅潜心在诗歌创作上,并且对"诗"这个体裁也有极为精辟的见解,因此他的《石林诗话》在"诗评"史上可说具有绝对不可忽视的价值。

除去"诗人"、"诗评家"的称号外,叶梦得还有一个极为特殊的身份:宋代大藏书家。因为他一生嗜书,因此到晚年时藏书已逾十万卷,为此,他特别修筑了"石林别馆",并自号"石林居士",日日沉浸在书海之中。但不幸的是,由于藏书楼的看守人一时疏忽,一场大火烧去了叶梦得毕生的心血,让他痛苦之余,第二年便在悲苦忧愤中辞世。

在"嗜书"之外,叶梦得还特别酷爱"奇石",由他将自己的藏书楼称为"石林别馆",我们便可略窥一二。可以这么说,叶梦得对石林、奇石、太湖石的研究在当时已可以称为"专家中的专家",在历代文人中,拥有如此多爱好,并且钻研至深者,实属少见。

名句的故事

叶梦得的《虞美人》一词是首惜花伤春、流连光景及伤别情怀的抒情小令,其中"美人不用敛蛾眉,我亦多情,无奈酒阑时"之句尤为动人,作者借着因"酒阑"故而"美女敛蛾眉"的描述,表达出一种浓厚"曲终人将散"的哀伤情怀。

在此句中的"美人"意指"侍女"或"歌妓",虽然词人并没有明白讲述此次宴会的主人是谁、目的为何,但是"我亦多情"一句,却格外引人遐思。

自古中国文人与歌伶、妓女的关系一直颇为密切,有的是将歌妓视为"红颜知己",有的则与歌妓"恋恋情深",有的则介于二者之间,而就是那种朦胧又暧昧的情感,不知成就了多少动人的诗篇。曾有人笑称一本厚厚的宋词之中,有大半佳作都是献给歌妓的,这话虽流于戏谑,但却也不无三分道理。而在笔记、小说之中,描述文人与歌妓之间的交往轶事更是数不胜数,除此之外,有些歌妓更是因与文人交往而名垂"青"史,例如苏小小、李娃、李香君、董小宛等。

只可惜，虽然名妓与文人的故事不断地在历史中上演，为文人们提供了不少写作素材，但她们在"色艳双绝"光环下的辛酸与苦楚，却没有多少文人愿意去聆听、去描述。

历久弥新说名句

用"蛾眉"来比喻"佳人"是中国文人的一个习惯用法，例如陈与郊的《文姬入塞》："蛾眉自困龙城也，怕问洛阳枝叶。"便是此例。但"蛾眉"最早其实意指美人细长而弯曲的眉毛，因为眉形似蚕蛾的触鬓，故以此名之，温庭筠《菩萨蛮》中便用此意："懒起画蛾眉，弄妆梳洗迟。"而若在"蛾眉"之前加个"敛"、"蹙"或"颦"字，表达出的则是佳人因某事忧伤、心烦的写照，例如李白的《怨情》："美人卷珠帘，深坐颦蛾眉。"以及梁简文帝萧纲《梅花赋》："东风吹梅畏落尽，贱妾为此敛蛾眉。"

"美人蹙眉"的柔弱形象往往令人既心痛又着迷，因此为了描绘斯情斯景，文人们从来没有少用过笔墨，其中最有名的自然是西施捧心、令东施也为之效颦的那千古一"蹙"，而其次，则是《红楼梦》中赚取多少读者眼泪的"颦儿"林黛玉。

时至今日，尽管人们在日常生活中使用"皱眉"的几率大过于"敛眉"、"蹙眉"与"颦眉"，但对"美人蹙眉"的迷恋依然没有降低，像一则有趣且应景的七夕手机短信便依然使用了这种意象："织女不用敛蛾眉，前度牛郎今又回。鹊桥执手望泪眼，良辰美景不思归。"而让多少多情男女在七夕之时望着手机短信慨然泪下。

第六章 两情若是久长时

拼则而今已拼了，忘则怎生便忘得

名句的诞生

芳草碧色，萋萋遍南陌。暖絮乱红，也似知人，春愁无力。忆得盈盈拾翠侣，共携赏、凤城[1]寒食。到今来，海角逢春，天涯为客。

愁旋释，还似织；泪暗拭，又偷滴。漫伫立、倚遍危栏，尽黄昏，也只是、暮云凝碧。拼[2]则而今已拼了，忘则怎生便忘得。又还问鳞鸿[3]，试重寻消息。

——李甲·帝台春

完全读懂名句

1. 凤城：指北宋京都汴京。2. 拼：音pàn，舍弃，不顾一切。3. 鳞鸿：即鱼雁，古有鸿雁寄信、鲤鱼传书之说，故常借鱼雁以代书札。

芳草一片碧绿，丛丛茂密长满了南野大地。温暖的柳絮飘飞，飘零落花遍地，也好似知道人的情绪，带着伤春的仇恨，困慵无力。曾记得与轻盈曼妙的伴侣去拾翠羽，共同携手游赏凤城寒食的风光。到今天，我却在海角与春天相遇，在天涯为客，羁旅他乡。

愁情刚刚消逝，又如乱麻交织；泪水暗暗擦拭去，又偷偷滚下泪滴。我茫然伫立，倚遍高高栏杆，直到漫天黄昏，也只见沉沉暮云在碧空中凝聚。为了她我可以舍弃一切，而如此深情一片的我，怎么能将过去的情事说忘就忘。所以我一再地询问飞翔的鸿鸟，是否有为我带来她的消息。

词人背景小常识

李甲（生卒年不详），字景元，善作词，特别是以清丽的"小令"名闻当时。除了作词之外，他在绘画上的造诣也颇为人所称道，著名画家米海岳尝称赞他的画有"意外之趣"。他曾在自己的画作中自题山水诗："谁拨烟云六尺绡，寒山秋树晚萧萧。十年来往吴淞口，错认溪南旧板桥。"而苏轼《东坡集》中亦记载一首李景元的画竹诗："闻说神仙郭恕先，醉中狂笔势澜翻。百年寥落何人在？只有华亭李景元。"可见李甲对绘画的痴迷。

名句的故事

《帝台春》一词讲述的是李甲回忆当年在京师与情人在"寒食节"春游时的美好情景。其中"拼则而今已拼了,忘则怎生便忘得"两句相当地浅白、口语化,但因情真意挚,让人读后极易感怀词人那满腔的热情,以及为情所困、失魂落魄的神态,无怪明代潘游龙会有如此评价:"'拼则'二句,词意极浅,正未许浅人解得。"

也许有些人会好奇"寒食节"究竟是什么节日?为何古人春游要选在"寒食节"?相传"寒食节"是为了纪念春秋名士"介之推"而创。据记载,介之推是春秋时晋国的贤臣,曾侍奉公子重耳。晋国发生内乱时,公子重耳被迫逃往国外,介之推不畏艰难地跟随他一起流亡,并还曾割自己的腿肉熬汤,献给重耳。但重耳做了国君后,却慢慢地将他淡忘,而介之推心中虽十分难受,但还是和其年迈的母亲回到家乡,隐居在山中。

几年后的一天,晋文公重耳终于又想起介之推曾为自己做过的一切,心中非常内疚,便亲自跑到他隐居的山中寻找,但却偏寻不得。而为了逼介之推"出山",晋文公便命令属下放火烧山,希望将其引出,但介之推却依然没有出现。三日后,大火终于熄灭,大家进山察看,这才发现介之推和他的老母抱在一起,活活被烧死在深山之中。

这事传出来后,人们为了缅怀介之推,便在他被烧死的这天，每年的阳历四月四日也就是清明节的前一天来纪念他，而由于介之推是被大火烧死的，所以这天大家都不忍心升火，宁愿吞吃冷食，所以，这天便叫"寒食节"。

但不知为何，随着时代的推演，"寒食节"的纪念意义已慢慢消减，据《东京梦华录》记载，到了北宋时，"寒食节"竟成了男女寻欢作乐的最佳时机，也成为李甲的一个伤心回忆。

历久弥新说名句

"鳞鸿"二字一直是中国古代文人传递书信的一个代名词，"鳞"就是鱼，"鸿"就是天鹅，也就是雁，所以"鳞鸿"也作"鱼雁"。

关于"雁"与通信的典故，最早出自《汉书·苏武传》里的《雁足传书》：当时苏武出使匈奴，被匈奴囚于北海之上牧羊，十多年来未曾再有音讯。后来匈奴与汉朝和亲，关系和缓之际，汉武帝又想起了苏武，便抱着一线希望，期待苏武可以归来，但此时，匈奴却诈说苏武已死，而汉武帝虽有些狐疑，却也无计可施。后来朝臣中有人提了一计，命汉朝使节求见单于，说汉武帝在上林苑骑猎中，偶得一雁，雁足上系有苏武寄来的帛书，提及自己未死，只是在北海牧羊，单于听后大惊，便连忙将苏武释放。

到了今天，由于时代进步，提笔写信的人已大大减少，以往用来传递书信的"信鸽"也已成为为了比赛而豢养的"选手"，取而代之的,则是方便又迅捷的"电子邮件"以及"手机短信"。再将"鸿雁"与信件联结在一起的,大多也只是这样的文章标题:"新时代的鸿雁传书:谈手机短信"。

但无论"电子邮件"与"手机短信"如何方便、快捷,可给人的感觉却总是有些冷冰冰,怎么也比不上手写信件带给人的那股温馨感与期待感。

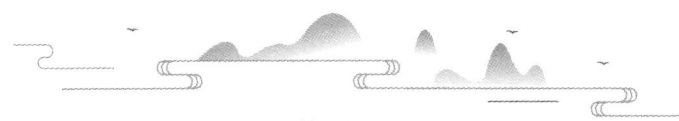

> 十年一梦凄凉。
> 似西湖燕去，吴馆巢荒

名句的诞生

柳暝河桥，莺清台苑，短策[1]频惹春香。当时夜泊，温柔便入深乡。词韵窄，酒杯长。剪蜡花、壶箭[2]催忙。共追游处，凌波翠陌，连樟横塘。

十年一梦凄凉。似西湖燕去，吴馆巢荒。重来万感，依前唤酒银罂。溪雨急，岸花狂，趁残鸦、飞过苍茫，故人楼上，凭谁指与，芳草斜阳？

——吴文英·夜合花

完全读懂名句

1. 短策：马鞭。2. 壶箭：古代以铜壶贮水滴漏，立箭标于壶中，随水滴漏而移动以计时刻。

柳荫昏暗的江河桥畔，清亮莺声在亭台林园里回响，摇鞭策马到郊外，频频沾惹春花的芳香。当时夜泊葑门外，深深醉入温柔乡。填词音乐狭窄，饮酒美意情长。时时剪那烛花，漏壶箭标催促着匆匆流逝的时光。我与她追寻美景，共同游赏，她迈着凌波般轻盈步伐，跟我漫步在翠碧小路上，又双双摇着船桨浮游于池塘。

十年如梦般地过去了，只留下无限凄凉。她就好像西湖的燕子飞走了，剩下吴馆的燕巢；西湖已荒芜不堪。我重游旧地，内心万般感慨，但还是像以前一样以银罍饮酒。此时溪上的雨下得很急，岸边的花草狂摆，未归的残鸦也快速地飞过苍茫的天空。我登上曾经与故人相伴的层楼，但此时又有谁可以和我一起遥指远方的芳草和斜阳？

名句的故事

吴文英曾到过苏州，并结识当地女子。之后吴文英重游苏州，已不见女子踪迹，因而返回杭州，于是便写下了这阕词。根据考证，苏州女子追随吴文英，约计有十二年，两人感情深厚。词中"十年一梦"一句，其实是为了取一个整数才这么写的。

唐朝诗人杜牧亦在他的《遣怀》诗里有一句"十年一觉扬州梦"；杜牧是个多情种子，个性又不拘小节，所以常常引出许多风花雪月的情事。扬州在当时十分富庶，有不少歌楼妓院；这诗句的意思是说，杜牧猛然醒悟，惊觉过去的漫长岁月，都虚耗在男女之间的情爱上。吴文英在此处则化用杜牧的典故，引出"十年一梦"的意思,并以"凄凉"表达出对苏州女子的思念之情。之后"似西湖燕去"两句,写出苏州女子的离去,只留下荒芜的吴馆和无限的感伤。吴文英一向擅长写思念故人、抒发悲愁一类主题的词,这阕词可以说是他的代表作之一。

历久弥新说名句

晋朝诗人潘安(岳)长得十分俊美,平时在路上,常会有妇人伸出两手围绕他的座车,不让他离开,并且将水果投到他车上,对他表示好感,潘安往往因此满载着水果回家。看到这里,或许会以为他是个花心大萝卜,滥情得很,其实他十分深爱他的妻子。他的妻子很早就过世了,在妻子下葬时,他写了一篇《哀永逝文》来祭吊他的妻子。之后为亡妻服丧一年期满,将要离家复职之际,他又作了三首悼亡诗来怀念亡妻。不论是诗和文章,都写得哀怨凄恻、字字血泪。

其中有这样的句子:"帏屏无仿佛,翰墨有余迹。流芳未及歇,遗挂犹在壁。怅恍如或存,回遑忡惊惕。"意思是说,在帏帐里再也不见她的身影,然而在房内仍留有她的笔墨文字。她翰墨的芳香,她的字画还挂在墙壁上,恍惚之间,好像妻子还活着,但是回头一想,才突然惊觉她已经永远离开了。潘安的情思细腻,对妻子用情至深,在妻子去世一年多后仍无法接受这个悲痛的事实,忘怀结发之情。诗末以"翰林鸟"的形单影只和"比目鱼"的中途分离来形容自己丧偶的孤单和痛苦,两种动物都是无法单独行动的，更加突显潘安的伤痛。

吴词中写到自己失去伴侣的孤寂，十二年的光阴，就如一场梦般，只留下无尽的凄凉和感伤。他和潘安一样，同样对物是人非的情景慨叹不已，看见昔日的遗迹，更是难掩内心的伤痛。那种伤情，是自古至今的真性情都会有的愁绪。

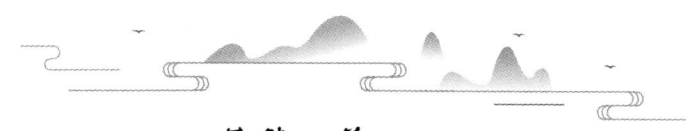

蓦然回首，
那人却在，灯火阑珊处

名句的诞生

东风夜放花千树，更吹落、星如雨。宝马雕车香满路。凤箫¹声动，玉壶²光转，一夜鱼龙³舞。

蛾儿⁴雪柳⁵黄金缕⁶，笑语盈盈暗香去。众里寻他千百度，蓦然⁷回首，那人却在，灯火阑珊⁸处。

——辛弃疾·青玉案

完全读懂名句

1. 凤箫：排箫，箫管排列参差如凤翼。2. 玉壶：明月。3. 鱼龙：鱼灯、龙灯，代指各类彩灯。4. 蛾儿：为蛾状饰物，元宵节妇女头饰之一。饰物轻巧，戴在头上，走路摇摆，会发出叮叮当当的声音，故又称闹蛾。5. 雪柳：用绢花装成的花枝。枝条纤细，为元宵节妇女头饰之一。6. 黄金缕：形容头上雪柳丝如黄金丝缕般，随着美人步伐摇摆。7. 蓦然：忽然。8. 阑珊：形容灯光稀落、微暗的样子。

一夜春风吹开了繁花千树，更吹落了满天星斗，晶莹似雨。华贵的马车散播香风芳馥，弥漫一路。凤箫声韵悠扬，明月清光流转，整夜里鱼龙灯随风飘舞。

她迎面走来，发鬓上戴着闹蛾，还插着雪柳，笑脸盈盈地走过，留下一股令人心醉的芬芳。我在众人间追寻她千百次，以为再也不见她的身影了。忽然回过头去，却意外发现她悄然站立着，在那灯火稀微的一角。

名句的故事

这阕词题为"元夕"，应该是作者在游赏元宵之夜后所写下的。上片写当夜繁华热闹的景象，下片转写一位幽独自处的女子，那是作者心仪的对象，她不随俗流，悄然而立。此句素来颇获好评，清人彭孙遹《金粟词话》赞许为"秦、周之佳境也"，推崇这位一向以豪放词风行的辛稼轩，能写出这么细腻柔美的境界，完全不在秦观、周邦彦二位婉约格律派代表词人之下，可说是极崇高的赞誉了。王国维也说："幼安之佳处在有性情、有境界。"指的便是这一类的作品吧。短短一阕小令，前半阕看似写景，却寓有人世繁华瞬息无常的感慨，下半阕中幽独自处的女子，其实就是作者自况。梁启超说辛弃疾是"自怜幽独，伤心人别有怀抱"。辛弃疾怀抱着满腔热血,为抵抗外侮而奋斗,却不断受到主和派人士甚至是当局的阻挠;曲高注定要和寡,目光如豆的小人只为了一己的私利,排挤忠臣义士,阻碍有益于国家人民的好计策。于是他一再地遭谗、被贬,但即使是孤芳自赏,他始终不会改变自己的贞节。

此句境界甚佳,素来受到人们的喜爱,很多人也都喜欢拿来运用。王国维在《人间词话》中说:"古今之成大事业、大学问者,必经过三种之境界:'昨夜西风凋碧树,独上高楼,望尽天涯路。'此第一境也。'衣带渐宽终不悔,为伊消得人憔悴。'此第二境也。'众里寻他千百度,蓦然回首,那人却在,灯火阑珊处。'此第三境也。此等语皆非大词人不能道。"第一境是追寻理想的孤独;第二境是为了追寻理想,不惜憔悴耗损;第三境是费尽心力,终于突破困境,找到自己的理想,而这理想,往往是在一般人忽略的地方。

历久弥新说名句

这阕词隐喻著作者孤高不改其贞节的操守,唐朝的杜甫也有类似的作品——《佳人》。诗中叙述佳人遭逢乱离,仍能坚贞自守,不改初衷;不同的是诗中的男主角是以"轻薄儿"的形象出现。诗作末二句"天寒翠袖薄,日暮倚修竹",看似单纯的写景,但单薄的衣袖、迟暮的夕阳、佳人独倚修竹,更显得她的坚贞不屈。杜甫一生怀才不遇,到四十岁进三大礼赋,才得任河西太尉。之后国家纷乱、内忧不断，后半生几乎全在造次颠沛、流离失所的情况下度过。但是杜甫不改节操，他的心永远是系着国家人民的。诗中的佳人便是作者的写照，尽管遭受冷落，仍丝毫不减损对国家的忠诚、对民族的热爱。

本词中的句子实在太有名了，流传至今，仍然广受人们喜爱。白先勇写了一篇回忆往事的文章，便以《蓦然回首》命名（收录在《蓦然回首》一书中），文章内容描写自己创作的经过和创作题材的寻找，对有志创作的青年有很大的鼓舞；又写亲人聚散、人事无常，十分感人。白先勇以生动活泼的笔调，娓娓道出他的心路历程，一路上悲欢离合、成败得失、放弃与坚持，人生的甘与苦，全都深刻经历过，最后成就了现在的白先勇；这不正是走到了王国维所说的第三境界吗？

智利名诗人帕拉（公元1914—）有首诗《给一位不知名女子的信》："当岁月流逝/当岁月流逝而风已然在你我的/灵魂之间掘了深坑；当岁月流逝/而我只不过是一个曾经爱过的人/在你的嘴唇前曾经驻留片刻/一个倦于行走过花园的可怜者——/那时你会在哪里？你/会在哪里，受我之吻的女孩？"写的是作者对一位不知名女子的爱，其中作者对爱专一的程度，并不亚于辛词中对那位女子的执著忠贞。二者比较起来，帕拉的诗是单纯的情诗，写得露骨而坦白，嗅得出香艳浓丽的气息，但是缠绵之后还是缠绵，然而辛词则在爱情之外，还寓有深刻的人生哲理，更耐人咀嚼。

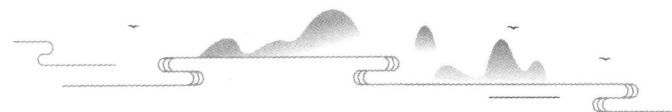

欲住也、留无计；
欲去也、来无计

名句的诞生

月挂霜林寒欲坠。正门外、催人起。奈[1]离别如今真个是：欲住也、留无计；欲去也、来无计。

马上离魂衣上泪。各自个、供憔悴。问江路梅花开也未？春到也、须频寄。人到也、须频寄。

——程垓·酷相思

完全读懂名句

1. 奈：奈何。

深秋清晨，月挂霜林枝头，寒气袭人。门外不断传来催促声，声声入耳，无论如何无奈与不愿，今天终将是要别离了。想不走，却找不到可以留下来的理由；还未离去，却想着回来，可又想不出回来的借口。

与情人挥泪送别,面容都痛苦憔悴,泪湿衣衫。江路梅花开了吗?春日到时,别忘了寄一枝盛开的梅花来。到达目的地时,别望了捎封信报平安。

名句的故事

《酷相思》一词是程垓词的代表作之一,它的笔法采用了民歌回环复沓式的风格,内容则是抒写离别与相思。相传,程垓当年与锦江一位名妓相知、相恋,后因不可知的原因不得不挥泪相别,别后感情依然不曾淡去,便作此词以寄相思。

正因为情深意切,因此后人在读到"奈离别,如今真个是:欲住也、留无计;欲去也、来无计"几句时,总不免为之黯然神伤,特别是后四句,不仅句句本色,并且感染力十足,无怪毛晋在《书舟词跋》如此评价:"其《酷相思》诸阕,词家皆极欣赏,谓秦七、黄九莫及也。"

但其实"无计"二字在宋词及元曲之间的使用频率颇高,最著名的自然是宋代女词人李清照的《一剪梅》:"花自飘零水自流,一种相思,两处闲愁。此情无计可消除,才下眉头,却上心头。"可说是将"无计"二字的无奈与凄美之意表达得淋漓尽致,让人不由自主地再三感叹。除此之外,元曲中张可九的《西陵送别》对"无计"二字的使用也是一绝:"春去春来管送别依依岸柳,潮生潮落,会忘机泛泛沙鸥。烟水悠悠,有句相酬,无计相留。"而欧阳修的"无计留春住"(《蝶恋花》)更可说是其中的佼佼者。

历久弥新说名句

"欲住也、留无计；欲去也、来无计"四句读来，总让人有种不胜欷歔之感。而其中的"无计"，表达得是一种无可奈何的矛盾情感，让词人心中那种欲走还留、欲言说却又难以启齿的情怀最终只能化为一声慨叹。"无计可施"、"无计可生"、"无可奈何"、"无计向"都是与其意义相类似的词句或成语，但终究没有"无计"二字来得动人心弦、诗意盎然。

到了今天，言情小说的开山鼻祖琼瑶女士则可说是"无计"的最佳传承者，她不仅在其小说作品《聚散两依依》之中多次使用了李清照词句中"此情无计可消除，才下眉头，却上心头"作为女主角的台词，更将其重新填词成歌曲《却上心头》。但这首歌并非只是完全把李清照的《一剪梅》全盘照搬，而是经过琼瑶女士的"再创造"。她撷取其中浅白易懂的文字，再加上标准的"琼氏"梦幻爱情笔法，让"无计"二字至今依然传唱。

十年生死两茫茫，
不思量，自难忘

名句的诞生

十年¹生死两茫茫，不思量，自难忘。千里孤坟²，无处话凄凉。纵使相逢应不识，尘满面，鬓如霜。

夜来幽梦³忽还乡，小轩⁴窗，正梳妆。相顾无言，唯有泪千行。料得年年肠断处，明月夜，短松冈。

——苏轼·江城子

完全读懂名句

1. 十年：苏轼妻子王弗死于宋英宗治平二年（公元1065年），到熙宁八年，恰好十年。2. 千里孤坟：苏轼妻子坟墓在四川彭山县，苏轼出任密州（今山东诸城县），相隔数千里。3. 幽梦：梦境隐约，故曰幽梦。4. 轩：有窗的小屋。

十年漫漫生死隔绝两茫茫。不用去细思量，关于你的一切，我永难忘怀。千里之远的孤坟，让我不知向何处倾诉满腹的凄凉。纵使是我们夫妻俩再相逢，我怕你大概会认不出我来，因为我已经风尘满面，两鬓都像霜雪一般花白了。

昨夜忽然梦见回到故乡。看见你坐在窗边，正梳理妆扮。两人相对惨然不语，只有淋漓热泪洒千行。想起每年柔肠寸断的地方，就是在这样的月明夜晚，种满短松树的小山岗。

名句的故事

"十年生死两茫茫"，应该是一句再具催泪效果不过的戏剧台词了，而这句台词的原始创作者，即是天才文学家苏轼，而了解这词背后的真实故事，除了让人再度飙泪之外，也认识到中国十大经典爱情故事。

一日夜晚，苏轼忍不住又梦见朝思暮想的亡妻王弗。当年天人永隔、生离死别时，王弗年仅二十七岁（王弗十六岁时就嫁给苏轼了），仍是青春貌美、柔情似水的花样年华。虽然已经天人永隔十年了，平常一派潇洒豪放、不拘小节的苏轼，还是有柔弱的一面。

而这十年可不比别的十年，在这十年内，苏轼碰上了王安石变法，革新派与守旧派的斗争相持不下、愈演愈烈，苏轼也被卷进这场漩涡之中，不断地外放、左迁、流徙，历尽沧桑，备尝艰辛。宦海沉浮，身不由己，当年名闻天下的年轻天才诗人早已经是"尘满面，鬓如霜"。因此，如果知道这段过程的人，听到苏轼只是轻轻地说出："怕再见面时，恐怕你会认不出我来。"更能感受其背后的沧海桑田、人事已非之无奈与感叹。苏轼又说，此刻他真想和王弗说说话、抒发自己的苦楚，即使只是对着孤坟说，都难以实现，因为，王弗的坟迁葬于四川眉山（苏轼的家乡），而此时苏轼则在密州（今山东诸城）任知州，相隔岂止千里。

恩爱夫妻不到头，本阕词所透露出来的情深意重，苏轼的朋友陈师道读完也感动地形容此词："有声当彻天，有泪当彻泉。"

历久弥新说名句

爱情的伟大，似乎是人们永远追随的理想。例如苏轼的"十年生死两茫茫，不思量，自难忘"，或元稹写给亡妻韦丛的"曾经沧海难为水，除却巫山不是云"（《杂思》）。元稹是谁？他就是曾与唐朝女诗人薛涛有过一段情的大才子；事实上，后面还有两句"取次花丛懒回顾，半缘修道半缘君"，意思是说元稹哀莫大于心死，世间的女子他元某人再也不会眷恋了。而后来的事实证明元稹的心可是还活跳跳的呢。

诗可以成就一段美丽的爱情，但是有时候，诗也可能酿下无可挽回的悲剧。唐朝大诗人白居易就曾经因为一首诗而害死了一位佳人。这位佳人名叫关盼盼，原是徐州名妓，精通诗文，更兼有一副清丽动人的歌喉和高超的舞技。她能一口气唱出白居易的

"长恨歌",也以善跳"霓裳羽衣舞"驰名徐州一带,后被徐州守帅张愔纳为妾。有一次,白居易远游徐州时,张愔特别设置酒席,招待这位大诗人,并让宠妾关盼盼歌舞助兴。当下,白居易就十分赞赏关盼盼的才艺,而写下了"醉娇胜不得,风袅牡丹花"(《燕子诗》)一诗。

两年后张愔病逝,所有妻妾都作猢狲散,只有关盼盼难忘恩情,移居旧宅燕子楼,矢志守节,过着与世隔绝的生活。白居易听闻了关盼盼守节一事,认为倘若真的情真义挚,何不甘愿化做灰尘,追随夫君到九泉之下?于是提笔作诗,托人送给关盼盼:"黄金不惜买蛾眉,拣得如花四五枚,歌舞教成心力尽,一朝身去不相随。"(《感故张仆射诸妓》)

关盼盼看到这首诗,立刻大哭一场,说道:"儿童不识冲天物,漫把青泥汗雪毫。"(《临殁口吟》)白居易哪里能识得她冰清玉洁的贞情?她之所以不死,是唯恐别人误会张愔逼爱妾殉身,反辱没了张愔的名声。性情贞烈的关盼盼在十天后绝食身亡。生前她回了一首诗给白居易:"自守空楼敛恨眉,形同春后牡丹枝;舍人不会人深意,讶道泉台不相随。"(《和白公诗》)

也不知道白居易得知因为他的一首诗逼死了一代佳人后,是否感到内疚?倒是百年后的苏轼因缘际会曾经夜宿燕子楼,梦见关盼盼而写下了一首怜惜佳人的词。"燕子楼空,佳人何在,空锁楼中燕。古今如梦,和曾梦觉,但有旧欢新怨。异时对,黄楼夜景,为余浩叹。"(《永遇乐》)

笑渐不闻声渐悄，
多情却被无情恼

名句的诞生

花褪残红青杏[1]小，燕子飞时，绿水人家绕。枝上柳绵[2]吹又少，天涯何处无芳草[3]。

墙里秋千墙外道，墙外行人、墙里佳人笑。笑渐不闻声渐悄，多情却被无情恼。

——苏轼·蝶恋花

完全读懂名句

1. 青杏：果实名，成熟时会变红，青色表示还未成熟。2. 柳绵：即柳絮。柳花结实，种子上有绒毛，随风飘落，茸散如絮，又如绵，故称柳絮或柳绵。3. 天涯何处无芳草：指四处芳草漫漫。

红花凋谢，青杏初结，燕子轻飞，绿溪绕舍。柳絮纷飞、飘扬、芳草无边、天涯处处是芳草。

墙内秋千飞扬，墙外行人道，墙外的行人听着墙内女子笑声荡漾，不禁深深着迷。佳人笑声渐杳，只留下自作多情的墙外行人，独自惆怅懊恼。

名句的故事

总是大江大河、大山大水的豪放诗人苏轼，也有小桥流水、小花小草的一面；听听"花褪残红青杏小，燕子飞时，绿水人家绕"。中国是大陆性气候，四季分明，春天春光荡漾、百花盛开、娇艳欲滴的烂漫模样，总是让诗人流连忘返。春来了，诗人欢欣雀跃；春去了，诗人又得忙着伤起春来。

接着，画面一转，跳到一大宅的高墙。墙外一位男子经过，被墙内女子荡着秋千的飞扬笑声所吸引，不由得停下脚步，沉醉出神。等佳人笑声渐杳，只留下自作多情的墙外汉满腹惆怅，甚至还怪起墙内的佳人来。但是佳人未必无情，只是不知墙外有行人罢了。诗人枉自多情，墙内的佳人怎知她与她的秋千竟引起行人无限的愁思？

王夫人曾替苏轼买了侍妾朝云，朝云陪伴苏轼度过许多打击。那年秋天，苏东坡喝着酒，叫朝云唱这首词，朝云润了嗓子正准备歌唱，突然掉下眼泪。苏轼诧异地问她为何伤心落泪，朝云回答道："我实在唱不出'枝上柳绵吹又少，天涯何处无芳草'这么伤感的句子啊。"苏轼听完笑着说："我正在悲秋，你却伤春起来了。"也就不勉强朝云唱了。

其实,这首《蝶恋花》,朝云还是常唱,只是每次歌唱都还是必然落泪。朝云过世后,苏东坡十分伤心,从此就也不再听人唱自己的这首《蝶恋花》了。

历久弥新说名句

中国古代的妇女,看到现代女人可以疯狂追随表达对裴勇俊的爱慕,应该会很遗憾嫉妒"生不逢时"吧。古代诗词里常常提到秋千这玩意儿,究竟是怎么一回事?原来是因为女人都被关在家里,她们的青春时光就只能在秋千上晃来晃去。

相较于中国其他朝代而言,魏晋、大唐时期的妇女算是稍微自由的了。六朝是一个美男子的时代,如潘安、夏侯占、谢郎等,都是著名的美男子。潘安和夏侯占出去,甚至还有女人还会往他们身上撒花。《世说新语》里曾经记载另一段偷窥美男子的故事;西晋时有两位大才子,一是阮籍、一是嵇康,他们两个人都是风采奕奕、爽朗清秀的美男子,他们俩有一个朋友叫山涛,山涛跟他们交情很好,并深深以他们为荣,他常常忍不住在自己妻子面前称赞他这两个朋友有多优秀、多出类拔萃。

一日,他妻子终于不忍住问丈夫,能不能把他们请到家里来,让自己偷偷看一看他们究竟有多美、有多出类拔萃?丈夫山涛欣然答应,把阮籍与嵇康邀请到家里作客。山涛的妻子就在门后,把纸窗戳了一个洞,看了一整夜。第二天早上起来,丈夫山涛还询问妻子的观后心得："我这两个朋友帅吗？"他妻子就说："比起风采神志，你真得比他们俩差远了。可是你的度量比他们大。"山涛听完，也很骄傲自豪地说："他们也这么说，说我度量比他们大。"比起当代的疯狂追星族，这样的含蓄偷窥或许一点都不过瘾，但是相较于整日晃来晃去的秋千族，这已经是莫大的解放了。

第六章　两情若是久长时

大美国学 宋词

> 此情无计可消除，
> 才下眉头，却上心头

名句的诞生

红藕香残玉簟秋。轻解罗裳，独上兰舟。云中谁寄锦书来？雁字回时，月满西楼。

花自飘零水自流，一种相思，两处[1]闲愁[2]。此情无计[3]可消除，才下眉头，却上心头。

——李清照·一剪梅

完全读懂名句

1. 两处：指两人相思。2. 闲愁：闲思愁绪。3. 无计：无法。

红荷残留余香，倚着精致竹凉席，秋日已近。解下轻薄外衣，独自一人踏上小舟。望断云天，谁能寄封书信来？等到鸿雁传书抵达时，明月已高挂西楼。

花儿独自飘散凋零、流水独自川流不止，两者皆怀着同样的一种相思,却是两地的愁苦。这种相思情怀无处消除得了,才放松轻蹙的蛾眉,就又拢上心头。

名句的故事

元代伊世珍所撰写之传世小说《琅嬛记》一书,记载李清照生平之事迹、逸事,其中载此阕名词的背景是由于"易安结缡未久,明诚即负笈远游,易安殊不忍别,觅锦帕,书《一剪梅》词以送之"。李清照和赵明诚结婚不久就面临离别,她难掩悲伤,于是写下《一剪梅》于锦帕中赠送赵明诚。此种说法甚美,但经学者考证,《琅嬛记》是本传奇小说,其中诸多记载并非史实。且李清照与赵明诚新婚之际并无分离,因为当时赵明诚还是个太学生,仍在汴京求学,因此夫妻俩并未分离,两人长期饱受两地相思苦,应要到十多年后赵明诚赴往外地任官之时;因此这阕词或许应系年于李清照中期以后的作品。

清人王士祯于《花草蒙拾》曾说,明人俞彦《长相思》词云:"轮到相思没处辞,眉间露一丝。"是善盗李清照"才下眉头,却上心头"的词句。仔细查看俞彦所言,几乎是浓缩本篇名句"一种相思,两处闲愁。此情无计可消除,才下眉头,却上心头"之意象,是故王士祯会评其善盗。不过王士祯也指出,李清照"才下眉头,却上心头"的典故,也并非个人所独创,而是脱胎于当朝大臣范仲淹《御街行》所言:"都来此事,眉间心上,无计相回避。"虽然二人所言类似,但范词却过于平铺直叙,不如李清照词意深刻隽永。李清照点化了前人作品，且别出巧思，以"才下"、"却上"来起伏，以"眉头"、"心头"相印衬，可谓是青出于蓝的作品，为后人所津津乐道。

历久弥新说名句

近代著名文艺作家琼瑶，擅长于行文中展现其对传统诗词的熟稔，甚至连书名灵感也攫取于宋词的启发，如琼瑶早期著名的爱情小说《却上心头》，取名即来自李清照《一剪梅》。琼瑶也为这部电影主题曲填词，歌词改写自"此情无计可消除，才下眉头，却上心头"，由男主角刘文正主唱，歌词为："天也悠悠，地也悠悠，天地无边无尽头；魂也悠悠，梦也悠悠，魂牵梦萦何时休。几度回首，几度凝眸，几度相思几度愁，说也含羞，诉也含羞，望断天涯何时休。此情无计可消除，才下眉头，却上心头。"这首歌可谓是将李清照词中闺怨气氛成功转化为爱情中魂牵梦萦、直教人生死相许的经典写照，将李清照深闺寂寞时的"一种相思，两处闲愁"，巧妙改造为初尝爱情酸果时含羞带怯、怅然若失的无限愁情思念。

在余光中一篇《牛蛙记》的小品文当中，笔者以童稚、趣味盎然的写法，将初识蛙中之牛的经验录下。作者自言他从小对于宛如水雷般滴声回响的蛙鸣有好感，带着对乡土的亲切感与生命的热情，总是欣赏着水边草间传来的声声鸣响。然而，在一次久旱不雨的夏天，住家旁出现了一群意外的芳邻，他们的叫声单调而低沉，郁郁不绝，万籁俱寂的深夜里，仿佛恶魔般嘶吟着，原来这就是牛蛙。当时余光中夫妇还饶有趣味，欣赏着大自然的乐章，不久之后，不堪其扰，作者形容"此情恰如李清照所言，'才下眉头，却上心头'"，蹲踞在阴沟下的牛蛙，仿似"阴沟里的地雷"，令人无法释怀，即便要自己不用在意，但那迟滞苦吟，却"像一把毛哈哈的刷子一下又一下曳过心头，更深人静的那一点清趣，全给毁了"。余光中此处运用"才下眉头，却上心头"饶富情意的词句，巧妙与当下情境融合，表示自己心悬关注的事物，作者也创意十足，用蛙鸣声来结合李清照词，则是当中最为新颖的文学创意，引人一笑。

> 只愿君心似我心，
> 定不负相思意

名句的诞生

我住长江头，君住长江尾。日日思君不见君，共饮长江水。此水几时休，此恨何时已[1]。只愿君心似我心，定不负相思意。

——李之仪·卜算子

完全读懂名句

1. 已：止、结束。

我住长江的上游，你住长江的下游。天天思念你却见不到你，只有共饮着同一条江河水。

这江水啊，要流到什么时候才会停止？这离愁别恨啊，又要到何年何月才会结束？只愿你心能像我心，我一定不会辜负这一番相思情意。

词人背景小常识

宋朝许多词写得好的词人都或多或少与苏轼有些关系，李之仪（公元 1038—1117 年）也不例外。首先，他们是"以文交友"。李之仪曾跟从苏轼于定州幕府朝夕倡酬。苏轼《夜直玉堂携李之仪端叔诗百余首读至夜半书其后》云："暂借好诗消永夜，每至佳处辄参禅。"李之仪本人则回应道："得句如得仙，悟笔如悟禅。"

但是与苏轼的这种关系，也让李之仪跟秦观、晁补之、朱服一样，被视为新党，而必须承受被贬的命运。苏门四学士不仅喜好相同，都喜欢舞文弄墨、吟诗作对，被贬的命运也相仿，因此颇能互通、分享彼此的心情。

因苏轼而被贬，因遭贬谪而愁苦，然后又因愁苦而试图学习苏轼"也无风雨也无晴"的旷达以解套；这种苏轼风格的学习，李之仪是否成功？他曾写道："功名何在？文章漫与，空叹流年。独恨归来已晚，半生辜负渔竿。"（《朝中措》）或许就是这"功名何在"、"辜负渔竿"的愤慨。让人以为李之仪比起晁补之来，少了一份真正的超脱，更多的是无奈之中的反语愤激。

名句的故事

这阕词是借用"长江水"来描写男女情意。自古以来,就常借用"水"来传情达意,诗经:"蒹葭苍苍,白露为霜,所谓伊人,在水一方。"(《蒹葭》)或是古诗"河汉清且浅,相去复几许?盈盈一水间,脉脉不得语。"(《古诗十九首》)

"长江头"与"长江尾"揭示了他们之间的地理距离,令人想见女主人公独自伫立江头、翘首企盼的想望情态。倘若日日思君可见君,那么就没有所谓"共饮长江水"的相思问题了。但是江水茫茫,那么相思就无限期、此恨就无穷尽;作者既用江水比喻爱情,也用江水比喻内心的恨意。情人们面临这一种爱恨交织的困境,常常不知所措,但是这大地的儿女天真无邪,敢爱敢恨,"只愿君心似我心,定不负相思意"。若是那些身受礼教束缚的女性,可能就得将这份情感压抑起来,如李之仪在《谢春词》里所写的:"天不老,人未偶,且将此恨,分付庭前柳。"试着把这恨意"分付庭前柳"。"只愿君心似我心"这种"换心"的说法源自五代词人顾敻的"换我心、为你心,始知相忆深"(《诉衷情》)。

这首词全篇朗朗上口、用词通俗平实,整体来说没有什么高深文句,颇有民歌质朴的风味。全词借女子之口发声,以滔滔江流写绵绵情思,论者认为:"不敷粉,不着色,而自成高致。"毛晋《姑溪词跋》推许作者"长于淡语、景语、情语"。音乐家青主还把这首《卜算子》谱了曲,并纳入中国艺术歌曲选集。

历久弥新说名句

"此水几时休,此恨何时已"。人们望见滚滚江流时总会有各式各样的心得与体会出现。孔子曾经看着江水说:"逝者如斯夫!不舍昼夜。"屈原一边看汨罗江水一边激动道:"宁赴湘流,葬于江鱼之腹中。安能以皓皓之白,而蒙世俗之尘埃乎!"

关于水的成语也是洋洋洒洒,"如鱼得水"、"行云流水"、"水滴穿石"、"水深火热"、"水能载舟,亦能覆舟"、"覆水难收"等等。而其中"覆水难收"也是一则跟男女情感有关的故事。周朝的姜子牙,少年有志,精通兵法,一心要治理乱世,救民于水火,但他怀才不遇,一直找不到施展才能的机会。迫于生计,他杀过牛,帮过工,穷愁潦倒,一贫如洗。他结发的妻子马氏嫌他穷、没有出息,竟背弃他而去。晚年,须发皆白的姜子牙只好自己一个人在渭水边上当渔翁。

几年之后,周文王打猎经过,与姜子牙不期而遇,周文王发现他的才能,便请他当国师,恭敬地把他称做"太公望";这时的姜子牙已经八十岁了。姜太公辅佐周武王一举灭了商纣,建立了周朝。作为开国元老,姜太公真可以称得上是德高望重、名声显赫。当初嫌弃他、离他而去的马氏后悔不已,便跪在他的马前,请求得到丈夫的宽恕。姜太公默默无语,只命人打来一盆水,把水泼在地上,叫马氏把这盆水再收回来。但是,泼出去的水怎么能再收回来？嫌贫爱富、目光短浅的马氏自然万分羞惭，落了个可怜可悲的下场。

同样是水，一个是情坚意笃"只愿君心似我心，定不负相思意"，一个却是"覆水难收"。这样的命运大不同，不禁让人无限欷歔慨叹。

无处说相思，背面秋千下

名句的诞生

金鞭[1]美少年，去跃青骢马[2]。牵系玉楼人[3]，绣被春寒夜。消息未归来，寒食梨花谢。无处说相思，背面[4]秋千下。

——晏几道·生查子

完全读懂名句

1. 金鞭：装有金饰的皮鞭。一作"金鞍"。2. 青骢马：毛色黑白相间的马。3. 玉楼人：指闺中女子。玉楼为闺楼的美称。4. 背面：背过脸去。

一位翩翩美少年跃上骏马，扬起金鞭绝尘而去。玉楼闺房中的女子，在春天带有寒意的夜晚，长夜孤眠，绣花的被子冷冷清清。

迟迟不见郎君的消息，已经到寒食节，梨花纷纷飘落的时候。满腹相思话语无人可以倾诉，只好转过身去，背对着秋千，暗自神伤。

名句的故事

晏几道假如活在现代，肯定是一位天才导演，因为他非常善于用景来铺陈情感。本词的第一场景就是一个活跳跳的镜头：一位翩翩美少年骑上骏马、挥舞金鞭，绝尘而去。接下来，第二幕跳到一座玉楼，里面有位佳人似乎魂不守舍、心事重重的样子，只有一张绣花被子陪着佳人度过在春天寒意深深的夜晚。

镜头又跳到梨花纷纷飘落飞扬的寒食节日，金鞭美少年仍是音信全无。最后，在园子里，只见佳人耸动肩头，转过头去，背对着秋千，不发一语。这不发一语，让人体会佳人的满腔委屈与情意。"背面秋千下"语出李商隐《娇女》一诗："十五泣春风，背面秋千下。"

晏几道是从女性的角度出发，从女性的眼光去看自己的情人，去感受情人离去的寂寞孤独，以及长夜漫漫的等待、牵挂，和最后的失望、落寞，无处说相思的苦楚。黄了翁曾评晏几道的这首词："以妇人目中看出，深情挚语。"又有人形容他的词"浅"以"深"为底子，故能"浅处皆深也"，以及"淡语皆有味，浅语皆有致"的典雅。换言之，已达至禅宗公案中"见山又是山，见水又是水"的境界。

历久弥新说名句

"金鞭美少年，去跃青骢马"；不知道这个美少年是不是指晏几道自己。中国的尚美时代非混乱的魏晋南北朝莫属，魏晋时代虽然政治上乱七八糟，但却有一项特产：美男子。《世说新语》甚至还特别开辟一篇帅哥录《容止篇》，来专门描述记录各种美男子的美法。

如果你对当今全亚洲女性对韩国偶像明星裴勇俊的疯狂行为感到不可思议，其实远在魏晋时代就已经有第一代的追星师奶。《晋书》与《世说新语》都曾记录当时女性对潘安（岳）的疯狂行为："岳美姿仪……少时常挟弹出洛阳道，妇人遇之者，皆连手萦绕，投之以果，遂满车而归。"可爱的美少年带着弹弓到城外游玩，竟然遭到女性疯狂的追逐、拦截，她们手拉手把他围起来，用水果往他身上扔。

想象一下那个画面：一位喜欢打弹弓的美少年（打弹弓是当时年轻人喜欢的活动）走在街上，边打弹弓，边挨水果砸；画面显然有点滑稽。潘安的美，据说又常常以左思的丑作为反衬："左太冲绝丑，亦复效岳游遨，于是群妪齐共乱唾之，委顿而返。"（《世说新语》）可怜的左思变成男生版的东施效颦，甚至还得因此挨揍，老天真是不公平。

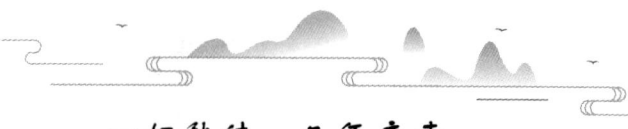

> 一怀愁绪，几年离索。
> 错！错！错

名句的诞生

红酥手[1]、黄縢酒[2]，满城春色宫墙柳。东风恶、欢情薄。一怀愁绪，几年离索[3]。错！错！错！

春如旧，人空瘦。泪痕浥红鲛绡透。桃花落，闲池阁。山盟虽在，锦书难托。莫[4]！莫！莫！

——陆游·钗头凤

完全读懂名句

1. 红酥手：形容手的红润白嫩。2. 黄縢酒：酒名，即黄封酒。一说即藤黄，形容酒的颜色。3. 索：散。4. 莫：罢、休，表示绝望。

记忆里，她那红润细嫩的双手，正提着黄封美酒。遥想那时，满城尽是迷人的春色，杨柳依依，傍着一大片宫墙。岂料无情的东风，吹散了两情的缱绻，理不清的一腔愁怀，只空自忆念着别后数载的离情萧索。真是错了！错了！但我又能挽回些什么？

春日一如以往明朗，人却较昨日显得消瘦。我不禁泪如泉涌，沾湿了红色手绢。桃花被春风吹落，阁畔池边闲静无人。从前两人山盟海誓虽犹在，但如今却连寄封书信、捎个讯息问问你还好吗的机会都没有。真是罢了！罢了！说不出口的相思已成空。

词人背景小常识

陆游（公元1125—1210年），字务观，号放翁，越州山阴（今浙江省绍兴市）人。陆游刚刚出生时，母亲在前一晚梦到了秦观（字少游）——苏门四学士、六君子之一，北宋的大词人；而十分凑巧的，陆游的外婆是晁家人，而晁补之亦是苏门六君子之一，这么一牵扯，陆游似乎也和秦观有些关系，便是因为这个缘故，陆游名"游"，字"务观"。

陆游渐渐长大，他的才华也慢慢显露出来。他十二岁时便能诗能文，到了十七八岁，就跟当时一些有名的文人交游，文名远播。陆游在十八岁时到临安去应试，在省试时遇到当时宰相秦桧的孙子秦埙也来应试，主试官陈子茂不顾上层的压力，给了陆游第一名。到了次年殿试，秦桧的威权起了作用，又因为陆游"喜论恢复"，竟被除名。

但是，具有浪漫特质的陆游从没放弃任何一丝希望，他当然也有"报国欲死无战场"的悲痛，但即使在一片主和、投降声中，他还是坚持抗战，随时准备出击，并期盼着成功的到来。陆游到了八十岁，还到临安再次参与抗敌的行动；八十四岁时，陆游在病榻上，顾念的只是国家；双方的作战，关中的收复，这一切都记录在他病中的诗稿里。

八十五岁那年，陆游在病榻上瞑目了。临终前，他没有其他交代，只写下了一首《示儿》诗："死去元知万事空，但悲不见九州同，王师北定中原日，家祭无忘告乃翁。"

名句的故事

一切要从陆游的婚姻说起。

大约在二十岁左右，陆游和唐琬结婚。唐琬和陆游有亲戚关系，偏偏陆母对这一位媳妇非常不满，甚至逼迫陆游，要他们离婚。在当时的封建社会，谁敢违父母的命令？不久之后，陆游和王氏结婚，唐琬也改嫁赵士程。

一晃眼，七年多的岁月很快就过去了，陆游已是而立之年，但对唐琬的思恋之情却不随时间而消损。有一天，陆游到沈园游览，恰巧赵唐夫妇也到那里。虽然是长久以来的首次面对面，但是千言万语从何说起？他们会面了，又分离。陆游无语伤神，就在这时，一个小二送了酒菜过来，一问之下，原来是赵士程吩咐的。陆游恍然失神，沉默了半晌，酒冷了，菜肴也冷了，于是他把眼泪和酒一起咽下，对着面前的粉墙，题下了这阕词。

词文一开头即写出唐琬把盏的动人丽致，后来便诉说着两人被迫拆散的痛苦和离愁。"一怀愁绪"二句，则总结词意，写出了陆游几年来的哀愁。上片最后以三个"错"字结尾，表达了陆游强烈的悔恨之情。两人的分离，错了！真是错了！但陆游能违逆母令吗？他还能挽回些什么？

据说唐琬看到了这阕词，难过不已，后来也和了一阕。但因为过度伤心，不久之后便死了。

虽然陆、唐两人不过维持了两三年的婚姻，但彼此用情很深。陆游一直到晚年，对于唐琬依旧是无限思念。七十五岁时，他写下这样的诗句："城上斜阳画角哀，沉园非复旧池台；伤心桥下春波绿，曾是惊鸿照影来。梦断香消四十年，沈园柳老不吹绵。"（《沈园》）其中的"惊鸿照影"、"梦断香消"，都是对唐琬的形容。这样的爱情，这样的诗句词句，将永远流传下去，而为后人所传诵称道。

历久弥新说名句

说到夫妻间的爱情，会想到唐朝诗人王维；他三十岁时妻子便去世了，之后一直到死，历时三十年，王维都未曾续娶。也因为丧妻以及母亲的因素，王维后来就屏绝红尘，不问世俗，潜心奉佛。

再看到唐朝另一位文人元稹，他对妻子韦氏也是十分爱恋，韦氏死后，他曾写了《遣悲怀》诗三首表达对她的怀念，其中"诚知此恨人人有，贫贱夫妻百事哀"、"唯将终夜长开眼，报答平生未展眉"，都是脍炙人口的名句。

从元稹到陆游，诗人骚客多愁善感，自是多情，那力求精确、实事求是的科学家，对于他的另一半是否也是如此眷恋呢？且看看电学之父法拉第和他的妻子的故事。

对于法拉第的伟大之处，相信大家都耳熟能详：他一生致力于发展电磁学，人类史上第一部发电机便是他的发明。可以这么说，如果没有法拉第，就没有现在的电机工程学。而"一个成功的男人，背后都有一个辛苦的女人"，那个女人便是他的妻子。

1861 年，法拉第自服务四十九年的皇家科学院退休，退休之后，他仍继续不断他的研究，一直到 1865 年，他在皇家科学院发表最后一次演讲中感谢他的妻子撒拉："她，是我一生第一个爱，也是最后的爱。她让我年轻时最灿烂的梦想得以实现；她让我年老时仍得安慰。每一天的相处，都是淡淡的喜悦；每一个时刻，她仍是我的顾念。有她，我的一生没有遗憾。我唯一的挂念是，当我离开之后，一生相顾、相爱的同伴，如何能忍受折翼之痛，我只能用一颗单纯的心，向那永生的上帝祈求：'我没有留下什么给她，但我不害怕，我知道，你一定会照顾她，你一定会照顾她！'"（参考自张文亮《法拉第的故事》）

相见争如不见，

有情何似无情

名句的诞生

宝髻松松挽就，铅华淡淡妆成。青翠烟雾罩轻盈[1]，飞絮游丝无定。

相见争如[2]不见，有情何似无情。笙歌[3]散后酒初醒，深院月斜人静。

——司马光·西江月

完全读懂名句

1. 轻盈：指舞姿轻盈曼妙，飘忽不定。2. 争如：犹言怎如。3. 笙歌：歌酒飨宴。

她挽着松松的云髻，脸上淡抹胭脂。蝶翼般的舞衣飘动，如青绿烟雾缭绕，轻盈的体态摇摆，柔和纤丽，又飘忽不定。

相见怎么如同不见？有情如何似无情？当歌酒欢飨结束之后，

陶醉微醺的我才醒酒，望着庭院里斜照的月亮与万物祥宁的景象。

词人背景小常识

司马光（公元1019—1086年），字君实，陕州夏县涑水人，世称涑水先生，谥号文正。司马光是北宋重要的政治家、史学家，对中国历史有甚大的贡献与影响性，他与北宋最大的一场改革"熙宁变法"也有着密切的关系。这场变法由富有高远理想的改革派王安石主道，目的在使北宋富国强兵，由内政到外交都进行大规模的革新，然而王安石变法过于仓促，虽然本意良善，但很多方法并不周全，用人也良莠不齐，因此引起保守派司马光、欧阳修、苏轼等人的阻挠，手脚窒碍不通。因此这些反对分子也一一被下放解职，司马光愤而辞职，返回洛阳家里，着手撰写史学大作，将他的政治理想寄托其中，共花费了十九年的时间完成，宋神宗看了一部分后认为"鉴于往事，有资于治道"，因此赐名《资治通鉴》。

另一方面在政坛上，王安石为了要对抗这些保守派的反见，提出了"三不足"，即"天变不足畏、祖宗不足法、人言不足恤"的口号，足见王安石的气魄与专断。然而现实上在旧党不支持的情况下，实际政事运作只能委托一些奸佞新进，引起司马光等人的不满，也挑起了新旧党争，最后怀抱改革抱负的王安石落寞下台。神宗过世后，太后高氏同情旧党，请出高龄的司马光为相，罢黜种种新法，然新法并非全不足取，全面罢黜似也不合情理，因此也引起朝野反对声浪，司马光也因操心政事过度，隔年即生病下世，此后新旧党派相互更迭，直至北宋灭亡。熙宁革新是北宋中期的一场政治运动，许多著名宋代文士几乎都卷入其中，司马光更是其中反对派的首领，他并非顽固不冥反对改革，而是太过于了解现实窘况，认为执法不可仓促、求新，应考量百姓需求为要，只是后来与王安石陷入意气之争，两人看法渐行渐远。

名句的故事

　　司马光《西江月》是其仅存的三首词之一，可归于婉约派，历来对于这首词是否真为司马光所作都心怀犹疑，主因在于以司马光在政治上刚正不阿的气度，似乎不会写这种柔情艳词。但清代也有不少词评家都肯定此词是出自司马光之手，冯金伯《词苑萃编》（卷四品藻"范仲淹御街行"）云"人非太上，未免有情"来声援司马光。邓廷桢《听秋声馆词话》卷十九也说："同时范文正、韩忠献均有丽词，安知不别有寄托？"的确，魏晋时期王戎曾说："圣人忘情，太下不及情，情之所钟，正在我辈。"诚如他们所言，人非无情之物，即便刚强之人也并有其柔情之处，因此司马光填写《西江月》，让我们更能了解他内心世界及其文学造诣。

　　关于《西江月》尚有一说，即是认为此篇是依托之词，司马光以佳人比喻宋神宗，因为神宗是支持王安石变法，司马光于是以怀想佳人来隐喻自己不受重用，即便想见君王也不得相见。这种说法其实或许是联想过多，因为司马光能证明己志的机会太多了,尤其撰写《资治通鉴》,通篇皆清楚揭示其政治抱负,且神宗也甚为支持,不仅提供藏书也派史馆人员协助,实不需要一定要在词中展现心志。

本篇名句撷取于《西江月》下片,上片词先描述佳人铅华妆饰之美,词风艳丽胜绝,下片则书写作者眷念、柔情之至,以深情隽永取胜。"相见争如不见,有情何似无情"是整篇最扣人心弦的词句,以若有似无的情思环环相缠,敲打进读者的内心深处。"有情何似无情"之句,援引自晚唐诗人韦庄《长干塘别徐茂才》一诗,当时由于藩镇割据,上下分崩离析,韦庄于战乱时期送别了友朋,心有所感,叹道:"乱离时节别离轻,别酒应须满满倾。才喜相逢又相送,有情争得似无情?"由于离乱时期,使得人心习惯分离,别离之情也渐渐淡了,但人非草木,又岂能对别离毫无感受呢?

历久弥新说名句

"相见争如不见,有情何似无情"讲的是一种历经沧桑后的感触,它并非要"不见"、"无情",只是在喧闹后的沉静中心有所慨,因此在解释这两句时要特别小心,因为这种意境只能意会不能言传。若说感情的境界,最上层是"相见争如不见",那么一般人最能理解的或许是"相见不如不见",虽位居下层,却是我们最常身体力行的。在吴淡如的一篇散文《朋友》中,曾经分析现代人交友的一些现象,其中提到她自己在交友过程中"对朋友几乎是不挑的,不预设任何立场,除非磁场大不相同,除非相见不如不见"。的确,道不同不相为谋,如果不能互相秉持信任、关怀,不能互相提携成长、分享,那么还是维持淡淡之交,更糟的就真的相见不如不见。

"相见不如不见"若是语意含情,有时也可以达到"相见争如不见"的意境。在郁达夫《马樱花开的时候》一文中,男主角因为黄疸病住院,在修道院似的病囚生活中,他邂逅了来医院服务的修女,文中称为"牧母",这位女士成为男主角病榻中慰藉良伴。然而在男主角即将出院之际,牧母离开上海前往香港的医院服务,她犹豫着是否要亲口说再见,因为"若来面别,难免得不动伤感,所以相见不如不见"。于是这位牧母留下一封信,就悄悄地离去,只将心中千万叮咛与关怀寄托其中。正因为如是之情怀,此处的"相见不如不见"也同似于司马光"相见争如不见"、韦庄"有情争得似无情"的叹概。在人生漫漫长路上,朋友相聚时光有限,别离总不时出现,因此只能叹道"相见争如不见,有情何似无情"。